Herausgegeben
von Wolfgang Jeschke

Ein Verzeichnis weiterer Bände dieser Serie
finden Sie am Schluß des Bandes.

BITTE BEACHTEN SIE!

Dies ist kein Verzeichnis lieferbarer Bücher, sondern ein bibliographischer Hinweis. Über die Lieferbarkeit informieren Sie sich bitte anhand des aktuellen Gesamtverzeichnisses oder direkt beim Verlag.

CARMEN CARTER
McCOYS TRÄUME

STAR TREK

Raumschiff ›Enterprise‹

Roman

Deutsche Erstausgabe

Science Fiction

WILHELM HEYNE VERLAG
MÜNCHEN

HEYNE SCIENCE FICTION & FANTASY
Band 06/4898

Titel der amerikanischen Originalausgabe

DREAMS OF THE RAVEN

Deutsche Übersetzung von Andreas Brandhorst

5. Auflage

Redaktion: Rainer Michael Rahn
Copyright © 1987 by Paramount Pictures Corporation
Copyright © 1992 der deutschen Ausgabe und Übersetzung
by Wilhelm Heyne Verlag GmbH & Co. KG, München
Umschlagbild: Pocket Books/Simon & Schuster/Paramount, New York
Printed in Germany 1994
Umschlaggestaltung: Atelier Ingrid Schütz, München
Satz: Kort Satz GmbH, München
Druck und Bindung: Ebner Ulm

ISBN 3-453-05824-0

*Meiner Mutter
und meinem Vater
gewidmet*

PROLOG

Kyron Gentai-Hann, durch Heirat mit dem Erhabenen Haus von Kotzher verwandt und Captain der IKF *Schwert*, spürte eine Mischung aus Langeweile und Zorn. Die beiden Empfindungen begleiteten ihn schon seit einem Jahr, seit der klingonische Militärrat ihn mit einer Versetzung ins Belennii-Sonnensystem ›geehrt‹ hatte: In strategischer Hinsicht war dieser Sektor völlig bedeutungslos, und er mußte sich in der hintersten Ecke eines unangefochtenen Raumsektors herumtreiben.

Kyron galt als erfahrener Krieger, der dem Imperium viele Jahre lang gedient hatte. Seine derzeitige Mission verdankte er in erster Linie der Verbindung mit dem Erhabenen Haus von Kotzher, dessen Erhabenheit sich jetzt nurmehr auf den Namen beschränkte. Während des vergangenen Jahres bekam Kyron häufig Gelegenheit, mit wachsender Verbitterung über seine Heirat nachzudenken, durch die er Mitglied einer in imperiale Ungnade gefallenen Familie geworden war. An die Ehefrau verschwendete er keine Gedanken, davon überzeugt, daß sein Mangel an Interesse von ihr in gleichem Maß erwidert wurde.

Als Klingone fühlte sich Kyron nicht dazu verpflichtet, seinen zunehmenden Groll für sich zu behalten. Ganz im Gegenteil: Das Privileg, die Besatzung der *Schwert* zu schikanieren, gehörte zu den wenigen Freuden, die ihm geblieben waren. Seine Untergebenen — Langeweile und Zorn belasteten sie ebensosehr wie den Kommandanten, vielleicht sogar noch mehr, weil sie kein Ventil dafür fanden — hatten die ersten Monate der langen Reise nach Belennii damit verbracht, sich häufig zu streiten. Das ständige Zanken führte unausweichlich zu physischer Gewalt. Die daraus resultierenden Todesfälle schufen mehr Platz in den recht engen Mannschaftsquartieren, wodurch die allgemeine Anspannung ein wenig nachließ. Gegen Ende des ersten Jahres fanden sich die überlebenden Angehörigen der Crew mit der ereignislosen Routinepatrouille in einem Quadranten ab, der einen weißen Zwergstern enthielt, zwei gelbe Sonnen ohne Planeten, viertausendzwanzig Asteroiden, die groß genug waren, um in den Sternkarten verzeichnet zu sein, und einen periodischen Kometen, der in achthundertfünfundvierzig Jahren erneut in diesem Sektor erscheinen würde.

Am vierhunderteinundfünfzigsten Tag der Patrouille ließ sich Captain Kyron temperamentvoll über die Feigheit des imperialen Ministeriums aus, das dem Imperator geraten hatte, Frieden mit der Föderation zu schließen. Solche Kritik grenzte an Verrat, aber wenn Kyron hoffte, deshalb nach Klinzhai zurückbeordert zu werden, um sich dort vor einem Kriegsgericht zu verantworten, so mußte er eine Enttäuschung hinnehmen. Die Besatzung achtete längst nicht mehr auf seine Worte, obgleich er laut genug schrie.

»Nur die weichen Würmer der Föderationsdunghaufen sehnen sich nach Frieden!« donnerte der Captain, während er im thronartigen Kommandosessel saß. Schweißperlen glänzten auf seiner bronzedunklen Haut. Wütend zog er die buschigen Brauen zusammen, und der atemfeuchte Schnurrbart neigte sich nach unten. »Frieden ist die Leiche, in der Maden wachsen!« Kyron steigerte sich immer mehr in seine Beschimpfungen hinein und begann nun damit, die früheren Feinde zu verfluchen.

Er starrte in das rötliche Glühen der Brückengrube, senkte die Stimme und fauchte. »Lassen Sie sich von dem Verrat nicht täuschen«, warnte er den gleichgültigen Navigator. »Unsere Gegner sind schwach, aber auch schlau...«

»Commander!« rief der Kommunikationsoffizier. »Ich empfange Signale.«

»...und man sollte sie sofort umbringen, wie mißgebildete und schwachsinnige Neugeborene.« Kyron legte eine Pause ein, um Atem zu holen, und erst dann begriff er, daß ein Besatzungsmitglied gesprochen hatte. Während der zurückliegenden vierhunderteinundfünfzig Tage war er nie bei seinen Schmähreden unterbrochen worden; Überraschung hinderte ihn an einer sofortigen Reaktion.

»Bis zum nächsten planmäßigen Kom-Kontakt dauert es noch etwas, Kath«, grollte er und bedachte den Offizier mit einem finsteren Blick. Er hatte das Feuer der Wut sorgfältig geschürt, und es spielte keine Rolle für ihn, wohin die Flammen des Zorns loderten.

»Nein, mein Lord«, erwiderte Kath mit dem richtigen Maß an Unterwürfigkeit. Er wirkte ebenfalls erstaunt. »Es handelt sich nicht um eine Nachricht von der Kommandobasis. Die Signale stammen von einem fremden Raumschiff.«

Diesem Hinweis folgte ein kehliger Fluch aus einer dunklen Ecke des Kontrollraums. Eine zusammengekauerte Gestalt richtete sich dort auf, und ihre Finger huschten eilig — wenn auch etwas zu spät — über die Tasten des Computerterminals. »Die Scanner registrieren ein unbekanntes Scoutschiff«, meldete der nachlässige wissenschaftliche Offizier so ruhig, wie es seine Furcht ermöglichte. »Es ist noch vierhundertsiebenundfünfzig Kilometer entfernt und fliegt einen Abfangkurs. Rendezvous bei vierundneunzig Komma zwölf.«

Kyron stieß einen Schrei triumphierender Schadenfreude aus. »Idiot! Auge eines verfaulenden Kadavers!« Er riß den Intervaller aus dem Halfter und schoß; der wissenschaftliche Offizier brach bewußtlos zusammen. Der Captain knurrte zufrieden und konzentrierte sich auf das geortete Schiff.

»Schilde hoch!« befahl er und grinste. »Phaserkanonen ausrichten.« Ein unbekanntes Scoutschiff war leichte Beute für den Schlachtkreuzer, und es kümmerte Kyron nicht, ob es eine reale Gefahr darstellte. Hier bot sich eine gute Chance für längst überfällige Kampfmanöver. Erst nach einigen Sekunden fiel ihm ein, daß er gar nicht wußte, mit wem sie es zu tun hatten. »Wer sind die Fremden?«

Kath schaltete eine akustische Kom-Verbindung. »...Ihr imperialer Diener«, tönte es aus dem Lautsprecher. »Wir sind Ihrer Aufmerksamkeit unwürdig und bitten demütig...«

»Sammler!« entfuhr es Kyron voller Abscheu. Er verachtete jenes Aasfresser-Volk, das von den Abfällen des klingonischen Imperiums lebte. »Phaserkanonen mit Energie beschicken. Bereiten Sie sich darauf vor, das Feuer zu eröffnen.«

»Wir bringen Ihnen Reichtum und Macht«, fügte die blökende Stimme vom Scoutschiff hinzu.

Kyron verschluckte die nächste Anweisung. »Mit welchem Trick will uns der Abschaum hereinlegen?«

»Wir haben ein Wrack mit wertvollen Dingen gefunden«, schnatterte der Sammler. »Wir bieten Informationen...«

Der klingonische Captain bedeutete Kath, einen Kom-Kanal zu öffnen. »Wo?« zischte er. »Wo ist das Wrack?«

»Oh, ehrenwerter Schiffsherr...« entgegnete der Sammler mit untertäniger Beflissenheit. »Wir sind gern bereit, dieses Wissen mit Ihnen zu teilen, während eines privaten Gesprächs an Bord Ihres Kreuzers...«

Und bestimmt verlangst du einen Anteil, dachte Kyron in einem Anflug von Pragmatismus. Er trat nach dem betäubten wissenschaftlichen Offizier, damit er schneller zu sich kam. Jaeger konnte gut mit dem Bewußtseinsscanner umgehen, und ein Einsatz des Sondierers stand unmittelbar bevor.

»Na schön«, brummte Kyron widerstrebend. »Beamen Sie sich an Bord, damit wir eine Übereinkunft treffen können.« Er grinste wieder. Später, wenn ihm die Informationen der Sammler vorlagen, hatte er noch Zeit genug, ihr Scoutschiff zu vernichten.

KAPITEL 1

Captain James T. Kirk von der USS *Enterprise* blieb abrupt stehen, als er ein auf ihn zielendes Phasergewehr sah. Seine beiden Begleiter verharrten ebenfalls. Die Waffe wirkte sehr beeindruckend: Am glänzenden Metall glühten edelsteinartige Justierungseinheiten, und ihr Licht pulsierte in einem hypnotischen Rhythmus. Das Gesicht hinter dem Gewehr trug einen gelassenen Ausdruck.

»Wir kommen in Frieden«, sagte der Starfleet-Captain ruhig. Er war kleiner und untersetzter als die beiden anderen Männer. Eine Aura der Autorität umhüllte ihn, doch er verdankte sie nicht den Abzeichen am goldenen Uniformpulli, sondern einer starken Persönlichkeit. Kirk lächelte betont freundlich und hob die Hände, aber der Bewaffnete vor ihm wich nicht beiseite. Er schnitt nun eine grimmige Miene, schloß die Hände fester um den Kolben und versperrte weiterhin den Weg.

»Versuch es mit: ›Bring uns zu eurem Anführer‹«, schlug einer von Kirks Begleitern vor, ein älterer Mann im Blau der Medo-Abteilung.

»Das ist nicht besonders originell, Pille.«

»Für alte Hasen wie uns. Aber *er* hat diese Worte vielleicht noch nie gehört.«

Der zweite Mann versuchte es auf seine eigene Art und Weise. »Wir fordern sofortigen Zugang zum nächsten Bereich. Laß uns passieren.« Der Vulkanier sprach mit mehr Nachdruck als Kirk, aber auch er hatte keinen Erfolg. Das Summen des Phasergewehrs wurde sogar noch etwas lauter.

McCoy schnaubte leise. »Ausgezeichnet, Spock. Ihre diplomatischen Fähigkeiten sind wahrhaft bemerkenswert. Wenn Sie nicht vorsichtiger sind, werden wir alle erschossen. Außerdem: Eine Phaserentladung könnte die Außenhülle durchdringen und diesen Abschnitt der Handelsstation zerstören.« Er winkte — eine Geste, die dem Korridor und den angrenzenden Metallstrukturen galt. »Was mich betrifft... Mir liegt nichts daran, Vakuum zu frühstükken.«

Der Vulkanier maß den Arzt mit einem kühlen Blick. »Die Unlogik dieser Situation ist nicht faszinierend, sondern langweilig.« Er trat vor.

»Immer mit der Ruhe, Mr. Spock.« Der Captain hielt seinen Ersten Offizier fest. »Wir dürfen die Einheimischen nicht beunruhigen.« Er sah auf die Waffe hinab und lächelte erneut. »Ich bin sicher, daß wir bald gute Freunde werden.« Diesmal entschloß sich Kirk zu einem Schritt nach vorn.

Das Phasergewehr entlud sich, und rotes Licht gleißte den drei Offizieren entgegen.

»Zur Hölle mit euch, klingonische Schweine!« rief der Angreifer. Er feuerte erneut, wirbelte herum und stürmte davon.

»Soll ich jetzt tödlich verletzt zu Boden sinken?« fragte Spock spöttisch, als der Junge hinter einer Ecke verschwand.

»Das finde ich gar nicht lustig«, erwiderte McCoy. Die drei Männer gingen weiter, verließen den äußeren Dockring und näherten sich dem Zentrum der Handelsstation. »Ich werde Sie nie darum bitten, Räuber und Gendarm zu spielen.« Der Vulkanier fand keine passende Antwort auf diese Anspielung bezüglich der terranischen Traditionen. McCoy nutzte Spocks Schweigen, um sich an Kirk zu wenden. »Du solltest Starfleet gegenüber nichts von diesem Fiasko verlauten lassen, Jim. Es könnte deine ansonsten tadellose Karriere ruinieren.«

»Manchmal gewinnt man, und manchmal verliert man«, sagte Kirk philosophisch und schmunzelte, als er an das sommersprossige Gesicht des Jungen dachte. Es erinnerte ihn an seinen Neffen Peter in jenem Alter.

Als der Korridor in den dritten Ring der Handelsstation mündete, sah Kirk nach links und rechts, blickte über die gewölbten Wände und hielt vergeblich nach dem Knaben Ausschau — vermutlich befand er sich irgendwo in der Menge der Erwachsenen. In purpurne Overalls gekleidete Besatzungsmitglieder der Station — überwiegend Menschen und Andorianer — nahmen eifrig ihre Pflichten wahr. Kaufleute und Händler aus verschiedenen Völkern wanderten langsamer umher, betrachteten die Auslagen der Geschäfte am Ring. Mehrere Tellariten schlenderten an den drei Offizieren der *Enterprise* vorbei; vor ihnen stelzte ein Crysallid, der es eilig zu haben schien.

»Der kleine Junge«, begann Spock und übernahm damit wieder die rhetorische Initiative, »ist ein gutes Beispiel für die Probleme bei der Stabilisierung des Friedens mit den Klingonen.«

»Wollen Sie damit sagen, daß er Kräfte symbolisiert, die Friedensinitiativen ablehnend gegenüberstehen?« fragte McCoy ernst und wölbte eine Braue. Kirk fand, daß es ihm immer besser gelang, das Verhalten des Vulkaniers nachzuahmen.

»Die Bemerkung ›Zur Hölle mit euch, klingonische Schweine‹, deutet nicht auf Versöhnungsabsichten hin«, erwiderte Spock ebenso würdevoll wie der Arzt. Wenn er McCoys Mimikry bemerkte, so ignorierte er sie. »Derartige Einstellungen bei so jungen Individuen prophezeien erhebliche Hindernisse in Hinsicht auf die Stabilisierung der freundschaftlichen Beziehungen mit dem klingonischen Imperium während der nächsten Generation.«

»Der Frieden verlangt nicht von uns, daß wir die Klingonen mögen, Spock«, konterte McCoy. »Er verpflichtet uns nur dazu, sie nicht mehr zu töten — und umgekehrt, was mir noch wichtiger erscheint.«

Kirk wußte aus Erfahrung, daß seine beiden Freunde gerade dabei waren, die Basis für eine längere verbale Auseinandersetzung zu schaffen. Er leitete ein taktisches Ablenkungsmanöver ein.

»So etwas habe ich mir immer gewünscht.« Spock und McCoy blickten am ausgestreckten Arm des Captains entlang zum Schaufenster eines Ladens, der benutzte Ausrüstungsteile für Asteroiden-Prospektoren anbot. Neben staubigen Geräten lagen Zubehörkomponenten für Schutzanzüge, verbeulte Kochtöpfe mit Solarzellen und längst überholte Unterhaltungsbänder.

Mitten in dem Durcheinander bemerkte McCoy einen kleinen Gegenstand, der Kirks Aufmerksamkeit geweckt hatte. »Das Messer.«

»Ein tyrellianischer Dolch, Pille. Fünfte Dynastie.«

Spock sah sich die lange, dünne Klinge und den kurzen Griff an. »Eher die vierte.«

»Reiß dich zusammen, Jim.« McCoy schloß die Hand um Kirks Arm und zog ihn zurück. »Wenn der Händler dein Gesicht sieht, verdoppelt er den Preis.« Er wartete, bis sich der begeisterte Glanz in Kirks Augen trübte. »In Ordnung, jetzt können wir einen Versuch wagen.«

Sie betraten den Laden, und der Arzt flüsterte Spock zu: »Sie sollten besser schweigen.«

Der Vulkanier gab keinen Ton von sich, als seine menschlichen Begleiter von einem kleinen dicklichen Mann begrüßt wurden, der den weiten Umhang der hiesigen Händlergilde trug. Sie tauschten einige Höflichkeitsfloskeln aus und begannen mit dem rituellen Gespräch über Waren, für die weder Verkäufer noch Kunden Interesse aufbrachten. Doch als Kirk wie beiläufig das Messer erwähnte, holte es der Händler sofort aus dem Schaufenster.

»Ein wundervolles Artefakt. Ich bin stolz darauf, es in meinem Sortiment zu wissen. Tyrellianische Klingen sind sehr begehrt, weil...«

McCoy unterbrach den Vortrag. »Wieviel?«

Der Händler reichte Kirk die Klinge. »Fühlen Sie das Gewicht. Die Waffe ist perfekt ausbalanciert — das Werk eines wahren Künstlers. Im ganzen Sektor finden Sie nichts Vergleichbares.«

»Wieviel?« beharrte der Arzt.

Der Captain zeigte seine Faszination viel zu deutlich. Der Händler zögerte kurz, um einen besseren Eindruck vom Kunden zu gewinnen, und dann nannte er einen Preis.

»Zweihundert Credits?« McCoy lachte abfällig. »Jim, dieser Mann hält uns für Touristen.«

»Ich bitte Sie, meine Herren.« Der Händler schüttelte kummervoll den Kopf. »Nur zweihundert Credits für dieses Objekt — das ist ausgesprochen günstig. Auf einem Planeten müßten Sie fast dreihundert dafür bezahlen. Sie haben Glück, daß diese Station keine große Bedeutung hat; hier herrscht eine nur geringe Nachfrage nach Antiquitäten.«

Spock wollte nach dem Messer greifen, um es sich genauer anzusehen, aber McCoy nahm es vor ihm aus Kirks Hand.

Die Miene des Händlers offenbarte nun gut geübte Offenheit. »Natürlich bin ich immer bereit, Starfleet-Offizieren einen Sonderrabatt einzuräumen.«

McCoy und Kirk lächelten so, als glaubten sie ihm.

»Welchen Rabatt sind diese Streifen wert?« Jim deutete auf seine Ärmelmanschette.

»Für Sie, Captain: mindestens fünfundzwanzig Credits.«

Spock öffnete den Mund und schloß ihn sofort wieder, als ihm McCoy einen warnenden Blick zuwarf. Der Arzt drehte das Messer hin und her, starrte kritisch darauf hinab.

»Hier sind Risse im Griff.«

»Das Artefakt ist sehr alt«, sagte der Händler, zog den Dolch aus McCoys Fingern und drückte ihn erneut in die Hand des Captains. »Auch an solchen Dingen geht die Zeit nicht spurlos vorbei. Hundertfünfzig Credits.«

»Und dann die stumpfe Schneide...« brummte McCoy. Ein kurzer Tritt an Kirks Schienbein reduzierte Jims Interesse.

Der Mann hinter dem Tresen beobachtete die Auswirkungen von McCoys Worten auf seinen Kunden. »Die Schneide ist stumpf, weil man das Messer benützt hat, Captain. Es handelt sich um eine echte Waffe, nicht um einen Ziergegenstand.« Kirks Interesse schien wieder zu wachsen, aber sein Enthusiasmus hielt sich in Grenzen. Aufrichtige Verzweiflung stahl sich nun in die Züge des Händlers. »Einhundertfünfundzwanzig — mein letztes Angebot.«

Diesmal sprach der vulkanische Erste Offizier, bevor McCoy ihn daran hindern konnte. »Wenn ein solcher Preis akzeptabel ist, stellt das Objekt entweder eine Fälschung dar oder kam auf einem illegalen Weg hierher.«

Der Händler schnappte sich das Messer und ließ es unter dem Tresen verschwinden. »Es tut mir sehr leid. Mir fiel gerade ein, daß der Dolch überhaupt nicht zum Verkauf steht.« Das Lächeln wich von seinen Zügen.

»Es war keine Fälschung, Jim«, meinte McCoy, als sie den Laden verließen und wieder durch den Korridor schritten.

»Da hast du völlig recht.«

Spock sah sich außerstande, diese Einschätzung zu bestätigen — der Arzt hatte ihm keine Möglichkeit gegeben, die Waffe zu prüfen. »Wenn es sich tatsächlich um eine echte tyrellianische Klinge handelte, so wurde sie wahrscheinlich aus dem Tyrelli-System hierhergeschmuggelt.«

»Wir sind Starfleet-Offiziere, keine Beamten des Interstellaren Zolls.«

Der Vulkanier blieb ungerührt. »Es kann kaum befriedigend sein, ein Objekt zu besitzen, das gegen den Willen der einheimischen Bevölkerung von seiner Ursprungswelt entfernt worden ist.«

»Nein, vermutlich nicht«, entgegnete Kirk und hoffte, daß seine Stimme überzeugend klang.

»Es wäre ein verdammt gutes Geschäft gewesen«, brummte McCoy in einem bedauernden Tonfall.

Kirk spürte, daß seine Freunde bereits im verbalen Ring standen, aber McCoy und Spock fanden keine Gelegenheit, mit ihrem Wortgefecht zu beginnen. Der Korridor endete plötzlich an einem Torbogen, und dahinter erstreckte sich eine große Kuppel — das Zentrum der radförmigen Handelsstation Wagner. Die Konstruktion jenes Raums bot einen spektakulären Anblick. Boden, Wände und Decke bestanden aus Klarstahlfacetten, und hinter ihnen lockte die samtene Schwärze des Weltraums.

Über der Kuppel schwebte die *Enterprise* reglos im All und leuchtete wie ein kleiner Mond. Als Kirk durch die große Kammer zum Geländer an der gegenüberliegenden Wand schritt, gab er vor, seinem Schiff nur vages Interesse entgegenzubringen. Doch tief in seinem Innern prickelte eine Aufregung, die er immer empfand, wenn er es aus der Ferne sah. Er beobachtete den diskusförmigen Primärrumpf und die beiden langen, schlanken Warpgondeln.

Spock wanderte ebenfalls zum Geländer, aber er blickte nicht nach oben, sondern zu den vier konzentrischen Ringen der Station. »T'rall von Vulkan hat die Wagner-Basis entworfen. Es muß allerdings hinzugefügt werden, daß sie damals noch recht jung war und ihr technisches Talent erst später voll entfaltete.«

Kirk winkte McCoy zu sich, aber der Arzt blieb wie angewurzelt mitten auf dem runden Deck stehen und schätzte die Entfernung zum nächsten Ausgang ab. »Ich finde es ganz angenehm, im Weltraum zu sein, solange er nicht zu deutlich auf seine Präsenz hinweist.« Er richtete einen anklagenden Zeigefinger auf den transparenten Boden unter seinen Füßen. »Hier ist die Sache außer Kontrolle geraten.«

Spock drehte sich um. »Zweifellos besteht keine funktionelle Notwendigkeit für diese architektonische Struktur, aber sie deutet darauf hin, daß sich T'rall von ihrer andorianischen Ausbildung beeinflussen ließ. Andorianer neigen dazu, an Klaustrophobie zu leiden.«

Kirk hörte das leise Läuten eines Chronometers, und es erinnerte ihn an seine Pflicht. Sie mußten einen Gesprächstermin bei der Stationsverwalterin wahrnehmen, und wenn sie sich nicht beeilten, kamen sie zu spät — was man vielleicht als ein Zeichen für militärische Arroganz auslegte. Kleine Raumbasen wie diese unterhielten nur selten Kontakte zur fernen Zentralregierung, und ihre Besatzung fühlte sich schnell beleidigt, wenn man ihr nicht die gebührende Aufmerksamkeit schenkte. Widerstrebend wandte Kirk der *Enterprise* den Rücken zu, und Spock folgte ihm zur Mitte des großen Raums. »He, Pille, du bist ebenso grün im Gesicht wie mein Erster Offizier.«

»Ich bin nicht schwindelfrei«, antwortete der Arzt gereizt. »In Zukunft werde ich andorianische Architektur meiden. Hortas stellen es genau richtig an: Sie graben Tunnel durch massiven Fels.«

Spock überhörte die mürrische Kritik des Doktors. »Captain, Stationsverwalterin Friel erwartet uns in acht Komma sechs Minuten.« Mit der für ihn typischen Selbstsicherheit zeigte er auf eine der acht Türen, die Zugang zur Kuppelkammer gewährten. »Dort entlang.«

»Kommst du mit, Pille?« fragte Kirk, als er sich bemühte, mit dem Ersten Offizier Schritt zu halten.

»O nein«, erwiderte McCoy mit Nachdruck und duckte sich, als sie drei elegant dahinsegelnde Pegasi passierten. »Ich habe dienstfrei, und das bedeutet, ich brauche nicht an irgendwelchen offiziellen Empfängen teilzunehmen. Dies ist eine Handelsstation, und ich bin fest entschlossen, die interstellare Ökonomie bis zu meiner Kreditgrenze zu fördern.«

»Halte dich von Schwierigkeiten fern«, sagte Kirk, als McCoy eine Abzweigung wählte.

Der Captain vertraute dem unfehlbaren Orientierungssinn des Vulkaniers, und sie erreichten ihr Ziel knapp zwei Minuten zu früh — doch nicht früh genug für Verwalterin Friel. »Wird auch Zeit, daß Sie kommen«, stieß eine große, imposante Frau hervor und führte sie in ihr Büro.

Kirk unterdrückte ein verärgertes Seufzen und bereitete sich auf ein oder zwei Stunden anstrengender Diplomatie vor. Er sah die Verwalterin an und rang sich ein Lächeln ab, doch Friel gab ihm sofort zu verstehen, daß ihre Ungeduld kein Ausdruck des Temperaments war — trotz des rötlichen Glanzes im Haar und der blassen irischen Gesichtszüge. »Wir haben den Notruf eines Frachters empfangen. Priorität Eins. Der Captain berichtete von einem angreifenden klingonischen Schlachtschiff.«

Spock hob die Brauen, und Kirks Mundwinkel sanken nach unten. »Im stellaren Territorium der Föderation?«

»Einzelheiten sind mir nicht bekannt«, sagte Friel. Sie wischte einige Datenkassetten und Ausdrucke vom Schreibtisch, um das Computerterminal zu erreichen. Einige Tasten klickten, und auf dem Schirm formte sich das Bild eines hageren, kobaltblauen Andorianers. »Ist es Ihnen gelungen, einen zweiten Kontakt mit der *Üppigen Dame* herzustellen, Timmo?«

»Nein«, flüsterte der Andorianer mit piepsig-rauher Stimme. Friel schaltete das Terminal aus und ließ sich zu einem besonders vulgären orionischen Fluch hinreißen.

»Da bin ich ganz Ihrer Ansicht«, meinte Kirk und schenkte Spocks stummer Bitte nach einer Übersetzung keine Beachtung. »Was haben Sie bisher gehört?«

»Größtenteils Statik. Timmo hat den Notruf vor fünfzehn Minuten aufgezeichnet. Der Prioritätscode war ziemlich klar, aber leider folgten ihm nur Informationsfragmente, die nicht ausreichen, um einen umfassenden Eindruck von den Ereignissen zu gewinnen.« Als Friel die Skepsis in Kirks Augen sah, fügte sie hinzu: »Es *kam* zu einem Angriff. Neil ist ein erfahrener Captain. Schon seit sieben Jahren fliegt er die Wagner-Station in regelmäßigen Abständen an, und durch gelegentliche Sichtungen klingonischer Kriegsschiffe gerät er nicht gleich in Panik.«

»Gelegentliche Sichtungen?« wiederholte Kirk und fühlte, wie seine Wangen zu glühen begannen. »Wie oft sind Klingonen in diesen Raumsektor vorgedrungen?«

Die Verwalterin hüstelte, um Zeit zu gewinnen, und nach einigen Sekunden antwortete sie: »Äh, dann und wann.«

»Wann geschah es zum letzten Mal?«

Friel betrachtete die Datenkassetten und Ausdrucke auf dem Boden. »Vor acht oder neun Monaten.«

»Die Friedensverhandlungen wurden erst im vergangenen Monat abgeschlossen«, warf Spock ein.

Friel sah den ruhigen Vulkanier an und versuchte, Kirks wortlosen Zorn zu ignorieren. »Wir alle hier — Klingonen, Menschen, Andorianer — sind ziemlich weit von der Heimat entfernt. Nach mehreren Jahren auf Routinepatrouille hat es eine Besatzung satt, dauernd an Bord eines Raumschiffs zu leben. Sie braucht Landurlaub.«

»Und bestimmt zögert sie nicht, für neuen Proviant gut zu bezahlen«, sagte Kirk.

Friel zuckte mit den Schultern. »Die Wagner-Station ist weder ein militärischer Stützpunkt noch ein militärisches Ziel. Wir schießen nicht auf die Klingonen, und sie schießen nicht auf uns. Was kann's schaden?«

Das Summen des Interkoms bewahrte die Verwalterin vor weiteren Rechtfertigungen. Der Kommunikationstechniker erschien wieder auf dem Schirm, und seine Kopffühler zitterten aufgeregt. »Ja, Timmo?«

»Captain Neil auf Kanal 12«, verkündete der Andorianer. Unmittelbar darauf drang eine andere Stimme aus dem Lautsprecher.

»...benötigen dringend Hilfe. Ein Schiff ist explodiert und das andere stark beschädigt. Zieht einen Schweif aus Trümmern hinter sich her. Es sind medizinische Einsatzgruppen für die Behandlung von Schwerverletzten erforderlich — und Techniker für die Reparatur der Triebwerke. Wenn sie überhaupt repariert werden können.«

»Wer braucht Hilfe?« rief Friel ins Interkom.

»Eine Handelskarawane der Frenni«, lautete die Antwort. »Das heißt: Es *war* eine Karawane. Die *Verella* hat's erwischt, und die *Selessan* ist manövrierunfähig.«

Kirk holte tief Luft, als er die Namen der Raumschiffe vernahm. Er beugte sich zum Terminal vor. »Wer hat angegriffen?«

»Klingonen.« Knisternde Statik untermalte Neils Stimme. »Die Karawane hatte einen Kom-Kontakt hergestellt und wollte über den Verkauf von Ausrüstungsgütern und ähnlichen Dingen verhandeln. Statt dessen eröffneten die Klingonen das Feuer. Ohne Erklärung, ohne Warnung.«

Der Captain holte seinen Kommunikator hervor. »Kirk an *Enterprise*«, sagte er und lauschte nach wie vor dem Bericht von der *Üppigen Dame*.

»...empfingen wir den Notruf vor zehn Stunden. Ich habe vorgeschlagen, den Kurs zu ändern und Überlebende aufzunehmen, aber die Frenni baten mich, den Sektor so schnell wie möglich zu verlassen und ein bewaffnetes Schiff zu schicken. Daraufhin haben wir uns aus dem Staub gemacht.«

Kirks Kommunikator piepte. »Hier *Enterprise*, Captain.«

»Streichen Sie den Landurlaub für die Crew, Lieutenant Uhura«, befahl er ernst. »Alle Besatzungsmitglieder sollen sofort zum Schiff zurückkehren. Teilen Sie Mr. Scott mit, daß wir innerhalb der nächsten Stunde einen Warptransfer beginnen.«

KAPITEL 2

CAPTAINS LOGBUCH: STERNZEIT 5302.1

Trotz des kürzlich vereinbarten Friedens, der alle direkten Feindseligkeiten und militärischen Konflikte zwischen dem Imperium und der Föderation verbietet, reagiert die *Enterprise* auf einen Notruf, der vom Angriff eines klingonischen Schlachtkreuzers berichtet...

Jim Kirk unterbrach seine Schilderungen, als der Erste Offizier auf ihn zutrat.

»Genaugenommen gehören die Frenni-Raumsektoren nicht zur Föderation«, sagte der Vulkanier und blieb neben dem Kommandosessel auf der Brücke stehen.

»Ein ziviles Raumschiff ist zerstört worden, wodurch alle Besatzungsmitglieder den Tod fanden«, erklang McCoys scharfe Stimme auf der anderen Seite des Befehlsstands. »Und Sie sprechen über Feinheiten des diplomatischen Rechts.«

»Meinem Hinweis fehlt es nicht an Signifikanz, Doktor«, beharrte Spock. »Der Angriff auf ein neutrales Schiff — im Territorium der betreffenden Crew — stellt keine Aggression gegenüber der Föderation dar.«

»Er hat recht, Pille«, bestätigte Kirk, kam damit weiteren Kommentaren McCoys zuvor und ergänzte den Logbucheintrag.

»Nach einem alten Brauch haben die Raumrouten der Frenni die gleichen Hoheitsrechte wie ein Sonnensystem. Die Flugkorridore führen durchs Gebiet der Föderation und des klingonischen Imperiums. Die nomadischen Händler vertreten beiden Seiten gegenüber einen streng

neutralen Standpunkt und unterhalten Beziehungen, die allein auf ökonomischen Aspekten beruhen. Jetzt wurde aus unbekannten Gründen eine Handelsflotte der Frenni von Klingonen angegriffen.«

Kirk holte tief Luft.

»Eine verrückte Sache!« platzte es aus Lieutenant Sulu heraus. Er beobachtete die Anzeigen seiner Konsole und blieb darauf konzentriert, die *Enterprise* während des überlichtschnellen Warptransfers zu steuern. Der Captain hatte maximale Geschwindigkeit angeordnet, was ein Höchstmaß an Aufmerksamkeit vom Steuermann verlangte. »Die Wirtschaft der Klingonen ist von Importen abhängig. Warum sollten sie so dumm sein, mit kriegerischen Aktionen eine primäre Nachschubquelle in Gefahr zu bringen?«

Fähnrich Chekov strich sich einige widerspenstige Strähnen des zerzausten braunen Haars aus der Stirn. »Die Klingonen denken nicht vernünftig — sie sind Kosaken«, brummte der junge Russe, als er noch einmal die programmierten Navigationsdaten überprüfte.

Kirk achtete nicht auf diese Einwände und sprach lauter.

»*Trotzdem gefährdet der Angriff die Sicherheit der Föderation in diesem Teil der Galaxis. Als einziges Starfleet-Schiff im Quadranten fliegt die* Enterprise *zur Selessan, deren Kommandant, Händler Esserass, den Notruf sendete. Wir erreichen sie in etwa anderthalb Stunden.«*

Als der Captain erneut schwieg, herrschte erwartungsvolle Stille auf der Brücke. Kirk betätigte eine Taste in der Armlehne des Kommandosessels und schaltete damit das elektronische Logbuch aus. »Danke. Sie können jetzt Ihre Diskussionen fortsetzen.«

Die Brückenoffiziere wirkten ein wenig verlegen, doch Spock verstand Kirks Bemerkung als Aufforderung für eine Situationsbeurteilung. »Angesichts unserer derzeitigen Informationen bin ich geneigt, Mr. Sulu zuzustimmen: Ein Angriff auf die Händlerkarawane widerspricht tatsächlich den Interessen der Klingonen. Daher halte ich es für möglich, daß er von einem unabhängig agierenden Individuum ausging und nicht etwa das Ergebnis von offiziellen Einsatzbefehlen ist.«

»Ein Schlachtkreuzer, dessen Kommandant auf eigene Faust handelt?« fragte McCoy überrascht. »Das erscheint mir etwas weit hergeholt.«

»Ich habe nur eine Hypothese angeführt«, entgegnete Spock rasch und wollte keinesfalls den Eindruck überschäumender Phantasie erwecken. »Eine alternative Vermutung wäre: Die Klingonen haben jemand anders gefunden, der ihnen alle benötigten Materialien liefert, und deshalb brauchen sie die Frenni nicht mehr.«

»Diese Möglichkeit legt einen neuen, mächtigen Verbündeten des Imperiums nahe«, sagte Kirk voller Unbehagen.

Krieg. Das Wort hing unausgesprochen in der Luft, doch alle hörten es. Selbst subtile Veränderungen im Machtgleichgewicht konnten den Friedensvereinbarungen mit dem Imperium die Grundlagen nehmen oder sie zumindest starken Belastungen aussetzen.

Lieutenant Uhura brach das Schweigen als erste. Sie lächelte strahlend. »Es ist sehr interessant, das Minenfeld der Diplomatie zu durchstreifen.« Ihre übertriebene Begeisterung entlockte den übrigen Offizieren ein leises Lachen.

Kirk schmunzelte reumütig. »Ja. Offenbar bekommen wir immer mehr als den uns zustehenden Anteil an galaktischen Konflikten ab.« In der Armlehne leuchtete eine kleine Kontrollampe. »Außerdem bleiben wir nicht von internen Problemen verschont.« Er seufzte und drückte eine Taste. »Ja, Scotty?« fragte er und wußte bereits, was ihm der Chefingenieur mitteilen wollte.

»Maximale Warpgeschwindigkeit...« Der Schotte stöhnte. »Nun, es ist sicher nicht nötig, es noch einmal zu betonen — Sie haben es schon mehrmals von mir gehört. Gehen Sie einfach davon aus, daß ich es erneut gesagt habe. Wenn Sie mich brauchen... Ich bin im Maschinenraum.«

»Wo er einen Koller bekommt«, fügte McCoy hinzu. Er warf Spock einen herausfordernden Blick zu.

»Ich bitte Sie, Doktor«, erwiderte der Vulkanier. »Ich halte Ihre Angewohnheit, ständig zu übertreiben, für vollkommen unangemessen. Mr. Scott hat keinen ›Koller‹, sondern zeigt nur seine Besorgnis in Hinsicht auf die Funktionen des Schiffes.«

»Sicher ist er jetzt kurz davor, total auszurasten«, meinte McCoy.

Spock runzelte andeutungsweise die Stirn, als er versuchte, den Sinn dieses Ausdrucks zu erfassen. McCoy suchte nach weiteren blumigen Worten, um den Vulkanier zu verwirren, als Kirk das Gespräch auf eine sachliche Basis zurückbrachte. »Mr. Spock, bitte erklären Sie uns die Lage.«

»Gewiß, Captain.« Der Erste Offizier kehrte zur wissenschaftlichen Station zurück und deutete auf einen Bildschirm. Das Projektionsfeld zeigte drei leuchtende Sterne und sonst nur Dunkelheit. »Die *Selessan* treibt am Rand des Belennii-Systems, das zum klingonischen Imperium gehört und keine besondere strategische Bedeutung hat. Es besteht aus einem instabilen Tristern: ein weißer Zwerg und zwei gelbe Sonnen. Trotz der Nähe zu mehreren Außenposten der Föderation und einigen Handelsrouten gab es dort nie einen Militärstützpunkt der Klingonen. Belennii ist viel zu weit vom Zentrum des Imperiums entfernt, um regelmäßigen Nachschub zu empfangen. Darüber hinaus mangelt es dem entsprechenden Quadranten an lohnenden Zielen, die den Einsatz erheblicher Mittel für Eroberungszwecke rechtfertigen würden.«

Spock wandte sich an den Captain. »Ich sehe keine logischen Gründe für einen einzelnen Schlachtkreuzer, andere Schiffe anzugreifen. Wir haben es mit einer außergewöhnlich aggressiven Aktion zu tun, die keine erkennbaren Vorteile für den Angreifer bietet. Ein Kreuzer ist zwar imstande, den lokalen Komplex aus Wirtschaft und Transport beträchtlich zu stören, aber gegen die militärischen Streitkräfte der Föderation hätte er praktisch keine Chance. Früher oder später müßte er mit der Vernichtung rechnen.«

»Aber er könnte einen interstellaren Krieg auslösen«, sagte Kirk. »Raumschiffe aus allen Sonnensystemen der Föderation fliegen durch die hiesigen Transfertunnel. Es wäre denkbar, daß wiederholte Angriffe viele Mitglieder des Föderationsrates veranlassen, für Vergeltungsmaßnahmen zu stimmen. Dann hätte der Frieden mit dem Imperium keine Chance mehr, erhalten zu bleiben.«

»Er hat gerade erst begonnen«, brummte McCoy. »Und du fürchtest sein baldiges Ende, Jim?«

»Es ist kaum eine unerwartete Entwicklung.« Kühles Interesse erklang in Spocks Stimme. »Einige Gruppen im Militär waren von Anfang an gegen die Friedensvereinbarungen. Den Erfolg dieser Initiative verdanken wir in erster Linie Problemen im Bündnis zwischen Klingonen und Romulanern — die gegenwärtige imperiale Regierung will einen Kampf an zwei Fronten vermeiden. Allerdings verlor sie einen großen Teil ihres politischen Einflusses, als sie die Übereinkunft mit der Föderation traf.«

»Soll das heißen, sie ist vielleicht außerstande, einen Krieg zu verhindern?« erkundigte sich McCoy mit wachsendem Entsetzen. »Herr im Himmel! Dann droht millionenfacher Tod!«

»Ich habe nur eine Hypothese beschrieben«, entgegnete Spock ruhig.

»Wie können Sie nur so kaltblütig...«

Uhuras Stimme übertönte die des Bordarztes. »Captain, ich empfange schwache Signale von der *Selessan*. Wir sind bald auf Kom-Reichweite heran.«

»Danke, Lieutenant.« Kirk gab seinem Ersten Offizier keine Gelegenheit, nach dem genauen Zeitpunkt des Kommunikationskontakts zu fragen, indem er sagte: »Ich habe Captain Esserass von der *Selessan* kennengelernt.«

»Interessant.« Spock ließ sich durch Kirks Einwurf von McCoy ablenken, dessen Zorn der vulkanischen Gefühllosigkeit galt. Der Arzt kochte innerlich, mußte den Themawechsel jedoch hinnehmen.

»Vor vielen Jahren, als ich Lieutenant an Bord der USS

Farragut war«, erklärte Kirk. »Die Kühlvorrichtungen unserer Kombüse funktionierten nicht mehr richtig, und deshalb benötigten wir neuen Proviant. Unglücklicherweise hatten die Frenni nur einige Tonnen orionischer *Demma* an Bord.«

Überall in der Galaxis kursierten Gerüchte über die orionische *Demma*, ihren Ursprung und die Wirkungen dieses besonderen Nahrungsmittels. Als erfahrener Erzähler zögerte Kirk einige Sekunden lang, bis sich alle Brückenoffiziere die entsprechende Situation vorstellten. Hier und dort kicherte jemand. McCoy grinste breit. Selbst Spock wirkte nachdenklich.

»Als wir Starbase 7 erreichten, hatte sich unser Vorrat an Mitteln zur Empfängnisverhütung erschöpft, und...« Kirk kam nicht mehr dazu, den Rest dieser ein wenig schlüpfrigen Geschichte zu erzählen — statisches Knistern aus den Lautsprechern unterbrach ihn. Uhura justierte die Frequenzen.

»Bitte beeilen Ssie ssich. Wir brauchen dringend Hilfe.«

Kirk erkannte die zischende Stimme eines Frenni. Die Heiterkeit verschwand aus Jims Zügen, als er Uhura aufforderte, einen Kom-Kanal zum Handelsschiff zu öffnen. »*Selessan*, hier spricht Captain Kirk von der USS *Enterprise*. Wir beenden den Warptransfer in einer Stunde.« Er winkte ab, als Spock einen genaueren Zeitpunkt nennen wollte.

»Wir danken Ihnen ssehr, Captain. Mit grossser Freude warten wir auf Ihre Ankunft.« Eine lange Pause. »Kirrk... Oh, ja, ich erinnere mich. Hat Ihnen die *Demma* gefallen?«

Kirk spürte verlegen, wie sich seine Ohrenspitzen röteten. »Ja«, sagte er und lachte kurz. »Sie schmeckte nicht schlecht, Captain Esserass.«

»Für unssere Rettung belohne ich Ssie mit anderen Delikatesssen — fallss ssie in Ssicherheit gebracht werden können.« Der Frenni seufzte. »Gute Geschäfte, Kirrk.« Esserass schloß den Kom-Kanal.

Der sanfte Humor in der Stimme des Frenni konnte nicht über dessen Erschöpfung hinwegtäuschen. McCoy schnitt eine finstere Miene und sah Spock an. »Opfer — die unmittelbare Folge des Krieges.«

Spock seufzte, als er die neuerliche Herausforderung im Tonfall des Arztes hörte. »Unter derartigen Umständen ist Ihr Platz in der Krankenstation.«

»Belehren Sie mich nicht über meine Pflichten!« brachte McCoy bitter hervor. »*Ich* muß nachher die Überlebenden zusammenflicken und bei den Toten Autopsien vornehmen.« Ruckartig drehte er sich um und verließ die Brücke.

»Er weiß, daß Sie es nicht so meinen«, sagte Kirk zu seinem Ersten Offizier.

Der Vulkanier antwortete nicht. Er trat wieder an die wissenschaftliche Station heran und nahm im Sessel davor Platz. »Wir erreichen die *Selessan* in eins Komma zwei Stunden.«

Während dieser Zeit bereitete sich die Besatzung der *Enterprise* auf den Rettungseinsatz vor, indem sie Kirk zahlreiche Datentafeln zur Unterschrift reichte. Wenn ihm die Bürokratie eine Ruhepause gönnte, mußte er Scotty beruhigen, der sich immer mehr Sorgen um die Triebwerke machte. Nach einer Stunde erstaunlichen Schweigens nutzte ein mißmutiger McCoy den einen oder anderen Vorwand, um sich mit der Brücke in Verbindung zu setzen und nach der allgemeinen Situation zu fragen. Die Alarmbereitschaft erinnerte alle daran, daß möglicherweise ein Gefecht mit einem klingonischen Schlachtkreuzer bevorstand.

»Die Sensoren registrieren keine klingonischen Schiffe«, verkündete Spock, als die *Enterprise* in den Normalraum zurückkehrte. »Noch dreiundzwanzig Komma vier Minuten bis zur *Selessan*.«

»Können wir den Transporter benutzen, um die Frenni an Bord zu holen?« fragte Kirk.

»Negativ. Meine Annahmen haben sich gerade bestätigt: Die Reststrahlung der zerstörten *Verella* läßt keinen zuverlässigen Einsatz unseres Transportersystems zu. Ich stelle bereits erste Beeinträchtigungen der Instrumentenfunktionen durch ionisierte Partikel fest.«

Kirk dachte an die dadurch entstehenden Risiken. Die Evakuierung der Frenni mit Hilfe von Shuttles dauerte Stunden, und außerdem mußten dabei die Schilde gesenkt bleiben. Er wollte diese Mission so schnell wie möglich hinter sich bringen. »Uhura, teilen Sie der Krankenstation mit, daß sich auf dem Hangardeck ein Medo-Team in Bereitschaft halten soll.« Kirk und der weibliche Kommunikationsoffizier verteilten Anweisungen, während die *Enterprise* den Flug zum Rendezvouspunkt fortsetzte.

»Wir nähern uns der *Selessan*, Captain.« Sulus Hände huschten über die Schalteinheiten der Konsole, und auf dem Wandschirm erschienen die Konturen des Händlerschiffes. Eine Sekunde später stoben Funken von den Navigationsdeflektoren.

»Die Reste der *Verella*«, erklärte Spock, als Trümmerstücke verdampften. Unterdessen wurde die *Selessan* größer: ein häßliches Konglomerat aus wie zufällig zusammengeschweißten Kabinen und Frachtkammern. Die Triebwerksgondel mochte einst glatt gewesen sein, aber Phaserfeuer hatte einen Teil der metallenen Struktur verbrannt.

Spock blickte auf den Computerschirm. »Die Sensorsondierung wird immer schwieriger. Einige von den Scannern ermittelte Daten deuten auf starke Beschädigungen der internen Anlagen an. Das Lebenserhaltungssystem der *Selessan* arbeitet auf einem sehr geringen Niveau. Weder Triebwerksemissionen noch Waffenenergie.«

»Willkommen, Kirrk«, tönte es aus dem Lautsprecher. »Bieten wir nicht einen trraurigen Anblick?«

Der Captain nickte. »Jetzt haben Sie das Schlimmste überstanden«, versicherte er und aktivierte das Interkom. »Pille...«

»Medo-Team C befindet sich an Bord der *Galileo*«, antwortete McCoy. »Die Behandlungsgruppen in der Krankenstation warten auf Patienten.«

Kirk wechselte den Kanal. »Hangar, Startbereitschaft.« Noch bevor Scott den Befehl bestätigte, sah er aus den Augenwinkeln den Beginn der Startsequenz auf den Computerschirmen der technischen Station.

Der Captain lehnte sich im Sessel zurück und betrachtete die Darstellung der *Selessan* im Projektionsfeld des großen Wandschirms. »Keine Bilder vom Innern des Schiffes, Lieutenant Uhura?«

»Nein, Sir. Die Ursache des Problems ist mir unklar. In den Audio-Frequenzen kommt es immer wieder zu Statik, und andere Signale werden vollständig blockiert.«

Kirk bedeutete ihr, erneut einen externen Kom-Kanal zu öffnen. »Captain Esserass, offenbar ist kein visueller Kontakt mit Ihrem Schiff möglich.«

»Dass überrascht mich nicht. Mein Kommunikationsoffizier isst tot. Ich habe verssucht, die Geräte sselbst zu bedienen, aber ssie funktionieren nicht mehr richtig.«

»Ich verstehe.« Kirk drehte sich zum Ersten Offizier um. »Ist eine Bio-Kontrolle möglich, Spock? Können Sie herausfinden, ob Klingonen an Bord des Händlerschiffes sind?«

Dünne Falten formten sich in der Stirn des Vulkaniers. »Die Reststrahlung reduziert das Leistungspotential der Sensoren und Scanner...«

»Versuchen Sie's trotzdem. Ich möchte nicht, daß die Rettungsgruppen in der *Selessan* unangenehme Überraschungen erleben.«

»Captain Kirk, die Techniker- und Medo-Teams haben in den Shuttles Platz genommen. Alle Raumfähren startbereit.«

»Auf meinen Befehl hin.« Kirk wandte sich an den Steuermann. »Lieutenant Sulu, bereiten Sie sich darauf vor, die Schilde zu senken.« Er zögerte noch immer, die letzte Order zu geben. »Nun, Mr. Spock?«

»Die Interferenzen sind sehr intensiv, aber das Resultat des Bio-Scans enthält keine Hinweise auf klingonische Anatomie oder Physiologie.«

»Schilde senken, Sulu.« Kirk sprach wieder ins Interkom. »Starten Sie die Shuttles, Mr. Scott.« Er beobachtete, wie einige Anzeigen der technischen Station rot aufleuchteten, und vor seinem inneren Auge sah er, was nun geschah. Das große Außenschott im sekundären Rumpf glitt beiseite und präsentierte das Hangardeck dem Vakuum des Alls. Nacheinander hoben die Raumfähren ab. Sie mußten nun gleich auf dem Wandschirm erscheinen, während sie...

»Captain...« sagte Spock. »Die Bio-Signale fluktuieren noch immer, aber das strukturelle Profil der Lebensformen ist nicht mit dem der Frenni identisch.«

Kirk fühlte, wie sich seine Nackenmuskeln versteiften. »Instrumentenfehler?«

»Möglich«, räumte Spock ein und konzentrierte sich wieder auf sein Pult. »Ich brauche etwas Zeit für die Rejustierungen.«

Kirk knabberte am Fingernagel des Daumens. »Weder Klingonen noch Frenni.« Er traf keine bewußte, rationale Entscheidung, sondern gab seinem Instinkt nach, als er einmal mehr die Interkom-Taste drückte. »Mr. Scott, rufen Sie die Shuttles zurück.« Er beugte sich vor. »Sulu, reaktivieren Sie die Schilde, sobald unsere Fähren im Hangar sind.«

»Wass isst los, Kirrk?« erklang Esserass' verwunderte Stimme, als die Shuttles zur *Enterprise* zurückflogen.

Der Captain zögerte. »Identifizieren Sie Ihre Crew, *Selessan*.«

»Aber wir haben unss bereits identifiziert, Kirrk«, erwiderte der Händler verärgert. »Bitte beeilen Ssie ssich. Wir brauchen dringend medizinische Hilfe.«

Eindeutig das Zischen einer Frenni-Stimme. Sie erinnerte Jim an seine erste Begegnung mit dem Händler. »Spock?«

»Die Systemkontrolle hat eine einwandfreie Funktion der Sensoren verifiziert«, sagte der Vulkanier mit unerschütterlicher Gelassenheit. »Woraus folgt: Die Besatzung der *Selessan* besteht nicht aus Frenni.«

Und die Raumfähren befanden sich noch immer außerhalb der *Enterprise*.

Kirk versuchte, ruhig zu sprechen und Zeit zu gewinnen. »Esserass, bei uns kommt es zu Fehlfunktionen aufgrund der Strahlung in diesem Sektor. Gewisse Verzögerungen lassen sich leider nicht vermeiden...«

»Captain, warum wollen Ssie unss hinhalten? Wir ssind Freunde der Föderation und verdienen Ihre Hilfe. Von unss geht keine Gefahr für Ssie auss.«

Kirk sah wieder seinen Ersten Offizier an. »Waffen?«

»Es sind noch immer keine einsatzfähigen Waffensysteme feststellbar.« Spock zog verwirrt die Brauen zusammen. »Aber das energetische Niveau im Maschinenraum der *Selessan* steigt.« Auf dem Wandschirm drehte sich das Händlerschiff langsam um die eigene Achse.

Der Captain glaubte zu spüren, wie eine Falle zuschnappte. »Scotty, bringen Sie die Shuttles unverzüglich in den Hangar! Wir müssen uns mit den Schilden schützen!«

»Noch fünf Sekunden, Sir«, erwiderte der Chefingenieur.

Kirk begann mit einem stummen Countdown. »Jetzt, Sulu!«

Als der Steuermann die Hand zur Konsole ausstreckte, beschleunigte das Frenni-Schiff plötzlich und raste der *Enterprise* entgegen.

KAPITEL 3

McCoy zog unbeholfen an seinem Kittel, doch die Schnallen und Spangen entglitten den zitternden Fingern. Noch vor einigen Minuten hatte er mit ruhigen, sicheren Händen gearbeitet und mehrere durchtrennte Nervenstränge miteinander verbunden. Jetzt lagen fünfzehn anstrengende Stunden und mehrere komplizierte Operationen hinter ihm, bei denen es vor allen Dingen auf das Geschick des Chirurgen ankam — trotz der modernen medizinischen Technik. Die Anspannung wich von McCoy, und daraufhin fühlte er seine Erschöpfung. Er streifte den Kittel ab, hielt ihn einige Sekunden lang in der Hand und ließ ihn achtlos fallen. Wie oft hatte er als Erster Medo-Offizier Ärzte oder Krankenschwestern für ein so nachlässiges Verhalten getadelt?

Jeder Mediziner sollte auf Ordentlichkeit achten. Schlechte Angewohnheiten gehen früher oder später zu Lasten der Patienten.

Trotzdem machte er keine Anstalten, das Kleidungsstück aufzuheben, setzte sich statt dessen auf einen Spind. Wenn ihm der kleine Schrank keinen Halt geboten hätte, wäre er wahrscheinlich zu Boden gesunken, neben den Kittel.

Der chirurgische Waschraum glich einer ruhigen Zone zwischen den beiden Stürmen, die McCoy seit zwei Tagen erbarmungslos umheulten. Derzeit hielt sich niemand in der Operationskammer hinter ihm auf, und geschlossene Türen dämpften die Geräusche in der Rekonvaleszenzabteilung. Er hörte nur Interkom-Stimmen, die Listen endloser Schadensberichte verlasen oder Statusmeldungen erstatteten; Scotty war mit seinen eigenen Operationen beschäftigt.

»Doktor.« Schwester Chapel stand neben McCoy. Er

begriff, daß sie ihm schon seit einer ganzen Weile Gesellschaft leistete, doch er nahm ihre Präsenz erst jetzt bewußt wahr.

»Wer ist nun dran?« fragte er automatisch. Einige Minuten nach der Kollision hatte er die ersten Patienten in Empfang genommen. Inzwischen war mehr als ein Tag vergangen, und er mußte noch immer leichtere Verletzungen behandeln; den Männern und Frauen, die mit dem Tod rangen, galt absolute Priorität. Zwei Besatzungsmitglieder lagen in Bio-Stasis: Es stand so schlimm mit ihnen, daß ihre Körper nur in einer bestens ausgerüsteten Starbase wieder zusammengeflickt werden konnten. Sechzehn andere würden nie wieder erwachen. Schon seit langer Zeit hatte die *Enterprise* keine derart schweren Verluste erlitten.

»Niemand«, antwortete Chapel. »Für heute haben Sie genug gearbeitet. Ruhen Sie sich aus.« Sie nannte den Dienstplan für das medizinische Personal und sprach dabei in einem Tonfall, der folgende Botschaft vermittelte: *Wenn Sie irgendwelche Einwände erheben, Doktor, so beleidigen Sie damit alle Angehörigen dieser Abteilung.* Vier Namen fehlten auf der Liste — die Mitglieder des Medo-Teams, die im Hangar getötet worden waren. McCoy hatte sie selbst ausgesucht...

Er hörte müde zu und gestand sich ein, daß es ihm an Kraft fehlte, die nächsten Operationen auch nur zu beaufsichtigen. Hinter seiner Stirn pochte dumpfer Schmerz, und es fiel ihm schwer, den Blick zu fokussieren. Hinzu kam eine Reaktionszeit, die kaum besser war als bei einem Katatonie-Patienten. Plötzlich unterbrach McCoy diesen Gedankengang und unterdrückte ein verärgertes Stöhnen. »Ich kann mich noch nicht in mein Quartier zurückziehen.« Er beugte sich mühsam vor. »Was ist mit Benson, der Brustverletzung aus dem Maschinenraum? Wir haben die Lazerrationen nur notdürftig zusammengehalten, um zu warten, bis sich sein Zustand stabilisiert.«

Chapel zögerte. »Er braucht nicht mehr operiert zu werden.«

McCoy hob abrupt den Kopf. »Verdammt, Christine! Drücken Sie sich klarer aus! Wie geht es Benson?«

»Er ist tot«, sagte die Schwester sachlich. »Die metabolischen Signale waren schwach, aber stabil, als man ihn für die Operation vorbereitete. Doch dann...«

Zorn brodelte in dem Arzt, und er sprang auf. »Warum bin ich nicht verständigt worden? Wo befindet er sich jetzt?« *Himmel, wir haben schon genug Todesfälle. Bitte, gütiger Gott, verschone die anderen.*

Chapel wich nicht beiseite und versperrte ihm tapfer den Weg. »Besatzungsmitglied Benson ist tot, Doktor. Sie wissen genausogut wie ich, daß wir alles versucht haben, um ihn zu retten, aber unsere Bemühungen genügten einfach nicht.«

Der jähe Adrenalinschub ließ nach, und McCoy ließ die Schultern hängen. »Natürlich. Tut mir leid. Ich wollte nicht... Ich...« Er unterbrach sich verwirrt. Hatte er etwa geglaubt, den Todesengel packen und erwürgen zu können? »Danke, Schwester.« Er musterte ihr Gesicht und sah Müdigkeit, die ihre markanten Züge aufweichte. »Ich schätze, es wird Zeit, daß ich ein wenig an der Matratze horche.«

»Da haben Sie völlig recht.« Chapel wirkte noch immer ernst und streng, aber in ihrer Stimme erklang nun so etwas wie sanfte Toleranz.

»Zum Teufel auch, wie ertragen Sie mich nur?« murmelte McCoy, als er aus dem Zimmer wankte.

Der Weg durch den Korridor vertrieb genug Benommenheit aus ihm, um den vielen Technikern auszuweichen. Überall stieß er auf Hindernisse in Form von Schaltkreismodulen, Kisten mit Ersatzteilen und Körpern, deren Beine aus Wartungsöffnungen im Boden, den Wänden oder der Decke ragten. Nach der Bordzeit war es jetzt Nacht, aber helles Licht strahlte in den Korridoren, um die Reparaturen zu erleichtern. Im Weltraum konnten ›Morgen‹ und ›Abend‹ ohnehin nur künstlicher Natur sein, doch McCoy verabscheute es, so deutlich daran erinnert zu werden.

»Gravitationsgruppen zum Deck Sieben. Gravitationsgruppen zum Deck Sieben. Bereitschaft für Anpassungsprozedur in viereinhalb Stunden. Ich wiederhole...« Scottys Stimme klang selbst aus den Interkom-Lautsprechern heiser und rauh.

McCoy fragte sich, wie umfangreich die Beschädigungen der *Enterprise* sein mochten. Als Arzt galt seine Aufmerksamkeit vor allen Dingen dem menschlichen Problem, aber er erinnerte sich nun an die heftigen Erschütterungen während des Angriffs. Er hatte die kurzen Pausen zwischen den Operationen genutzt, um mit halbem Ohr den Interkom-Meldungen zuzuhören: Offenbar mußte die Identität des Aggressors erst noch festgestellt werden. Einige Trümmer des Frenni-Schiffes lagen im Hangar, und mehrere aus dem Wrack geborgene organische Fragmente ruhten neben Ellison und Takeoka in der Stasis — mit etwas Glück waren die beiden Crewmitglieder nach dem Auftauen besser dran als die Aliens. McCoy schüttelte den Kopf, als wollte er sich auf diese Weise von Sorge und Kummer befreien. Es hatte keinen Sinn, jetzt über die Überlebenschancen der Stasis-Patienten nachzudenken: *Es dauert Wochen, bis wir die nächste Starbase erreichen.*

Uhuras Stimme tönte aus dem Interkom. »Captain Kirk zur Brücke.« Und dann Scotty: »Captain Kirk zur Phaserkontrolle.«

»Hier Kirk. Eins nach dem anderen.«

McCoy schmunzelte über die verschiedenen Anfragen und überlegte, wie lange es dauern würde, bis Jim die Krankenstation aufsuchte. Der frustrierte Ärger im Tonfall des Captains war bei diesem stets das erste Anzeichen für nahende heftige Kopfschmerzen.

Diese Überlegungen hielten alle düsteren Gedanken von McCoy fern, bis er seine Kabine erreichte. Dort ging er sofort zur Ultraschalldusche und streifte unterwegs die Kleidung ab. *Schweiß fühlt sich wie Blut an*, fuhr es ihm durch den Sinn, und er schauderte unwillkürlich, als die Düsternis in sein Bewußtsein zurückkehrte. Die Vibrationen säuberten nur den Leib, nicht den Geist.

Nach der Dusche beobachtete McCoy sein Spiegelbild. Er sah das gleiche Gesicht, das er jeden Morgen betrachtete, doch diesmal musterte er es aufmerksam. Die breiten, regelmäßigen Züge ließen ihn untersetzter erscheinen, als er es in Wirklichkeit war. Erschöpfung verlängerte die Falten in den Mundwinkeln und auf der Stirn. Das Blau der Pupillen wirkte nun grau, und ein Gespinst aus dünnen roten Adern durchzog das Weiße in den Augen. Das braune Haar darüber hatte sich nicht gelichtet, aber es wies einige graue Strähnen auf.

Mit jedem Tag sehe ich meinem Vater ähnlicher.

Er wandte sich vom Spiegel ab, zog einen Morgenmantel an und ließ den Blick durch ein Zimmer schweifen, in dem diverse Kleidungsstücke und Handtücher verstreut lagen; bisher hatte er sich noch nicht die Mühe gemacht, sie aufzusammeln und ins automatische Reinigungsgerät zu stopfen. Mehrere Topfpflanzen verwelkten langsam. Auf dem Schreibtisch lagen ungelesene medizinische Fachzeitschriften neben Ausdrucken elektronischer Briefe, die während der letzten Subraum-Kommunikationen mit Starfleet übermittelt worden waren. McCoy kannte ihren Inhalt noch nicht, und er spürte kaum den Drang, sich sofort mit ihnen zu beschäftigen. Es spielte sicher keine Rolle, wenn er sie erst in einigen Stunden zur Hand nahm: Sicher hatten sie Wochen gebraucht, um in Form von codierten Impulsen durchs All zu reisen, von Schiff zu Schiff weitergeleitet zu werden und schließlich die *Enterprise* zu erreichen. Er widerstand auch der Versuchung, sein Quartier aufzuräumen. Zwar brauchte er dringend Schlaf, aber er hatte ein Stadium nervöser Erschöpfung erreicht, das ihn nicht zur Ruhe kommen ließ. Ein vertrautes Gefühl: Es erinnerte ihn an die schreckliche Routine während seines ersten Jahrs als Arzt.

Ich bin zu alt für solche Dinge.

McCoy streckte sich auf dem Bett aus und versuchte

vergeblich, sein Selbst von allem Ballast zu befreien. Zweimal stand er auf, um sich mit der Krankenstation in Verbindung zu setzen, als ihm wichtige Fragen einfielen. Hatte er die neuen Dosierungen in Vergalens Krankenblatt eingetragen oder sich das nur vorgenommen? Dann befürchtete er plötzlich, Dr. Cortejo nicht auf die Notwendigkeit hingewiesen zu haben, Galloways Bauchwunde noch einmal zu behandeln. *Nein, Chapel hat diese Information sicher weitergegeben. Lieber Himmel, manchmal vertraue ich ihr mehr als mir selbst.* Dieser Gedanke beruhigte ihn, und er schlief endlich ein.

Das schrille Pfeifen der internen Kommunikation weckte McCoy. Er kam langsam zu sich, und die Tentakel eines Alptraums wichen vor der Realität zurück. Zuerst ergaben die aus dem Lautsprecher tönenden Worte überhaupt keinen Sinn. Die Finger des Arztes zuckten, während er in Schreckensvisionen meterlange Nerven zusammennähte, die auf dem Boden der Brücke verstreut lagen.

»...beginnt in etwa dreißig Minuten.«

Zur Hölle mit Montgomery Scott. Konnte er das Schiff nicht ohne solchen Aufruhr in Ordnung bringen? Ein Blick aufs Chronometer teilte McCoy mit, daß nur vier Stunden verstrichen waren, aber er verspürte nicht den Wunsch, erneut einzuschlafen. Die Rückkehr in den Alptraum erschien ihm wenig erstrebenswert. Da er schon einmal wach war, konnte er einige Arbeiten erledigen. Jim hatte ihn um einen Bericht über die Gewebeproben der Aliens gebeten: Die Autopsie war vom Xenobiologen Frazer durchgeführt worden, und es schadete sicher nicht, seinen recht technischen Jargon in eine Sprache zu übersetzen, die der Captain verstand. Außerdem wollte McCoy erfahren, welche Lebensformen für ein solches Chaos in der Krankenstation gesorgt hatten. Er stand auf, zog die letzte frische Uniform an und wankte zum Schreibtisch. Dort rieb er sich die schläfrigen Augen, schaltete das Computerterminal ein und öffnete die Autopsie-Datei.

Fotos der Fragmente erschienen auf dem Schirm — ein blutiger Anfang, aber nützlich, um einen Eindruck von der fremden Morphologie zu gewinnen. Die ersten beiden Bilder waren praktisch bedeutungslos und zeigten nur Klumpen einer orangefarbenen Masse: Man hätte sie für pflanzliche Substanz oder Schaumstoffisolierung halten können. Dann folgte die Nahaufnahme eines massiven, von stahlblauer Haut bedeckten Schädels; die runden roten Augen darin starrten mit fast menschlicher Bosheit. Ein blauschwarzer Kamm aus buschigem Haar reichte von der Stirn über den Kopf, und im Gesicht dominierte ein chitinartiger, weit geöffneter Schnabel.

McCoys Nackenhaare richteten sich auf. *Da soll mich doch...* Überrascht starrte er auf die Darstellung. Im enthaupteten Zustand bot der Alien einen grotesken Anblick, aber sein Erscheinungsbild hatte eigentlich nichts Furchterregendes. Trotzdem schauderte und fröstelte der Arzt. Irgendeine Drohung schien von den Zügen des fremden Wesens auszugehen. Einige Minuten lang betrachtete er den Schädel, und allmählich verschwand das Unbehagen aus ihm. Frazers technischer Vortrag bekam eine rein klinische Bedeutung und schuf keine neuen Assoziationen.

»...gibt es zwischen diesen morphologischen Strukturen und bekannten Konfigurationen keine kongruenten Übereinstimmungen... Die DNA-Molekülsequenzen der Aminosäuren postulieren einen Ursprung, der sich beträchtlich von der biochemischen Evolution anderer Spezies unterscheidet.«

McCoy schnaubte abfällig. »Mit anderen Worten: Du hast so etwas noch nie gesehen und weißt nicht, um was es sich handelt.« Er zerlegte die komplexen Sätze des Xenobiologen in ihre Einzelteile und formte daraus übersichtlichere Erklärungen. Seine eigene Reaktion auf den Alien erwähnte er nicht. Er mußte mit dem unerträglichen vulkanischen Spott des Ersten Offiziers rechnen, wenn er von ›vagem Entsetzen‹ sprach, ohne dieses Empfinden erklären zu können.

Falls dafür tatsächlich ein konkreter Grund existiert, so muß ich warten, bis er mir klar wird.

Die Unruhe wich nicht aus McCoy, als er das Terminal desaktivierte und durch die Ausdrucke blätterte. Obwohl Spock nichts davon hielt, wurde die berufliche Korrespondenz des Arztes vom Computersystem automatisch ausgedruckt. McCoy fand großen Gefallen darin, echtes Papier in den Händen zu halten und das Rascheln von Blättern zu hören — ein mit Worten gefüllter Bildschirm war für ihn kein richtiges Manuskript.

Die ersten kleinen Pakete enthielten verschiedene Artikel und einen noch nicht veröffentlichten Bericht vom Ersten Medo-Offizier der USS *Welborne*. McCoy schob den Stapel beiseite, um sich später eingehender damit zu befassen; eine wochenlange Heimreise hatte auch Vorteile. Kurz darauf bemerkte er einen Brief und hob überrascht die Brauen. Die private Korrespondenz erhielt er fast immer in Form eines Datenmoduls, und dies nur von einigen wenigen Personen, die bereit waren, zusätzliche Subraum-Sendezeit zu bezahlen. Dieser Brief hier war eine Ausnahme.

Verwundert sah er auf die Unterschrift. Der Name sprengte einen mentalen Damm, und Erinnerungsfluten strömten dahinter hervor, begleitet von innerem Schmerz. Nach den Reminiszenzen las er die wenigen, knappen Sätze der Nachricht.

Aus einem Reflex heraus zerknüllte McCoy das Blatt. Nach all den vergangenen Jahren sollten diese Dinge eigentlich keine Rolle mehr für ihn spielen, aber er fühlte sich verletzt, und seine Hände zitterten. Ein Teil von ihm fungierte als neutraler Beobachter und diagnostizierte einen leichten Schock. Der Rest empfand nur Elend. Einige Sekunden lang dachte er daran, mit Jim Kirk zu sprechen. Nein, das würde bedeuten, Einzelheiten zu nennen, zu erklären, sich noch deutlicher zu erinnern. Zu welchem Zweck? Damals hatte er dieses Thema ausführlich erörtert, ohne daß es ihm gelang... Er verdrängte diesen Gedanken.

McCoy betrachtete das Papier auf seiner Handfläche und stemmte sich der Verbitterung entgegen.

Meine Güte, ich bin zu alt und zu müde, um diesen Kampf noch einmal zu führen.

Er richtete sich auf, trug den Brief ins Schlafzimmer und legte ihn in die metallene Zierschale auf der Frisierkommode. Dann öffnete er die Schublade darunter, holte eine alte Reisetasche daraus hervor und entnahm ihr eine kleine Sonde. Er betätigte eine Taste, und ein winziges Licht glühte an der Spitze. Als er es an den Brief hielt, verkohlte die entsprechende Stelle langsam, und es dauerte nicht lange, bis Flammen züngelten.

»Alarm! Alarm! Im Zimmer ist ein Feuer ausgebrochen.«

»Du registrierst den Rauch eines Scheiterhaufens, mein lieber Computer. Und er widerspricht zweifellos den Vorschriften.« Kurze Zeit später blieb nur Asche in der Metallschale übrig, und die warnende Sprachprozessorstimme schwieg.

Schlaf kam jetzt nicht mehr in Frage, doch McCoy war zu erschüttert, um sich mit etwas anderem zu beschäftigen. Er fürchtete, daß die Anklagen und Vorwürfe zurückkehrten, wenn er wach blieb — Zorn, Kummer und Trauer, so vertraut wie alte Freunde. Mit unsicheren Schritten ging der Arzt zu einem kleinen Schrank und öffnete ihn. Riskelianisches Meskal, genau die richtige Medizin. Er hielt die Flasche in beiden Händen und füllte ein Glas bis zum Rand mit hellroter Flüssigkeit.

»Auf das Wasser der Lethe!« In einem Zug leerte er das Glas bis zur Hälfte, und sein Körper schüttelte sich, als ihm heißes Feuer durch die Kehle rann. Red Nova Brand-Label — dieses Zeug hatte es in sich. Bevor McCoy den Rest trinken konnte, summte der Türmelder. Gut. Je mehr Ablenkung, desto besser. »Herein.«

Spock trat mit Dutzenden von Speicherkapseln und Datentafeln durch die Tür. Sein Gesicht zeigte jene Art von tiefer Konzentration, die bei ihm jede Neuausrüstung des

Schiffes begleitete. Ohne jede Einleitung begann er mit einem technischen Vortrag — bei solchen Gelegenheiten neigte er dazu, die bei Menschen gebräuchlichen sozialen Verhaltensregeln zu vergessen.

»Einen Augenblick«, warf McCoy ein und winkte. Es fiel ihm bereits schwer, klar und deutlich zu sprechen. »Ich habe kaum etwas gehört und noch viel weniger verstanden. Wissen Sie, ich war auf ein ›Guten Morgen, wie geht's?‹ oder zumindest ein schlichtes ›Hallo, Doktor‹ vorbereitet.«

Spock widersprach nicht. »Hallo, Doktor«, sagte er und wiederholte seine vorherigen Ausführungen. »Den elektromagnetischen Impulsdämpfern gelang es bedauerlicherweise nicht, das Reservesystem für die medizinischen Diagnosekomponenten PF-3500 vollständig abzuschirmen...«

»Und ich will auch gar nichts verstehen«, betonte McCoy. Er trank einen kleineren Schluck. »Ich habe dienstfrei.«

Der Vulkanier ließ sich nicht aus der Ruhe bringen.

»Bitte erlauben Sie mir, in den Programmen der Medo-Computer die notwendigen Modifikationen und Rejustierungen vorzunehmen. Dadurch wird die Behandlung der Patienten in keiner Weise beeinträchtigt.«

»Nun, warum sagen Sie das erst jetzt? Ich dachte, Sie hätten es eilig, diese Dinge zu erledigen.« McCoy lächelte zufrieden, als er beobachtete, wie der Erste Offizier die Lippen zusammenpreßte. Das beste Aufputschmittel für ihn bestand darin, Spock zu provozieren.

»Unterschreiben Sie hier.« Der Vulkanier reichte ihm eine Datentafel.

McCoy trank den Red Nova aus, bevor er das Glas absetzte. Seine Hand zitterte nach wie vor, als er nach der Tafel griff, und Spock nahm diesen Umstand mit einer gewölbten Braue zur Kenntnis. »Sehen Sie mich nicht so mißbilligend an.« Der Arzt kritzelte seine Initialen aufs Formular. »Ich habe keinen Schwips. Zumindest noch nicht. Möchten Sie einen Drink, bevor Sie wieder in Ihr Computerparadies fliehen?«

Daraufhin kam auch die andere Braue des Vulkaniers nach oben. »Die Vorliebe Ihrer Spezies, große Flüssigkeitsmengen auf Alkoholbasis zu sich zu nehmen...«

Jetzt hab' ich dich am Wickel, triumphierte McCoy lautlos und schenkte sein Glas wieder voll.

»...gibt mir immer wieder Grund, erstaunt zu sein. Trotz der toxischen Eigenschaften beharren Sie auf dem Konsum derartiger Substanzen.«

»Nicht ›trotz‹, Mr. Spock. Gerade *wegen* der ›toxischen Eigenschaften‹.« Er genehmigte sich einen weiteren Schluck und genoß das Brennen im Hals.

Der Erste Offizier runzelte die Stirn und merkte plötzlich, daß man ihn erneut in eine verbale Auseinandersetzung verstrickt hatte, die er nicht gewinnen konnte — weil Logik dabei nicht zu den Spielregeln gehörte. »Ich muß mich um meine Pflichten kümmern.« Spock ignorierte McCoys Grinsen und wandte sich von ihm ab, um das Zimmer zu verlassen.

»An alle«, tönte es aus dem Interkom-Lautsprecher. »Gravitationsanpassung in zehn Sekunden.«

»Da fällt mir ein, Spock...« sagte McCoy rasch, bevor der Vulkanier die Tür erreichte. »Ich wollte mit Ihnen über das Geschäft reden, das Sie für Jim in der Handelsstation vermasselt haben...«

Als das Deck zu zittern begann, war der Erste Offizier auf diese Bewegungen vorbereitet, aber McCoy verlor sofort das Gleichgewicht. Die Triebwerke heulten, und eine jähe Verschiebung des Schwerkraftfelds schleuderte das Glas des Bordarztes an die Wand. Unmittelbar darauf krachte ein Knochen gegen hartes Metall.

»McCoy!« Spock sank auf Hände und Knie, kroch über einen Boden, der sich mehrmals hob und senkte. Als er die reglose Gestalt erreichte, hatte sich unter ihrem Kopf bereits eine Blutlache gebildet.

»Gravitationsanpassung komplett«, verkündete das Interkom. »Ich wiederhole: Gravitationsanpassung komplett.«

KAPITEL 4

CAPTAINS LOGBUCH: STERNZEIT 5308.5

Die *Enterprise* treibt hilflos und schwer beschädigt im All, Opfer eines Angriffs, den wir noch immer nicht verstehen...

Mit entsetzter Faszination starrte Kirk auf den teilweise zerrissenen Verbindungsstutzen der einen Warpgondel. Die einst glatten, geschmeidigen Konturen bestanden nun aus geborstenem Metall, und die parallele Symmetrie des Schiffsprofils existierte nicht mehr. Die geplatzte Struktur wies an mehreren Stellen dunkle Flecken auf, wie Blut, das aus einer Wunde quoll: Die Kollision mit dem fremden Raumer hatte Frenni-Stahl mit dem Stutzen verschmolzen.

Auf der Brücke herrschte Stille, als die Kamerasonde Bilder übertrug. Scottys erster Schadensbericht hatte wenige Stunden nach dem Angriff alle Einzelheiten der Auswirkungen geschildert, aber verbale Beschreibungen genügten nicht, um jemanden auf diesen Anblick vorzubereiten. Der Chefingenieur mußte auf ein Wunder hoffen, um das fast völlig zerstörte Verbindungsmodul zu reparieren.

»Wir können von Glück sagen, daß wir unsere Geschwindigkeit auf Null reduzierten, um mit der Rettungsmission zu beginnen«, brummte Scott. »Die Explosion der Triebwerke hätte uns alle in radioaktiven Staub verwandelt.« Er stand neben Kirk vor der technischen Konsole im Kontrollraum. Im Gegensatz zum Captain vermied es Scotty, die Darstellungen des großen Wandschirms zu betrachten. Er hatte sich die Schäden vom Bord eines Shuttles angesehen und eine weitaus detailliertere Vorstellung davon gewonnen.

»Ohne diesen Rettungseinsatz wären wir auch nicht angegriffen worden«, erwiderte Kirk bitter. Aber ganz gleich, wie oft er die jüngsten Ereignisse in Gedanken noch einmal Revue passieren ließ — er entdeckte keine Fehler in seinem Verhalten. *Niemand von uns konnte ahnen, daß es sich um eine Falle handelte,* überlegte er. Und dann: *Ich hätte es trotzdem besser wissen sollen...*

Langsam glitt die Kamera am Stutzen entlang zum sekundären Rumpf. Trümmer klebten an den runden Flanken, als hätte eine achtlose kosmische Hand dort Pfefferkörner verstreut.

»Die letzten Risse werden gerade versiegelt«, berichtete der Chefingenieur. »Ich schätze, die Außenhülle ist in fünf Stunden wieder ganz abgedichtet, aber leider fehlen uns die Ressourcen, um alle Decks unter Druck zu setzen. Zwei Reparaturgruppen arbeiten in Schutzanzügen, um das Lebenserhaltungssystem und die übrigen wichtigen Bordsysteme auf Vordermann zu bringen.« Erschöpfung und Kummer vertrieben die Farbe aus Scottys langem Gesicht. Der gegenwärtige Zustand des Schiffes bedrückte ihn sehr.

»Wann können wir diesen Sektor verlassen?« Kirk war noch immer wie hypnotisiert vom Vernichtungspanorama auf dem Wandschirm, und es verblüffte ihn, daß die *Enterprise* beschleunigen konnte, ohne auseinanderzubrechen — Scotty hatte ihm versichert, es sei möglich, zur Handelsstation zurückzukehren.

»Die Gondel ist so gut wie intakt, aber wenn wir jetzt versuchen, auch nur einen Subwarptransfer einzuleiten, würde sie sich vom Stutzen lösen. Sobald wir die meisten Decks unter Druck gesetzt haben, beginnen die Reparaturtrupps damit, das Verbindungsmodul am sekundären Rumpf zu befestigen. Dann brauchen wir wenigstens nicht zu befürchten, das Ding unterwegs zu verlieren.« Der Chefingenieur fröstelte. Die Temperatur auf der Brücke war um einige Grad gesunken — die Kälte des Alls nagte an den eingeschränkten Energiereserven des Raumschiffs.

»Warpkapazität erhalten wir erst im Trockendock, durch einen Austausch des Stutzens, aber mit dem Impulstriebwerk ist soweit alles in Ordnung.«

Der Wandschirm zeigte nun die rechte Warpgondel, unbeschädigt und ohne Makel, aber nutzlos ohne ihre Schwester. Die Brückenoffiziere konzentrierten sich wieder auf ihre Pflichten, und leise Stimmen vertrieben die Stille.

»Wieviel Zeit brauchen Sie, Mr. Scott?«

Der Schotte seufzte schwer. Kirk wollte selbst dann genaue Voraussagen, wenn sie nicht möglich waren. »Mindestens achtundvierzig Stunden, vielleicht mehr. Kommt darauf an.« Müdigkeit hinderte ihn daran, auf die vielen Probleme hinzuweisen, die eine bereits überaus komplexe Situation noch schwieriger und unübersichtlicher gestalten mochten.

Der Captain fand sich mit dieser Auskunft ab. »Waffen?«

»Die Phaser sind einsatzfähig, wenn auch nur mit niedrigem energetischen Niveau. Ein Dilithiumkristall splitterte, als der Kreuzer auf die Deflektoren traf.« Schlechtes Timing. Das Frenni-Schiff war zwischen die sich ausdehnenden Schilde geraten, und als es explodierte, entstand ein fataler Trümmerregen, der den Verbindungsstutzen und die angrenzenden Bereiche mit verheerender Wucht traf.

Was wäre geschehen, wenn unsere Schilde die Fremden nicht aufgehalten hätten? fragte sich Kirk. *Worin bestanden die Absichten der Crew? Wollte sie mit Gewalt an Bord der* Enterprise *kommen, oder ging es ihr darum, uns auszulöschen?*

»Deflektoren?« Dieser Punkt bereitete dem Captain besondere Sorgen, und Scotty bestätigte seinen Pessimismus.

»Wie ein grobes Sieb. Derzeit könnte man sich mit einem Handphaser durch die Außenhülle brennen.«

»Wenigstens leben wir noch«, sagte Kirk auf der Suche nach einem positiven Aspekt.

»Aye, das stimmt vermutlich.« Scotty war so erschöpft, daß er sich kaum darüber freute, dem Tod entronnen zu sein. »Aber wenn uns jetzt ein anderes Schiff angreift, sind wir so gut wie erledigt.«

Das wußte Kirk viel zu genau. »Diese Sache fällt in meinen Zuständigkeitsbereich, Scotty. Kümmern Sie sich darum, daß wir von hier verschwinden können. In achtundvierzig Stunden.«

»Aye.« Der Chefingenieur nickte ernst.

Kirk setzte seine Runde fort. »Lieutenant Uhura, funktioniert die Subraum-Kommunikation?«

»Ja, Captain. Auf den Navigationsfrequenzen empfange ich die Signale der Kom-Bojen in diesem Sektor. Die übrigen Frequenzen enthalten ein normales Maß an Statik. Im hiesigen Bereich findet kaum Sendeaktivität statt, aber ich registriere schwache Signale von der Handelsstation — offenbar Routine-Kommunikation. Weder Notrufe noch codierte Mitteilungen.«

Was vielleicht bedeutete, daß die Klingonen das stellare Territorium der Föderation verlassen haben. Oder auch nicht. Wie dem auch sei: Die *Enterprise* wahrte strikte Kom-Stille, weil sie davon ausgehen mußte, daß sich noch immer Klingonen oder feindliche Aliens in der Nähe befanden. In der aktuellen Situation durfte es das Schiff nicht riskieren, seine Position zu verraten, indem es Subraum-Kommunikationskanäle benutzte. Kirk hatte Anweisung gegeben, zwei Nachrichten-Drohnen auszuschleusen: Nummer eins warnte die Handelsstation vor einem möglichen Angriff, und Nummer zwei sollte Starfleet Command einen vollständigen Bericht übermitteln. Jene Sonde verfügte über ein miniaturisiertes Warptriebwerk, aber trotzdem benötigte sie zwei volle Wochen, um die nächste Starbase zu erreichen.

Kirk biß die Zähne zusammen, als er an seine Bitte um Hilfe dachte. Er verabscheute es, Unterstützung anzufordern, und noch mehr haßte er den Umstand, daß er sie so dringend brauchte. Doch angesichts des Zeitfaktors und der großen Entfernung mußte er davon ausgehen, daß es ziemlich lange dauern würde, bis Verstärkung eintraf.

Wenn es ihm unterdessen nicht gelang, die *Enterprise* in Sicherheit zu bringen...

»Mit der internen Kommunikation sieht es nicht so gut aus, Sir«, fuhr Uhura fort. »Chekov repariert das Computersystem, und dadurch werden immer wieder bereits stabilisierte Verbindungen unterbrochen. In jeder Stunde verliere ich den Kontakt zu einem anderen Deck.«

Kirk hörte das leise Zischen, mit dem die Doppeltür des Turbolifts auseinanderglitt, und er fühlte die Präsenz des Ersten Offiziers. »Mr. Spock, Statusbericht über die Sensoren...« Die Stimme des Captains verklang, als er sich umdrehte. Die dunklen Ölflecken an Spocks Uniform hatten eine beunruhigende Ähnlichkeit mit menschlichem Blut.

»Sie sollten die Krankenstation aufsuchen, Sir.«

»Probleme mit den Medo-Computern?« vermutete Kirk und ahnte einen Sekundenbruchteil später, daß es um etwas anderes ging. Die mimische Maske des Vulkaniers war nicht völlig starr, sondern zeichnete sich durch subtile Veränderungen aus. Jim glaubte nun, eine Mischung aus Sorge und Betroffenheit zu erkennen.

»Dr. McCoy hatte einen Unfall. Man behandelt ihn gerade...«

Die Flecken stammten also tatsächlich von Blut.

Als Kirk zur Medo-Sektion schritt, bereitete er sich innerlich auf die Intensivstation vor. Er hielt sich dort nur sehr ungern auf, was ihn jedoch nicht daran hinderte, sie zu betreten, falls das notwendig wurde. Für ihn stellte jenes Zimmer ein Symbol seines eigenen Versagens dar: Es bewies, daß es ihm nicht gelungen war, bestimmte Besatzungsmitglieder vor schlimmen Verletzungen zu bewahren. Der Anblick so vieler Patienten in kritischem Zustand erfüllte ihn mit seelischem Schmerz. *Wenn ich die Frenni-Falle eher entdeckt und einige Sekunden schneller reagiert hätte, so wäre dieses Zimmer jetzt leer.*

»Captain...« Christine Chapel wartete bereits auf ihn.

»Dr. Cortejo hat die Untersuchung beendet. Dr. McCoy ist noch immer bewußtlos, aber seine Bio-Werte haben sich stabilisiert.« Sie floh in die Rolle der Krankenschwester und schuf damit eine Barriere, die sie vor emotionalen Belastungen schützte. Kirk hätte sich in Hinsicht auf McCoy besser gefühlt, wenn Chapel bereit gewesen wäre, ihre Besorgnis deutlicher zu zeigen.

»Ich möchte ihn sehen.« Der Captain erinnerte sich deutlich an Spocks blutverschmierten Uniformpulli und unterdrückte ein Schaudern.

Die Krankenschwester nickte. »Er liegt in der Resonanzkammer. Dr. Cortejo kann Ihnen während des Scans Einzelheiten nennen. Wenn Sie mich jetzt bitte entschuldigen würden... Ich muß mich um die anderen Patienten kümmern.«

Sie braucht Ruhe, dachte Kirk, als Christine Chapel fortging. Andererseits: Die meisten Besatzungsmitglieder der *Enterprise* waren schon viel zu lange auf den Beinen — was nicht bedeutete, daß sie bald Gelegenheit bekämen, in ihren Kabinen unter die Bettdecke zu schlüpfen.

Der Captain wagte sich tiefer in das Labyrinth aus Medo-Zimmern, bis er schließlich den präzise artikulierten Akzent des Mannes hörte, der nun an McCoys Stelle die Krankenstation leitete. Eduardo Cortejo Alvarez war an Bord des Schiffes nicht sehr beliebt. Er versuchte, seine dickliche Statur durch Arroganz wettzumachen, und den Besatzungsmitgliedern, die nicht zur medizinischen Abteilung gehörten, begegnete er mit ungeduldiger Verachtung; sein Verhalten stand in einem krassen Gegensatz zur Wärme McCoys. Da der erste Medo-Offizier die Atmosphäre in der Krankenstation bestimmte, führte Cortejos anmaßendes Gebaren beim Pflegepersonal häufig zu Verärgerung. Nur der gegenseitige Respekt vor den Fähigkeiten des Kollegen verhinderte, daß es zwischen den beiden Chefärzten zu einer direkten Konfrontation kam. Bestimmt gefiel es McCoy nicht, seine Aufgaben während der nächsten Tage Cortejo überlassen zu müssen.

Doch als Kirk um eine Ecke bog und den Inhalt der Resonanzkammer sah, begriff er, daß sich Leonard McCoy gar keine Sorgen darüber machen konnte, wer ihn vertrat. Selbst im Schlaf bewegt sich der menschliche Körper, aber der Bewußtlose lag völlig schlaff. Das Gesicht wirkte kalkweiß, und die Haut spannte sich straff über den Knochen. Seltsamerweise deutete nur ein kleines Pflaster hinter dem rechten Ohr auf die Kopfverletzung hin.

»Wie geht es ihm?« fragte Kirk eine der beiden Personen, die außerhalb der Kammer standen.

»Er ist im Koma, Captain.« Die Stimme einer Frau. Kirk erkannte die junge Ärztin als Starfleet-Medizinerin in der Ausbildung. Er versuchte vergeblich, sich an ihren Namen zu erinnern. Praktikanten kamen und gingen so schnell, daß er sie nicht alle im Gedächtnis behalten konnte.

»Konzentrieren Sie sich auf den Scan, Dr. Dyson«, sagte Cortejo scharf. »Ich verschwende meine Zeit nicht damit, Knöpfe zu drücken.« Die Praktikantin errötete, doch die dünnen Furchen in ihrer Stirn verrieten nicht etwa Verlegenheit, sondern Ärger. Sie wandte sich wieder dem Kontrollpult zu.

Kirk beobachtete, wie McCoys Leib zwischen den Sondierungsringen der Resonanzkammer hin und her glitt. Eine schmale Plattform trug ihn millimeterweise durch den Scanner, und der Computer setzte die Schichtaufnahmen zusammen. Dysons Finger huschten über Schalter und verwandelten die Informationen in eine holographische Darstellung des Körpers. Ein geisterhafter Zwilling entstand vor der Kammer, und der Kopfbereich leuchtete in vielen verschiedenen Farben.

Cortejo befahl einige Modifikationen in der Auflösung und begann mit einem Monolog. »Die Verletzungen sind das Ergebnis unterschiedlicher Faktoren beim Sturz. Der Stoßkontakt mit der Schreibtischkante verursachte eine oberflächliche Platzwunde sowie eine lineare Schädelfraktur.« Der Zeigefinger folgte dem Verlauf einer hellen purpurnen Linie am orangefarbenen Kopf. »Glücklicherweise war der Blutverlust aufgrund dieser Lazeration nur gering, und das Hinterhauptbein blieb unbeeinträchtigt. Es haben sich keine Knochensplitter in die Hirnmasse gebohrt. Vom Standpunkt des Chirurgen aus betrachtet ist die Verletzung gering und leicht zu behandeln.

Allerdings hatte der Aufprall des Kopfes eine Rotationsbewegung zur Folge, die in einer Akzelerationsgehirnerschütterung resultierte. Die Auswirkungen dieses Traumas könnten sehr ernst sein, obgleich ich aufgrund der bisherigen Beobachtungen optimistisch bin. Nun, Dr. Dyson ist auf neurologische Untersuchungen spezialisiert.« Damit gab Cortejo die Bühne für seine schlanke, dunkelhäutige Begleiterin frei.

Kirks Aufmerksamkeit schien Unbehagen in Dyson zu wecken, aber sie faßte sich sofort wieder und sprach ruhig. »Die Konsequenzen nach einer starken Kopfverletzung bestehen häufig in gequetschten Nervensträngen und geplatzten Blutgefäßen. Bei Dr. McCoy zeigt der Scan weder derartige Läsionen noch zerrissenes Gewebe, aber wir können nicht feststellen, ob Nervenfasern betroffen sind. Den einzigen Hinweis darauf bieten neurologische Funktionen — und entsprechende Analysen sind erst nach dem Erwachen des Patienten möglich.

Wir wissen inzwischen, daß es zu einer kurzzeitigen Erhöhung des intrakranialen Drucks kam, doch wahrscheinlich genügte er nicht, um das Hirn zu schädigen. Darüber hinaus fehlen Anzeichen für Gewebeverlagerungen, Ödeme und Blutungen. Zum Glück war Mr. Spock zugegen und hat sofort die Krankenstation verständigt. Wenn wir nicht unverzüglich mit der Behandlung begonnen hätten, wäre es vermutlich zu Komplikationen gekommen.«

»Da wir gerade von Behandlungen sprechen...« warf Cortejo ein. »Ich muß an die Arbeit zurück. Hierfür bin ich nicht mehr zuständig.« Er nickte dem Captain knapp zu und verließ das Zimmer, ohne ein Wort an die Praktikantin zu richten.

Kirk begann zu verstehen, wie schwer es McCoy fallen

mußte, mit diesem Mann zusammenzuarbeiten, aber er verdrängte diesen Gedanken rasch wieder. Leonards Zustand war weitaus wichtiger als Cortejos Charakterfehler.
»Wenn Nervenfasern in Mitleidenschaft gezogen wurden — was wären die Folgen?«

Dyson zuckte unsicher mit den Schultern. »Funktionsstörungen, von leichter Verwirrung bis hin zu Erinnerungsverlust. Es könnten auch das Sprachzentrum und motorische Koordination betroffen sein, was vielleicht monate- oder gar jahrelange regenerative Therapie erfordert. Es gibt keine Möglichkeit, über das Ausmaß der Verletzung Aufschluß zu gewinnen, solange Dr. McCoy bewußtlos ist. Für gewöhnlich kann man von folgender Annahme ausgehen: Je länger das Koma dauert, desto größer wird die Wahrscheinlichkeit neurologischer Defekte. Doch in diesem Fall fällt es mir schwer, die Bedeutung der Bewußtlosigkeit einzuschätzen. Vor dem Unfall hat Dr. McCoy mehr als fünfzehn Stunden lang in der Krankenstation gearbeitet und mehrere schwierige Operationen durchgeführt. Schwester Chapel meint, er sei sehr erschöpft gewesen, als er sich in sein Quartier zurückzog.« Dr. Dyson zögerte kurz. »Außerdem war der Alkoholspiegel in seinem Blut recht hoch. Er hat kein toxisches Niveau erreicht, aber wenn man auch Erschöpfung, Blutverlust und Kopftrauma berücksichtigt...« Die junge Frau lächelte schief. »Kein Wunder, daß er sich hartnäckig weigert, wieder zu erwachen.«

Dysons Galgenhumor verbannte die Besorgnis aus Kirk und ersetzte sie durch Ärger. Vielleicht hatte sie genau diese Reaktion beabsichtigt. Unter der Schüchternheit dem Captain gegenüber entdeckte er einen scharfen medizinischen Verstand, und er fragte sich, was McCoy in beruflicher Hinsicht von der jungen Ärztin hielt.

Kurz darauf endete der Scan. Zwei Krankenschwestern legten den immer noch völlig reglosen McCoy auf eine Antigravbahre und brachten ihn fort. Dyson begleitete sie, und Kirk verließ die Krankenstation. *Was für ein dummer*

Unfall, dachte er, als er zum Turbolift ging. Nach all den Kriegen, mörderischen Aliens und Abenteuern auf fernen Welten verletzte sich der Erste Medo-Offizier während einer simplen Gravitationsanpassung. *Wenn sich Leonard erholt hat, sorge ich dafür, daß er den Narrenpreis erhält.* McCoy hatte diese ›Trophäen‹ des öfteren an Besatzungsmitglieder verteilt, die es fertigbrachten, sich bei der Rejustierung harmloser Geräte Knochen zu brechen.

Die Transportkapsel des Turbolifts hielt auf dem Brückendeck. Als Kirk den Kontrollraum betrat, richteten die Offiziere erwartungsvolle Blicke auf ihn. Trotz seiner medizinischen Pflichten hatte es McCoy irgendwie geschafft, inoffizielles Mitglied der Brückencrew zu werden. Er war praktisch immer zugegen, wenn es hart auf hart ging. »Er hat das Bewußtsein noch nicht wiedererlangt, aber sein Zustand ist stabil«, sagte Kirk und wandte sich dann an Uhura. »Dr. Dyson erstattet in regelmäßigen Abständen Bericht. Benachrichtigen Sie mich sofort, wenn sich etwas Neues ergibt.«

Er näherte sich der wissenschaftlichen Station. »Mr. Spock.« Der Erste Offizier lag unter einem Schaltpult; nur die Füße ragten daraus hervor und bewegten sich gelegentlich. Eine dumpfe vulkanische Äußerung filterte durch das Metall. »Wenn ich es nicht besser wüßte, könnte ich glauben, daß Sie gerade geflucht haben.«

»Die vulkanische Sprache enthält keine Flüche«, sagte Spock etwas deutlicher, als er aufs Deck zurückkroch. In der einen Hand hielt er eine kleine Platte mit mehreren Schaltkreisen, und Kirk stellte erleichtert fest, daß er eine saubere Uniform trug. »Ungünstige Umstände verändert man durch zielgerichtetes Handeln, nicht mit Hilfe symbolischer Verbalisierung von Emotionen.«

»Und worin besteht Ihr ›zielgerichtetes Handeln‹?« Normalerweise hätte Kirk diese Frage in der ruhigen Gemütlichkeit eines Konferenzzimmers gestellt, während entspannte Brückenoffiziere am Tisch saßen.

Spocks Finger tasteten über die Platte, lösten hier und

dort einige Chip-Wafer aus den Halterungen. Er versuchte nicht, einen Blickkontakt mit dem Captain herzustellen; nur seine Antwort deutete darauf hin, daß er sich Kirks Gegenwart bewußt war. »Die Impulsdämpfer funktionieren jetzt wieder. Einige Komponenten des Computers wurden beschädigt, aber die defekten Teile sind inzwischen lokalisiert.« Der Vulkanier zitierte aus einer geistigen Liste verschiedener Prioritäten. »Mr. Chekov leitet eine Reparaturgruppe, die Reserve-Speichereinheiten in allen für die Schiffsoperationen wichtigen Bereichen installiert.«

Die besondere Betonung der letzten Worte erinnerte Kirk an ein Gerücht: Angeblich waren mehrere aufgezeichnete Dramen und Filme verlorengegangen. *Nun, Unterhaltung ist unsere geringste Sorge. Dazu findet ohnehin niemand Zeit.*

»In sieben Minuten sind die Nahbereichssensoren wieder einsatzfähig.« Spock legte mehrere beschädigte Chips beiseite und steckte neue in die Halterungen. »Eine grobe Kalibrierung dauert etwa eine Stunde.«

Bald sind wir nicht mehr blind — auch wenn wir alles verschwommen sehen. »Und die Fernbereichssensoren?« Spock war in die elektronischen Eingeweide des Computers zurückgekehrt, aber sein gutes vulkanisches Gehör versetzte ihn in die Lage, Kirks Frage trotzdem zu verstehen. Der Captain mußte sich bücken, um die Antwort zu hören.

»Dafür ist mehr Zeit notwendig, da es zu unmittelbaren physischen Beschädigungen kam. Nach Mr. Scotts Schätzungen dauert die Reparatur zwölf Stunden, und anschließend sind vier weitere für die Kalibrierung erforderlich.«

Sechzehn Stunden. »Spock, wir haben noch immer nicht herausgefunden, wer uns angriff — und warum. Vielleicht befindet sich dort draußen ein ganzes Bataillon der Fremden, und wir wissen nichts davon.«

»Eine beunruhigende Vorstellung, Captain.« Auf der nahen Konsole leuchteten Anzeigefelder; der Computer klickte und summte zufrieden. »Aber im wesentlichen korrekt.«

Kirk richtete sich auf und murmelte einige besonders ausdrucksstarke ›symbolische Verbalisierungen‹. Der Kamikaze-Angriff war nicht nur völlig überraschend gewesen — die Gründe blieben nach wie vor rätselhaft. Kirk galt als ausgezeichneter Taktiker, doch selbst er benötigte Informationen über die Natur des Gegners, um Strategien zu entwickeln. Die im Wrack gefundenen Leichen stammten von Wesen, die zu keiner der Föderation bekannten Spezies gehörten, aber an ihren feindlichen Absichten konnte kein Zweifel bestehen. Der Xenobiologe Frazer vermutete, daß sich etwa zwanzig Individuen bei dem Versuch umgebracht hatten, die *Enterprise* zu vernichten. Vielleicht deutete dieses Verhalten auf weitere Raumschiffe in der Nähe hin. Raumer, die jenseits der Scannerreichweite warteten und deren Besatzungen offensive Aktionen planten...

»Captain.« Spocks Stimme unterbrach Kirks Überlegungen. Der Erste Offizier stand auf, beugte sich über das Computerterminal und betätigte einige Tasten. »Die Nahbereichssensoren sind in drei Sekunden betriebsbereit. Zwei... eins... jetzt.«

Der Vulkanier hatte das letzte Wort kaum ausgesprochen, als die Sirenen der Alarmstufe Gelb heulten.

KAPITEL 5

Das langsame, beständige Pulsieren der gelben Alarmlichter ging Kirk allmählich auf die Nerven. Nach zehn Stunden zeigte sich noch immer nur ein schwaches Schimmern von Materie am Rand der Sensorreichweite; es genügte, um Wachsamkeit zu verlangen, doch für konkrete Maßnahmen reichte es nicht aus. Es spielte kaum eine Rolle: Die *Enterprise* hätte ohnehin nichts unternehmen können. Vielleicht stellte jenes Etwas überhaupt keine Gefahr dar; möglicherweise handelte es sich nur um eine noch nicht identifizierte Fehlfunktion der Ortungsgeräte. Der Captain hielt vergeblich nach fremden Schiffen auf dem Wandschirm Ausschau; nur ferne Sterne glühten dort.

Kirk wandte den Blick vom Projektionsfeld ab, lehnte sich im Kommandosessel zurück und widerstand der Versuchung, weitere Statusberichte anzufordern. Dann fiel ihm etwas ein: Wenn er längere Zeit an einem Ort blieb, legte ihm sein Adjutant bestimmt Dutzende von Datentafeln zur Unterschrift vor. Er stand auf und erweckte den Anschein, vom stationären Bild des Wandschirms fasziniert zu sein. Er trat etwas näher heran, schritt zur Seite und wanderte dicht hinter den einzelnen Stationen entlang. Geistesabwesend nickte er den dort sitzenden Leuten zu, bis er schließlich die Kommunikationskonsole erreichte.

»Keine Veränderungen des Audio-Empfangs, Captain.« Für jemanden, der sie gut kannte, signalisierte Uhuras Stimme unterdrückten Ärger. »Kommunikationssondierungen nach wie vor negativ.« Ebenso wie vor zehn Minuten.

Kirk trug einen unschuldigen Gesichtsausdruck zur Schau, der Uhura nicht von seinen guten Absichten überzeugte. Als er den Blick auf sein nächstes Ziel richtete, die wissenschaftliche Station, verließ ihn der Mut. Ganz offensichtlich belastete es Spock sehr, daß er mit Hilfe der beschädigten Sensoren keine wichtigen Daten liefern konnte, und wenn Jim den Vulkanier störte, so verzögerte er damit nur die Reparaturen.

Vielleicht ist meine Crew zu gut, dachte der Captain kummervoll. Geringere Leistungseffizienz hätte ihm einen Vorwand gegeben, um die Arbeit der Offiziere ständig zu kontrollieren und seine eigene Ruhelosigkeit zu überwinden, indem er sie beaufsichtigte. Derzeit waren alle Anwesenden mit Reparaturen oder Informationsgewinnung beschäftigt; niemand lenkte den Captain von seinem brennenden Wunsch ab, das Rätsel der Fremden zu lösen und endlich zu handeln. Alles in ihm sträubte sich dagegen, auch weiterhin untätig zu warten.

Uhura schien seine Gedanken zu lesen. Sie sah von ihrem Pult auf und lächelte offen. »Captain, Dr. Dyson bittet Sie zur Krankenstation. Dr. McCoy kommt zu sich.« Die Offiziere setzten ihre Arbeit fort, aber die Stimmung im Kontrollraum verbesserte sich plötzlich.

»Danke, Lieutenant.« Kirk seufzte erleichtert. Er hatte den Anblick des bleichen, reglosen Arztes als außerordentlich zermürbend empfunden. »Mr. Spock, Sie haben das Kommando«, sagte er und eilte zum Turbolift.

»Ja, Sir.« Der Erste Offizier kroch aus den teilweise demontierten Schaltsystemen unterhalb der wissenschaftlichen Station, erhob sich und ließ diverse Chips auf dem Boden liegen. »Captain...«

Kirk blieb stehen und sah zu dem Vulkanier zurück. »Mr. Spock?«

»Wenn Dr. McCoy erwacht, so sollte ihm mitgeteilt werden, daß die volle Funktionskapazität der Medo-Computer wiederhergestellt ist.«

»Natürlich.« Kirk verstand, was der Erste Offizier meinte. In Gegenwart der Brückencrew vermied es Spock, seine Besorgnis in bezug auf McCoy zum Ausdruck zu bringen, aber sie existierte trotzdem.

Das medizinische Personal der *Enterprise* war viel zu professionell, um einem Patienten mehr Interesse entgegenzubringen als den anderen; aber zufälligerweise nahmen viele Pfleger und Schwestern Pflichten wahr, die häufige Abstecher zur Intensivstation erforderten. Kirk bewunderte die Entschlossenheit, mit der sie eine gewisse Ecke des Raums ignorierten und gleichzeitig immer wieder in ihre Nähe kamen.

Dr. Dyson und Christine Chapel standen vor einem Bett und beobachteten aufmerksam die Anzeigen der Lebensindikatoren. Im Gegensatz zu den anderen Bio-Schirmen an den Wänden bildeten McCoys Daten fast eine normale Konfiguration. Kirk war kein Arzt, aber im Verlauf der Jahre hatte er die Medo-Geräte immer besser kennengelernt. Das vorsichtige Lächeln auf Chapels Lippen bestätigte seine Diagnose. »Er erwacht aus dem Koma, Captain«, sagte sie leise. Ihr Blick huschte zwischen dem Bio-Schirm, Dyson und dem noch immer bewußtlosen McCoy hin und her.

»Haben Sie Hirnschäden festgestellt?«

»Dazu ist es noch zu früh«, murmelte Dyson. »Untersuchungen des Gehirns sind sehr schwierig. Es gibt noch keine Scanner, die auch die kleinsten Substrukturen und ihre Bedeutung erfassen können.« Sie nickte, als ein Indikator zitterte und wie in Zeitlupe vom roten in den grünen Bereich wechselte. »Wir erfahren mehr, wenn er zu sich kommt. Es kann jetzt nur noch einige Sekunden dauern.«

Dyson beugte sich vor und griff nach den Schultern des Patienten. »Hören Sie mich, Dr. McCoy? Sie haben lange genug geschlafen.« Sie rüttelte den Reglosen sanft. »Erwachen Sie jetzt. Antworten Sie mir, Dr. McCoy.«

Die Lider zitterten kurz. »Wach auf, Pille!« Kirk wollte diesen Worten den Tonfall eines Befehls verleihen, aber statt dessen klangen sie fast flehentlich.

Der schlaffe Körper geriet in Bewegung, als McCoys Ich aus der Finsternis des Komas zurückkehrte. »Braver Junge«, gurrte Dyson und gab dem Mann einen Klaps auf die Wange. »Erwachen Sie und halten Sie mir eine Strafpredigt, weil ich einen Patienten geschlagen habe.«

Die Lider zitterten heftiger und öffneten sich. McCoy stöhnte, aber seine Augen waren klar, der Blick fokussiert. »Was ist geschehen?« krächzte er.

»Genau das möchte ich von Ihnen hören«, erwiderte Dyson. »Woran erinnern Sie sich?«

Leonard zog nachdenklich die dunklen Brauen zusammen. »Ich bin gefallen und mit dem Kopf aufgeschlagen«, murmelte er. »Tut ziemlich weh.«

»Das glaube ich Ihnen gern. Sie haben eine Schädelfraktur erlitten. Nennen Sie mir jetzt Ihren Namen.«

Der Antwort ging ein kaum merkliches Zögern voraus. »Ich heiße Leonard H. McCoy.« Die Stimme klang schon etwas kräftiger.

»Und wo sind Sie jetzt?«

Kirk lächelte, als er Dysons pedantischen Tonfall hörte. McCoy hätte sich bestimmt darüber aufgeregt, wenn er nicht so benommen gewesen wäre.

Der Arzt stemmte sich auf den Ellenbogen hoch, musterte die drei Personen am Bett und sah sich dann im Zimmer um. »Nun, vermutlich bin ich in einem Krankenhaus, aber so eins habe ich noch nie zuvor gesehen. Ist es weit von der Ranch entfernt?«

»Der Ranch?« fragte Dyson ruhig. Kirk bemerkte, wie sie sich versteifte.

»Ja. Die Ranch *Schwarzer Sporn*. Ich weiß, daß es recht ungesund sein kann, während des Urlaubs wilde Pferde zuzureiten, aber es überrascht mich, daß man hier ein HighTech-Hospital eingerichtet hat, nur um Knochenbrüche zu behan...« McCoy unterbrach sich verwirrt, als er Einzelheiten seiner Umgebung erkannte. Schließlich starrte er auf Kirks Uniform. »Ich bin nicht in Waco, oder?«

»Nein«, antwortete Dr. Dyson ehrlich. Sie bedachte den Captain mit einem warnenden Blick, der ihn zum Schweigen aufforderte. »Erzählen Sie mir von dem Unfall.«

McCoy ließ sich wieder auf die Liege sinken und sprach

mit einem unverkennbaren Südstaatenakzent. »An den Sturz selbst entsinne ich mich nicht — typisch für Kopfverletzungen —, aber ich kann höchstens einige Minuten verloren haben.« Er ließ den Blick noch einmal durchs Zimmer schweifen. »Nun, ich ritt einen ebenso ungestümen wie eigenwilligen Wallach, und zwischen uns kam es zu Meinungsverschiedenheiten in Hinsicht auf Stacheldrahtzäune. Ich wollte, daß er über sie hinwegspringt, aber er hielt nichts davon. Aus irgendeinem Grund landete nur ich auf der anderen Seite.« Der Arzt hob die Hand und beschrieb einen weiten Bogen. »Vielleicht ist es ganz gut so, daß ich die Landung vergessen habe.

He, ich muß längere Zeit hinübergewesen sein, denn ich kann mich nicht an den Transport hierher erinnern.« Jetzt ließ sich erste Besorgnis in McCoys Stimme vernehmen. »Wie lange bin ich im Reich der Träume gewesen?«

»Sie waren einige Stunden lang bewußtlos«, sagte Dyson wie beiläufig. »Und jetzt wird's Zeit, daß Sie schlafen, *wirklich* schlafen.« Sie wandte sich an Chapel. »Bereiten Sie ein Sedativ vor, Schwester.«

»Ich brauche kein Beruhigungsmittel!« brummte McCoy mit einer Verdrießlichkeit, die Kirk gut kannte.

»Ich bin der zuständige Arzt und entscheide darüber, was Sie brauchen oder nicht.« Dysons Miene gab dem Patienten zu verstehen, daß sie keinen Widerspruch duldete. Von der Statur her mochte sie klein sein, aber ihre Willenskraft war mehr als zwei Meter groß.

»Meinetwegen«, grummelte McCoy widerstrebend. »Ich bin mit der Behandlung einverstanden — aber nur aus Höflichkeit unter Kollegen.«

Chapel preßte ihm einen Injektor an den Arm, und das Gerät entlud sich zischend. »Gleich fühlen Sie sich besser.«

»Danke, Schwester.« Einige Sekunden später fielen Leonard die Augen zu. Nach dem ersten Blick auf Kirks Uniform hatte er dem Captain keine Beachtung mehr geschenkt.

Dyson kritzelte Notizen auf einen Datenblock und flüsterte Anweisungen. »Chris, beschaffen Sie ihm ein Einzelzimmer, selbst wenn's nur ein größerer Wandschrank ist. Es wird bestimmt nicht leicht, ihn woanders unterzubringen — praktisch alle Plätze in der Krankenstation sind belegt —, aber ich möchte vermeiden, daß er Kontakte mit anderen Besatzungsmitgliedern hat, wenn er erneut erwacht. Ich brauche einen Monitor, und ansonsten sollte sein Raum so schlicht wie möglich eingerichtet sein — das verringert Dr. McCoys Verwirrung, wenn er die Augen öffnet. Ah, und noch etwas: Desaktivieren Sie das Interkom, damit er nicht die Durchsagen hört.«

Gerade deshalb ist er jetzt in Schwierigkeiten, dachte Kirk. *Weil er die Durchsagen ignoriert hat.*

»Wo befindet sich Dr. Cortejo?« fragte Dyson.

Schwester Chapel zögerte kurz und konsultierte ihren mentalen Dienstplan. »Im Operationssaal. Dort wird er noch eine Stunde lang beschäftigt sein.«

»Hmm. Nun, derzeit kann er ohnehin nicht helfen. Aber geben Sie ihm Bescheid, sobald Sie Gelegenheit dazu erhalten. Ich schätze, er wird die Krankenstation noch eine Zeitlang leiten müssen.«

Mehrere Fragen lagen Kirk auf der Zunge, und er beherrschte sich mühsam. Offenbar sah man es ihm an. Dyson musterte ihn kurz. »Nur noch einige Minuten, Captain. Dann können wir reden.« Sie bedeutete ihm, ihr zu folgen. Als sie das Büro der Ärztin erreichten, hatte sie den Datenblock mit Buchstaben und Zahlen gefüllt.

»Computer«, sagte Dyson laut, um einen Eintrag ins medizinische Logbuch vorzunehmen. »Speichere folgende Erweiterung für die Datei des Patienten Leonard McCoy.« Sie schob den Block in einen Scanner.

»Daten werden erfaßt.«

Erst dann drehte sich die junge Frau zum Captain um. »Abgesehen vom Erinnerungsverlust Dr. McCoys deutet nichts auf verbale Aphasie beziehungsweise Störungen der Sprechfähigkeit oder des Sprachverständnisses hin. Die motorische Koordination erschien mir ebenfalls normal, obwohl die Zeit nicht für genaue Beobachtungen ausreichte. Wir werden sorgfältige Untersuchungen vornehmen, um einen exakten Eindruck selbst von den subtilsten Behinderungen zu gewinnen. Was den Rest betrifft: Zu exakten Angaben bin ich leider nicht imstande. Amnesie gehört zu den Funktionsstörungen des Gehirns, über die wir nur wenig wissen. Sie könnte vorübergehender Natur sein — vielleicht erinnert sich Dr. McCoy wieder an alles, wenn die Wirkung des Sedativs nachläßt und er zum zweitenmal erwacht. Aber es wäre auch möglich, daß sich seine Gedächtnislücken erst in Monaten schließen — oder nie.«

»Das ist keine besonders zufriedenstellende Antwort.« Kirks Bemerkung klang nicht etwa vorwurfsvoll, sondern wies nur auf seine Enttäuschung hin. »Allem Anschein nach hat Leonard die letzten Jahre seines Lebens vergessen. Er erkennt weder mich noch das Schiff; ich bin nicht einmal sicher, ob er weiß, was es mit Starfleet-Uniformen auf sich hat. Wie weit reicht die Amnesie zurück?«

»Ich glaube, dieser Punkt müßte sich recht einfach klären lassen. Bevor ich ihm die Situation erläutere, muß ich wissen, in welcher subjektiven Zeit er lebt.

Computer, zeig mir die vollständige Krankengeschichte des Patienten Leonard McCoy.«

»Bestätigung. Visuelle Darstellung.«

»Nach seinen Beschreibungen könnte der Sturz vom Pferd schlimm genug gewesen sein, um in der Medo-Akte verzeichnet zu werden.« Dyson blickte konzentriert auf den Schirm und blätterte durch die elektronischen Unterlagen. Sie begann in der Gegenwart, kehrte Zeile um Zeile in McCoys Vergangenheit zurück. Schließlich drückte sie eine Taste und hielt das Bild an. »Hier haben wir's: ›Leichte Gehirnerschütterung und eine gequetschte Rippe‹. Er wurde in ein Krankenhaus von Waco, Texas, eingeliefert und am nächsten Morgen entlassen, als man bei den Untersuchungen keine Komplikationen fand.«

Die junge Frau sah den Captain an. »Seitdem sind fünfundzwanzig Jahre vergangen.«

KAPITEL 6

Der Geruch des Autopsie-Laboratoriums ließ ein flaues Gefühl in Kirks Magengrube entstehen, und der Anblick verstärkte seine Übelkeit. Die Gewebebrocken in den kleinen Stasisbehältern machten ihm nichts aus — sie waren bis zur Unkenntlichkeit zerfetzt —, doch der zerstückelte Körper auf dem Tisch wirkte gräßlich. Jim versuchte, allein an die wissenschaftlichen Aspekte zu denken.

»Dies ist natürlich nur eine Rekonstruktion, die einen ungefähren Eindruck vom Aussehen der Fremden vermittelt«, erklärte Lieutenant Steven Frazer, als er der Anordnung das letzte Körperteil — einen abgetrennten Fuß — hinzufügte. »Es standen keine strukturell kompletten Leichen zur Verfügung.«

Das überraschte Kirk nicht: Von dem Händlerschiff waren nur geborstene Stahlfragmente und Schlacke übriggeblieben.

»Weder Frenni noch Klingonen?« fragte er.

»Richtig getippt.« Der Xenobiologe drückte sich erstaunlich umgangssprachlich aus — nur in schriftlichen Berichten wurde er zum unerträglichen Langweiler. McCoy hatte ihn einmal als typisches Produkt des marsianischen Schulsystems bezeichnet. Beim Gedanken an Leonard gingen weitere Warnsignale von Kirks Magen aus. Er riß sich zusammen und trat näher an den Tisch heran, um die Fragmente des fremden Wesens genauer zu betrachten.

Der Kopf war das größte und beeindruckendste Stück des anatomischen Puzzles. Er hatte das Vakuum des Alls mit verblüffend geringen Beschädigungen überstanden. Bei einem menschlichen Schädel wäre es sicher zu starken Blutungen gekommen, aber die Haut dieses Geschöpfes bestand aus einer gummiartigen stahlblauen Schicht. Durchsichtige Lider schützten große, feucht glänzende Augen, und Frazer hielt ihr fast grelles Rot für die natürliche Farbe. Die dunklen Fasern des Schädelkamms hatten sich im Tod versteift, und der Schnabel stand weit offen.

Der massive Kopf ließ eine breite, voluminöse Brust vermuten, doch nur einige schleimige Gewebefetzen deuteten ihre Konturen an. Daneben lagen Gliedmaßenteile und formten die vagen Umrisse einer aufrechten, zweibeinigen Gestalt mit zwei Armen. Doch nur ein Fuß und eine Klauenhand waren erhalten.

»Wie genau ist diese Rekonstruktion?«

»Nicht sehr, soweit es um die inneren Organe geht«, räumte Frazer ein und rückte unbekümmert blutiges Fleisch zurecht. Er war hochgewachsen und schlank, hatte rötliche Wangen und einen widerspenstigen Schopf aus braunem Haar. »Aber die allgemeine Form stimmt. Ich habe keine zusätzlichen Beine oder einen Schwanz vergessen.«

»Sieht scheußlich aus«, murmelte Kirk. Normalerweise neigte er nicht zu xenophobischen Reaktionen, doch diese Wesen hatten versucht, sein Schiff zu zerstören.

»Mr. Spock hielt es für angebracht, einen provisorischen klassifizierenden Namen ins Computer-Logbuch einzutragen«, sagte Frazer. »Aber bei der Crew hat sich bereits die Bezeichnung ›Raben‹ durchgesetzt.«

Als er dieses Wort hörte, erinnerte sich Kirk an den würzigen Duft von Iowa-Ackerland während der Erntezeit, an eine kleine, vornübergeneigt stehende Frau. Seine Großmutter hatte Raben ›Boten des Todes‹ genannt, und das Herz des Knaben pochte schneller, wenn er ihr lautes Krächzen hörte. Er sah sie erneut in den Bäumen unweit des Farmhauses: große, blauschwarze Vögel, schlau, aggressiv und immer hungrig — wodurch Konflikte mit den Bauern unvermeidlich waren. Ein angemessener Name für die Aliens, fand Kirk. Eine andere Parallele fiel dem Captain ein. Vor dem Rettungseinsatz hatte ihn einer der Fremden glauben gemacht, mit Esserass zu sprechen, und nur das große Vertrauen in die Fähigkeiten des Ersten Offiziers weckte Argwohn in ihm. Woher wußten jene Wesen soviel — genug jedenfalls, um ihn zu veranlassen, die Schilde zu senken?

»Handelt es sich um Telepathen?« fragte er. Diese Fähigkeit konnte erklären, warum es dem Alien gelungen war, die Esserass-Rolle so gut zu spielen. Vielleicht hatte der ›Rabe‹ die notwendigen Informationen dem Bewußtsein des sanften, gutmütigen Frenni-Händlers entnommen. *Oder meinem*, fügte Kirk in Gedanken hinzu. *Während wir miteinander sprachen...*

»Wahrscheinlich nicht«, erwiderte Frazer. »Seit einiger Zeit kennen wir die speziellen biochemischen Strukturen aller telepathischen Spezies. Bei diesen Fremden habe ich keine derartigen organischen Komponenten gefunden.«

Kirk verschluckte einen Fluch. *Wahrscheinlich hat man Esserass unter der Folter gezwungen, sein Wissen preiszugeben*, überlegte er. *Bewußtseinssonden erfüllten den gewünschten Zweck, aber häufig führt ihr Einsatz zum Tod.*

»Wie dem auch sei: Das Nervensystem ist ausgesprochen interessant«, fuhr der Xenobiologe mit jungenhafter Begeisterung fort. »Nie zuvor hatte ich Gelegenheit, so etwas zu untersuchen, und Dyson meinte, es verlange geradezu einen ausführlichen wissenschaftlichen Artikel.« Er griff nach dem Kopf und drehte ihn um. Mit der rechten Hand strich er den Schädelkamm beiseite. »Sehen Sie sich das an.«

Kirk kam der Aufforderung nach und schluckte, um nicht zu würgen. Unter dem Kamm erkannte er eine Rille, die den Schädel in zwei Hälften teilte.

»Der Kopf besteht aus zwei voneinander getrennten Kammern«, erläuterte Frazer. »Beide enthalten jeweils ein voll entwickeltes Gehirn ohne neurale Verbindungen. Jedes verfügt über einen eigenen Hirnstamm, und sie berühren sich erst an diesem Rückenmarkknoten.« Der Zeigefinger des Xenobiologen strich am Nacken entlang und verharrte dort, wo sich der Kopf vom Torso gelöst hatte.

»In höher entwickelten Spezies sind individuelle Doppelhirne sehr selten. In den uns bekannten Fällen dominiert ein Gehirn, während das andere kaum mehr darstellt als einen dichten Haufen aus Neuronen, der bestimmte Funktionen des vegetativen Nervensystems steuert.«

»Ein Mutant?« vermutete Kirk.

»Nein. Nach den Gewebefragmenten zu urteilen, handelt es sich um ein für alle *Raben* typisches Merkmal.« Der junge Mann hob die Schultern. »Aber wir wissen noch nicht, welchem Zweck die beiden Gehirne dienen. Während der meisten kritischen Evolutionsphasen könnte so etwas ein fatales Handikap sein. Wir brauchen ein lebendes Exemplar, um mehr in Erfahrung zu bringen.«

Kirk verzog das Gesicht. »Die Begegnung mit einem lebenden *Raben* ist mit Abstand der letzte Punkt auf meiner Wunschliste.« Er nickte in Richtung der Fleisch- und Knochenbrocken.

Frazer lächelte. »Ja, ich verstehe. Was mich betrifft: Ohne einen Phaser möchte ich keinem derartigen Wesen gegenübertreten.« Der Xenobiologe legte den Kopf auf den Tisch und griff nach einer Hand. Er hielt sie am Gelenk, winkte damit und schien Kirks Blässe überhaupt nicht zu bemerken. »Diese Klauen sind nicht nur rasiermesserscharf, sondern auch giftig. Unter jedem Fingernagel befindet sich eine Giftdrüse, und ihre Absonderungen genügen, um ein Pferd zu lähmen.«

Kirk spürte das dringende Bedürfnis nach einem vergleichbaren Betäubungsmittel, doch Frazer reagierte überhaupt nicht auf den übelkeiterweckenden Geruch des zerstückelten Raben.

»Das Gift besteht aus verschiedenen Körperflüssigkeiten und einer komplexen organischen Komponente. Die medizinische Abteilung versucht gerade, ein neues Anästhetikum daraus zu gewinnen – das natürlich nur verwendet werden kann, wenn es möglich ist, die Wirkungen zu neutralisieren. Nun, nach der Strukturanalyse des Giftes bin ich vielleicht imstande, ein Gegenmittel zusammenzubrauen.«

»Sonst noch etwas?« fragte Kirk mühsam. Er bedauerte es, eine Mahlzeit eingenommen zu haben, bevor er das Laboratorium aufsuchte, und sein Magen drohte, sich jeden Augenblick von der unwillkommenen Last zu befreien.

»Nein, das wär's im großen und ganzen«, sagte Frazer und ließ die Hand auf den Tisch fallen. Kirk vernahm ein feuchtes Klatschen.

Er verließ den Raum so schnell, wie es die Würde eines Captains erlaubte — sogar noch etwas schneller.

Als er den Shuttlehangar erreichte, enthielten seine Lungen nur noch Reste des widerwärtigen Gestanks im Autopsie-Labor, und der Magen gab den Protest auf. Vorsichtig wanderte er über das unebene Deck und betrachtete den an mehreren Stellen aufgerissenen Boden. Eine Raumfähre — die mit der Medo-Gruppe an Bord — war der *Selessan* bereits recht nahe gewesen, als sie den Rückkehrbefehl empfing. Die Pilotin wußte, daß sich die *Enterprise* ohne Schilde nicht vor einem Angriff schützen konnte — und daß Kirk die Deflektoren erst nach der Landung des letzten Shuttles aktivierte. Aus diesem Grund schaltete Prusinowski auf vollen Triebwerksschub. Sie gewann das Rennen zum Schiff, aber leider leitete sie das Bremsmanöver zu spät ein. Alle Personen an Bord kamen ums Leben, als die Fähre aufs Deck prallte. Das Shuttle rutschte durch den ganzen Hangar, prallte an die gegenüberliegende Wand und zerquetschte dabei zwei andere Besatzungsmitglieder.

Die schlimmsten Schäden waren inzwischen repariert, doch die Reste des Shuttles lagen noch immer in einer Ecke. Nicht weit davon entfernt ruhten weitere Trümmer. Traktorstrahlen hatten Teile des Frenni-Schiffes aus dem All geholt, und Scottys Techniker bargen andere Fragmente aus der Außenhülle der *Enterprise.* Seit fünf Stunden nahm Lieutenant Sulu Untersuchungen vor, in der Hoffnung auf zusätzliche Informationen über die Angreifer.

»Haben Sie etwas entdeckt?« erkundigte sich Kirk, als er scharfkantigen Trümmerstücken auswich.

»Ich versuche noch immer, einen allgemeinen Eindruck

zu gewinnen, Captain.« Sulu deutete auf das Durcheinander. »Es ist ein sehr kompliziertes Puzzle.«

Kirk kommentierte den vagen Bericht mit einem vagen Lächeln. Eigentlich glaubte er nicht, daß diese Suche zu einem Erfolg führte, aber sie mußten jede Möglichkeit nutzen, um mehr über die *Raben* herauszufinden. Der gegenwärtige Zustand des Schiffes erforderte nicht die Präsenz des Steuermanns auf der Brücke, und deshalb beauftragte Kirk ihn mit Nachforschungen. »Setzen Sie Ihre Bemühungen fort, Mr. Sulu.«

»Aye, Sir.« Sulu beobachtete das zerfetzte Stahlfragment in seiner Hand, bis der Captain außer Sicht geriet. Als die Luft rein war, spielte er ernsthaft mit dem Gedanken, das Metallteil einfach fortzuwerfen, entschied sich dann aber dagegen, weil er von einer derartigen Geste keine echte Befriedigung erwartete. Statt dessen legte er es zu einem Haufen, der rechts von ihm aufragte.

Ein dumpfes Stöhnen erklang unter den Trümmern — als beklagten die Geister der Fremden den Verlust ihres Schiffes. »Es ist sinnlos«, ächzte das Phantom.

»Nun, es war eine gute Idee — rein theoretisch«, erwiderte Sulu. Die Idee stammte von ihm, und er fühlte sich verpflichtet, sie zu verteidigen.

»Vielleicht.« Ein Kopf mit zerzaustem braunen Haar materialisierte auf der anderen Seite des Haufens. »Aber die Praxis sieht ganz anders aus.« Chekov stand auf, ging um den Trümmerberg herum und näherte sich Sulu. »In diesem Schrott finden wir bestimmt keine nützlichen Informationen.«

Der Steuermann seufzte zustimmend, zog eine verbogene Ventilplatte aus dem Chaos und hielt sie ins Licht. Dieses Stück gehörte zu den wenigen identifizierbaren Dingen. Durch die Kollision mit dem Verbindungsstutzen der einen Warpgondel war das Frenni-Schiff auseinandergeplatzt, und die zu späte Aktivierung der Deflektoren hatte große Teile zu Schlacke zerschmolzen. Das bewahrte die *Enterprise* zwar nicht vor starken Beschädigungen, aber dadurch blieben keine Hinweise auf den Ursprung der Angreifer übrig.

»Der Captain rechnet bestimmt bald mit Antworten.« Chekov klagte noch immer über Sulus Vorschlag, das Wrack zu untersuchen. »Schlimmer noch: Es wird nicht mehr lange dauern, bis Mr. Spock konkrete Ergebnisse von uns verlangt. Und es gefällt mir ganz und gar nicht, Mr. Spock zu enttäuschen.« Der Fähnrich verbrachte viele Stunden am Tag damit, für den wissenschaftlichen Offizier Daten zu sammeln und zu analysieren. Chekov erachtete diese Tätigkeit als ein tägliches Opfer, um einen besonders anspruchsvollen Halbgott zu besänftigen.

Sulu drehte die Ventilplatte. »Diese Vorrichtung erinnert mich an eine gestaltvariable Skulptur von Benega IV. Mein Stubenkamerad in der Akademie stammte von Benega, und er zeigte mir, wie man das Metall bearbeitet...«

Chekov übertönte den Rest der Erklärung mit einigen lauten russischen Flüchen.

Als Kirk aus dem Turbolift trat, verließ Spock sofort den Befehlsstand. Der Vulkanier zögerte nicht, die Pflichten des Kommandanten gegen die des Wissenschaftsoffiziers einzutauschen.

»Haben Sie Frazers Bericht gelesen?« fragte Jim und nahm im Kommandosessel Platz.

»Ja, Captain. Höchst interessant.« Spocks Toleranz gegenüber Spott und Provokationen war recht groß, aber Kirk vermutete, daß er inzwischen seine Belastungsgrenze erreicht hatte — seit einiger Zeit mied er das Wort *faszinierend.*

»Ich nehme an, Sie haben ihn sogar verstanden«, seufzte Jim. Selbst McCoys Erläuterungen und Kommentare führten nicht dazu, daß Frazers Schilderungen einen Sinn für den Captain bekamen. Offenbar mußte man mit solchen Dingen einigermaßen vertraut sein — und auch mit der Ausdrucksweise des Xenobiologen. »Nun, der Bericht läßt unsere wichtigsten Fragen unbeantwortet: Warum hat man uns angegriffen? Warum wollten die *Raben* unser Schiff vernichten? Warum waren sie bereit, dafür ihr Leben zu opfern?«

Spock erhob keine Einwände gegen die Bezeichnung ›Raben‹ — selbst die Angehörigen der wissenschaftlichen Abteilung benutzten diesen Begriff. »Ihr Verhalten zeigt tatsächlich ausgeprägte aggressive Tendenzen«, gestand der Vulkanier ein. »Bedauerlicherweise lassen sich ihre Motivationen nicht mit Hilfe einer Autopsie feststellen.«

»Habgier und Machthunger sind die üblichen Beweggründe für den Kampf«, überlegte Kirk laut.

»Territoriale Verteidigung stellt ebenfalls eine häufige Ursache für Kriege dar«, fügte Spock hinzu.

»Diesmal nicht. Immerhin befinden wir uns im stellaren Territorium der Föderation.«

»Vielleicht vertreten die Fremden einen anderen Standpunkt«, sagte der Vulkanier ruhig.

»Oder es war ihnen völlig schnuppe, in welchem Raumsektor sie angriffen. Vielleicht wollten sie ihn übernehmen. Territoriale Expansion bietet einen weiteren populären Anlaß — zusammen mit Habgier und Machthunger —, um andere Leute ins Jenseits zu schicken.«

Spock mochte keine Spekulationen, die nicht auf einem festen Datenfundament basierten. »Fremde Philosophien und Kulturen enthalten häufig Aspekte, die sich unserem Verständnis entziehen.«

Kirk stöhnte und stützte den Kopf auf die Hände. »Leiden Vulkanier an Kopfschmerzen, die auf Streß zurückgehen, Mr. Spock?«

»Nein«, entgegnete der Erste Offizier. »Aber die menschliche Hälfte in mir konfrontiert mich manchmal mit derartigen Problemen.«

»Nun, wenigstens herrscht zwischen der Föderation und dem Imperium nach wie vor Frieden.« Kirk massierte sich die Schläfen, um das Stechen hinter der Stirn zu lindern. »Der angebliche klingonische Angriff war nur vorgetäuscht — um uns in die Falle zu locken.«

Spock wölbte eine Braue. »Das ist zweifellos die attraktivste Interpretation, Captain.« Er sah Jims Verärgerung und fuhr etwas sanfter fort: »Aber selbst im kühlen Licht der Objektivität scheint sie die wahrscheinlichste zu sein.«

Das Pochen in seinem Schädel, so merkte Kirk jetzt, entsprach dem Rhythmus des pulsierenden Lichts auf der Brücke. Die Alarmstufe Gelb dauerte nun schon fünfzehn Stunden.

Spock folgte dem Blick des Captains. »In einer Stunde und zweiundzwanzig Minuten haben wir wieder einsatzfähige Fernbereichssensoren.«

Und was finden wir dann? dachte Kirk müde.

KAPITEL 7

Als Leonard McCoy zum zweitenmal erwachte, war er allein in einem kleinen, schlichten Zimmer mit metallgrauen Wänden und einer schattenumhüllten Decke. Das einzige Licht stammte vom matten Glühen des Wandmonitors, und er hörte nur ein leises Summen.

Zuerst gab er sich damit zufrieden, ruhig liegenzubleiben und die Gedanken treiben zu lassen. Vor dem inneren Auge sah er niedriges Gestrüpp und Mesquitsträucher. Er glaubte, von trockenem Wind aufgewirbelten Staub zu spüren, die Hitze einer grell strahlenden Sommersonne. Diese Überlegungen riefen Erinnerungen an den Sturz wach, und daraufhin wurde er sich wieder der aktuellen Umgebung bewußt. Seine derzeitige Situation kam einer Ironie des Schicksals gleich: Der Urlaub war ein Versuch gewesen, so weit wie möglich den Tag- und Nachtschichten im Krankenhaus zu entfliehen. Wenigstens brauchte er nicht zu arbeiten, aber McCoy zweifelte daran, daß ihm seine derzeitige Perspektive der medizinischen Routine besser gefiel.

Andererseits: Bestimmt entließ man ihn bald. Immerhin hatte er durch den Unfall nur eine geringfügige Kopfverletzung erlitten; der Rest des Körpers schien soweit in Ordnung zu sein. McCoy begann mit den Zehen und arbeitete sich langsam nach oben: Er spannte die Muskeln in Beinen, Armen und der Brust, ohne irgendwelche Schmerzen zu spüren. Keine gebrochenen Knochen; weder Sehnenzerrungen noch Hautabschürfungen. Die letzte Erkenntnis schuf Unbehagen in ihm. Beim Sturz über den Zaun mochte er keine Prellungen davongetragen haben, aber am Tag zuvor hatte sich der Wallach ganz plötzlich aufgebäumt und Leonard emporgeschleudert. Als er in den Sattel zurückfiel... Der Aufprall konnte für seinen Allerwertesten nicht ohne Folgen geblieben sein, doch als er die entsprechenden Stellen betastete, entdeckte er keine blauen Flekken. Verwundert konzentrierte er sich wieder auf das Krankenzimmer, was dazu führte, daß die Verwirrung zunahm. Er entsann sich daran, daß dieser Ort nicht wie ein gewöhnliches Hospital aussah. Niemand hatte ihm gesagt, wo er sich befand; sie stellten nur Fragen, boten ihm jedoch keine Antworten.

Sie. Die Ärztin. Dann eine Krankenschwester, die ihm das Sedativ verabreichte. Und ein Mann... Das Gedächtnis zeigte McCoy eine verschwommene Uniform, ein Gesicht ohne erkennbare Einzelheiten.

Wo bin ich? dachte er und fühlte, wie Ärger in ihm zu brodeln begann.

Er richtete sich auf und beobachtete den Monitor. Form und Funktion waren ihm in grundlegenden Zügen vertraut, aber noch nie zuvor hatte er ein so modernes Modell gesehen. Zahlreiche Indikatoren bildeten eine sonderbare Konfiguration, und die Markierungen ergaben keinen Sinn. *Hat man mich vielleicht nach Dallas gebracht?* Der Wunsch, über seinen Aufenthaltsort Aufschluß zu gewinnen, wurde immer stärker.

McCoy schaltete die Lampe neben dem Bett ein, doch ihr Glanz lieferte ihm keine neuen Informationen. Das Zimmer war geradezu deprimierend funktionell und antiseptisch. Er schwang die Beine über den Rand der Liege, stand auf und wartete geduldig, bis die Welle aus Übelkeit und Schwindel verebbte. Dann trat er behutsam einen Schritt vor. *Gleichgewichtssinn und Muskelreflexe sind unbeeinträchtigt*, fuhr es ihm zufrieden durch den Sinn.

Kurz darauf merkte er, daß er ein schwarzes T-Shirt und eine blaue Hose trug. Kleidung — so hieß die nächste Priorität. Mit wachsender Zuversicht durchsuchte er den Raum, fand jedoch keine Spur von seinen persönlichen Sachen. Auf einem kleinen Regal am Bett lagen ein Paar

Schuhe mit weichen Sohlen und ein zusammengefalteter Overall, der perfekt paßte. McCoy ging zur Tür.

Er kam nicht weit. Nach fünf Schritten glitt das Schott beiseite, und die große, blonde Krankenschwester aus der Behandlungsstation kam herein. »Sie sind in der falschen Richtung unterwegs«, sagte sie mit freundlicher Strenge und deutete zur Hygienezelle. »Bestimmt wollten Sie dorthin.«

McCoy errötete. »Mein Ziel war der Korridor.«

»Es ist nicht nötig, daß Sie Ihr Zimmer verlassen. Drücken Sie einfach den Rufknopf unter dem Monitor — dann komme ich zu Ihnen.«

Die Frau führte McCoy zum Bett zurück und fuhr fort: »Ich bin Schwester Chapel und habe hier ständig zu tun — Sie können mich also jederzeit erreichen. Nun, Sie sind ein großer Junge, und daher ist es sicher nicht nötig, Sie zu Bett zu bringen«, fügte sie hinzu, obgleich sie den Patienten aufs Polster drückte und ihn zudeckte, »aber wenn Sie sonst etwas möchten... Zögern Sie nicht, darum zu bitten.« Plötzlich hielt sie eine kleine Kapsel in der Hand. »Es tut mir leid, daß Sie nicht richtig schlafen können. Dies hier sollte Ihnen helfen...«

»Ich *will* wach sein«, erwiderte McCoy mißtrauisch. »Und ich will wissen, wo ich bin und seit wann ich hier behandelt werde. Die Ärztin meinte, ich sei einige Stunden lang bewußtlos gewesen — wie viele Stunden?«

»Sind Sie nachts um drei immer so energisch?« fragte die Krankenschwester im Plauderton.

Trotz ihres Lächelns begriff McCoy, daß sie ihm auswich. Seine Verwirrung verwandelte sich in Sorge. »Bitte zeigen Sie mir mein Krankenblatt.«

Chapel überlegte kurz. »Sie haben ein zwölfstündiges Koma hinter sich, Dr. McCoy. Dr. Dyson legt Wert darauf, Streß von Ihnen fernzuhalten. Nun, als Mediziner wissen Sie sicher, wie wichtig es ist, auszuruhen und zu schlafen. Morgen früh bekommen Sie Gelegenheit, Ihr Krankenblatt mit dem zuständigen Arzt zu diskutieren und anschließend über geeignete Behandlungsmethoden zu entscheiden.« Die Schwester lächelte erneut und reichte ihm die Kapsel.

Sie spielte ihre Rolle sehr überzeugend, aber McCoy spürte, daß es tatsächlich nur eine Rolle war. Sie verheimlichte ihm etwas. »Auch auf die Gefahr hin, als schwierig und aufsässig zu gelten — ich möchte das Krankenblatt *jetzt* sehen.«

Die Maske freundlicher Zuvorkommenheit haftete an Chapels Zügen fest. »Ich bin nicht befugt, es Ihnen zu geben. Was hielten Sie davon, wenn eine Ihrer Krankenschwestern einem Patienten sein Krankenblatt vorlegt?«

McCoy lachte leise. »Sie haben gewonnen. Bitte sagen Sie mir, in welchem Krankenhaus ich bin. Dann verspreche ich Ihnen, brav zu sein.«

»Nun, Sie sind in einer Klinik namens *Enterprise*.« Chapel zögerte kaum merklich, bevor sie diese Antwort gab. Wenn es um Ablenkungsmanöver ging, war sie sehr geschickt, doch direkte Lügen fielen ihr weitaus schwerer.

Sie hatte fast die Tür erreicht, als erneut McCoys Stimme erklang. »Ich glaube Ihnen kein Wort, Schwester Chapel.« Er musterte ihr überraschtes Gesicht und entschloß sich zu einer Herausforderung. »Warum sagen Sie mir nicht die Wahrheit?«

Die Frau seufzte schwer und drückte eine Interkom-Taste. »Dr. Dyson zur Krankenstation.«

Sie verbrachten die Wartezeit in reserviertem Schweigen und blickten verlegen durchs Zimmer. Als die Ärztin hereinkam, wirkte Chapel sichtlich erleichtert. »Ihr Patient hat einige Fragen, die offenbar nicht bis morgen früh warten können.«

»Danke«, antwortete Dyson und gähnte. Einige Strähnen des langen braunen Haars ragten aus einem hastig gebundenen Knoten, und der blaue Pulli war zerknittert. Sie bot den typischen Anblick einer Ärztin, die mitten in der Nacht einen Kranken besuchen mußte. »Sie können jetzt gehen. Keine Sorge: Ich gebe Ihnen Bescheid, wenn ich Sie brauche.«

Als die Schwester das Zimmer verlassen hatte, konnte sich McCoy nicht länger beherrschen. »Was ist hier los? Ich weiß nicht, wo ich bin, und ich erhalte keine Antworten auf Fragen nach meinem Zustand.« Unter dem Zorn prickelte Furcht.

»Na schön, Sie sollen Antworten bekommen.« Dyson machte nicht den Fehler, in einem beruhigenden Tonfall zu sprechen. »Aber Sie müssen mir die Entscheidung überlassen, in welcher Reihenfolge ich sie Ihnen gebe.« Sie wartete, bis McCoy widerstrebend nickte.

»Durch den Sturz erlitten Sie eine lineare Fraktur in der okzipitalen Schädelregion. Die daraus resultierende Gehirnerschütterung führte zu einem zwölfstündigen Koma. Die bisherigen Beobachtungen lassen den Schluß zu, daß die organischen Schäden nicht sehr umfangreich sind.« Dyson bedachte den Mann mit einem mißmutigen Blick. »Ihre Sprechfähigkeiten haben gewiß nicht gelitten. Trotzdem ist der Unfall nicht ohne Folgen geblieben.«

Sie legte eine kurze Pause ein und suchte nach den richtigen Worten: »Denken Sie genau nach. Woran erinnern Sie sich nach dem Sturz auf der Ranch?«

McCoy zog die Brauen zusammen. »Ich bin hier erwacht — wo auch immer ›hier‹ sein mag.« Unruhe entstand in ihm.

»Nun, seit Ihrem Urlaub sind mehr als zwölf Stunden vergangen. Der Sturz vom Pferd, an den Sie sich entsinnen, ist nicht der Grund für Ihren derzeitigen Zustand. Damals kam es nur zu einer geringfügigen Gehirnerschütterung und einer gequetschten Rippe, mehr nicht. Sie sind aus einem Koma erwacht, das Sie einem zweiten, später erfolgten Sturz verdanken. Sie haben alle Erinnerungen an die dazwischenliegende Zeit verloren.«

»Wieviel Zeit ist verstrichen? Wochen? Monate?« Er blickte zum Monitor hoch, mit dessen Anzeigen er nichts anfangen konnte. »Etwa Jahre?« fragte er ungläubig.

»Ja, Jahre«, bestätigte Dyson. »Sie erkennen weder mich noch Christine Chapel, aber bestimmt schließen sich Ihre

Gedächtnislücken wieder, wahrscheinlich schon sehr bald. So verwirrend jetzt auch alles für Sie sein mag — bitte denken Sie daran, daß Ihre Behandlung gerade begonnen hat.«

McCoy hörte schweigend zu und erkannte die Ausdrucksweise eines Arztes, der versuchte, seinen Patienten nicht zu alarmieren. »Vielleicht handelt es sich um eine irreversible Amnesie.«

»Diese Möglichkeit läßt sich nicht ausschließen«, räumte Dyson ein und seufzte. »Aber an Ihrer Stelle würde ich die Hoffnung nicht aufgeben. Dauerhafte Amnesie ist sehr selten. Bestimmt beginnen Sie bald damit, sich an dies und jenes zu erinnern, bis alle Reminiszenzen — oder der größte Teil davon — zurückkehren.«

»Eins steht fest: Ich hoffe, daß ich mich an Sie erinnere«, entgegnete McCoy in einem Anflug von Humor. »Sie sind mir gegenüber im Vorteil.« Allem Anschein nach wußte Dyson genau, welchen Tonfall sie benutzen mußte, um sein Selbstmitleid schon im Keim zu ersticken. »Und jetzt... Wo bin ich? Und wie lange halte ich mich schon hier auf?«

»Ich glaube, für heute nacht haben wir lange genug miteinander gesprochen.«

»Steht es so schlimm mit mir?« fragte McCoy und wurde wieder ernst. »Schlimm genug, um mir die Informationen in kleinen Häppchen zu geben?«

»Sie leiden an einem Schock, und er ist größer, als Sie glauben. Wenn Sie jetzt...«

»Befürchten Sie etwa, ich könnte ausrasten, wenn Sie mir mehr verraten, Dr. Dyson? Himmel, ich habe die Behandlung mit den Samthandschuhen satt. Ob Schock oder nicht: Hier ist bald der Teufel los, wenn ich keine Antworten bekomme.«

»Verdammt!« entfuhr es der Doktorin. »Der Patient namens McCoy ist noch schlimmer als der Arzt.« Sie schätzte die Entschlossenheit in seiner Stimme ein. »Na schön«, gab sie nach. »Also alles auf einmal: Sie sind hier an Bord der

USS *Enterprise*, eines Föderationsschiffes, dessen Mission darin besteht, die Grenzen des bekannten Weltraums zu erforschen. Der uniformierte Mann, den Sie nach Ihrem ersten Erwachen gesehen haben, ist James Kirk, Captain dieses Schiffes.«

»Was?« stieß McCoy hervor. Es klang nicht nur ungläubig, sondern auch verblüfft. »Ich bin Arzt und keine sternensüchtige Raumratte.«

»Sie sind nicht nur Arzt, sondern leiten die Krankenstation der *Enterprise*.«

McCoy schnaubte. »Dann braucht die Föderation offenbar dringend medizinisches Personal. Verflucht, mit solchen Dingen kenne ich mich überhaupt nicht aus. Ich bin nie jenseits des Mondes gewesen, und Sie behaupten...« Er holte tief Luft und blinzelte verwirrt. »Um einen solchen Rang zu erreichen, wären... Jahre nötig. Und Sie haben eben von Jahren gesprochen.« Er erbleichte. »Wie viele?«

Diesmal wich Dyson der Antwort nicht aus. »Seit Ihrem Urlaub auf der Ranch sind fünfundzwanzig Jahre vergangen.«

»Herr im Himmel«, hauchte McCoy. »Das macht mich zu einem alten Mann. Ein halbes Leben — und mir fehlt jede Erinnerung daran.« Er sank aufs Bett zurück. »Wie habe ich das Vierteljahrhundert verbracht?«

»Ich kann Ihnen keine Einzelheiten nennen«, sagte Dyson. »Aber Captain Kirk kennt Sie gut und ist bestimmt in der Lage, Ihnen Auskunft zu...« Das Heulen der Alarmsirenen unterbrach sie, und eine Prioritätsnachricht aktivierte das Interkom.

»Alarmstufe Rot«, ertönte es. »Alarmstufe Ruf. Gefechtsstationen besetzen.«

»Nicht schon wieder«, stöhnte Dyson.

»›Schon wieder‹?« wiederholte McCoy. »Zum Teufel auch, was geht hier vor?« Seine Worte galten dem Rücken der Ärztin — sie hatte bereits die Tür erreicht.

»Tut mir leid, ich muß jetzt gehen!« rief sie ihm über die

Schulter hinweg zu. »Wir werden angegriffen. Bleiben Sie hier.«

»Und wo ist *hier?*« Doch Dyson lief bereits durch den Korridor, und hinter ihr schloß sich das Schott. Die Sirenen heulten weiterhin, und das Licht trübte sich. Jenseits der Wände hörte McCoy eilige Schritte und gedämpfte Stimmen. »Ein Angriff! Ich muß verrückt gewesen sein, mich Starfleet anzuschließen.«

Einige Sekunden später wurde es dunkel, und Leonard wartete vergeblich darauf, daß die Lampe wieder zu glühen begann. »Ich quittiere den Dienst«, brummte er in der Finsternis und ertastete sich einen Weg zur Tür.

KAPITEL 8

Nach einigen Stunden undeutlicher Ortungssignale lieferten die Fernbereichssensoren klare Daten. Das Bild auf dem Wandschirm bot Anlaß genug, um die pulsierenden gelben Warnlichter durch Alarmstufe Rot zu ersetzen.

Während der vergangenen vierundzwanzig Stunden hatte sich Kirk mehrere Szenarios durch den Kopf gehen lassen, und dies war eindeutig das unangenehmste: ein klingonischer Schlachtkreuzer in der Nähe einer *Enterprise*, die weder über Warpkapazität noch stabile Schilde verfügte. Er nahm im Kommandosessel Platz und schien sich innerlich auf einen Kampf vorzubereiten. »Können Sie uns von hier fortbringen, Mr. Sulu?«

Der Steuermann schüttelte sofort den Kopf. »Die Warpgondel ist noch nicht ausreichend befestigt. Wenn ich jetzt beschleunige, dreht sich das Schiff. Und selbst wenn die Gondel verankert wäre — mit Impulskraft allein können wir nicht entkommen.« Sulu keuchte noch immer — er hatte gerade einen Sprint vom Hangardeck zur Brücke hinter sich.

»Was läßt sich mit unseren Waffen ausrichten, Chekov?«

»Nicht viel, Captain.« Der Fähnrich wischte sich Schweiß von der Stirn. Er hatte Sulu begleitet und schnappte ebenfalls nach Luft. »Das energetische Potential der Phaser beträgt dreiunddreißig Prozent. Selbst ein Volltreffer würde die klingonischen Schilde nicht durchdringen.«

Kirk schaltete das Interkom ein. »Scotty, ich brauche mehr Energie!«

»Aber ich kann Ihnen leider nicht mehr geben«, tönte die besorgte Stimme des Chefingenieurs aus dem Lautsprecher. »Ein großer Teil der Bordsysteme ist stillgelegt, und das Lebenserhaltungssystem funktioniert mit Minimalleistung. Wir können nicht kämpfen, nicht fliehen und uns nicht verteidigen — ich brauche ein Wunder.«

»Bereiten Sie sich darauf vor, das Lebenserhaltungssystem auf meinen Befehl hin ganz zu desaktivieren. Leiten Sie anschließend alle Energie in die Phaserakkumulatoren.«

»Wie bitte?«

»Sie haben mich verstanden, Scotty. Nach der Desaktivierung halten wir mindestens fünfzehn Minuten lang durch. Wenn wir diese Zeit überleben, denken wir wieder ans Atmen.«

»Captain...« Der ruhige, gelassene Spock kam Scottys Protest zuvor. »Eine derartige Maßnahme ist vielleicht gar nicht nötig. Die Sensorerfassung zeigt nur geringe energetische Emissionen von dem klingonischen Kreuzer. Seine Triebwerke sind nicht aktiv.«

»Aber er bewegt sich.«

»Die Geschwindigkeit ist außerordentlich gering und entspricht der eines Schiffes, das von seinem eigenen Trägheitsmoment durchs All getragen wird.«

»Wie der Frenni-Raumer«, sagte Kirk bitter. Von diesem Trick hatte er sich einmal hereinlegen lassen. *Jetzt bin ich zwar gewarnt, aber wir haben keine Möglichkeit, uns vor einem zweiten Angriff dieser Art zu schützen.* »Was zeigen die Lebensindikatoren an?«

»Nichts.« Spock schien ebenso überrascht zu sein wie der Captain. »Keine Anzeichen von Lebensformen an Bord des Kreuzers. Weder Klingonen noch andere.«

»Es würde bedeuten, daß alle Besatzungsmitglieder tot sind... Eine Fehlfunktion der Sensoren?«

»Unwahrscheinlich. Die übrigen ermittelten Daten sind völlig normal.« Spock beugte sich über die wissenschaftliche Station und blickte in den Sichtschlitz des Scanners. »Mit der gegenwärtigen Geschwindigkeit gerät das Kriegsschiff erst in fünf Stunden in Phaserreichweite.«

»Scottys Wunder«, flüsterte Kirk. Laut sagte er: »Uhura, Gefechtsbereitschaft aufheben. Überwachen Sie die Grußfrequenzen. Benachrichtigen Sie mich sofort, wenn Sie auch nur den kleinsten Piepser von dem Kreuzer dort drüben hören.«

»Aye, Sir.« Sie gab die Anweisung des Captains per Interkom weiter. Kurz darauf wurde es heller, und die Luft im Kontrollraum verlor ihren muffigen Geruch. Ein leises Summen der Konsole beanspruchte Uhuras Aufmerksamkeit; sie hob das Kom-Modul zum Ohr und lauschte eine Zeitlang. »Captain, die Krankenstation meldet einen vermißten Patienten — Dr. McCoy.«

»Er wird vermißt? Was soll das heißen?«

»Während des Alarms verließ er sein Zimmer, und seitdem hat ihn niemand mehr gesehen. Er befindet sich nicht in der medizinischen Sektion.«

»Fordern Sie Dr. McCoy mit einer Durchsage auf, zur Krankenstation zurückzukehren. Und weisen Sie die Sicherheitsabteilung an, auf allen Decks nach ihm zu suchen.« Als wenn es nicht schon genug Probleme gäbe...

»Mr. Spock, das Puzzle scheint noch komplizierter zu werden. Wir haben jetzt: ein zerstörtes Frenni-Schiff, aber keine Frenni; mehrere Leichenteile nicht identifizierter Aliens; und einen driftenden klingonischen Kreuzer ohne Klingonen.«

»In der Tat, Captain. Einige interessante Variablen, mit denen wir uns näher befassen müssen. Außerdem wissen wir nun, daß tatsächlich ein imperiales Schiff ins Hoheitsgebiet der Föderation vorgestoßen ist.«

»Ja. Es scheint, der falsche Händler Esserass hat nicht gelogen, als er von Klingonen berichtete. Aber welche Bedeutung kommt dem Kreuzer zu? Wer hat die Frenni-Karawane angegriffen? Woher stammen die *Raben?* Warum treibt der Schlachtkreuzer antriebslos im Raum?« Kirk sah den Ersten Offizier an. »Antworten, Mr. Spock?«

»Sie haben die Fragen in einem durchaus verständlichen Kontext formuliert, Captain. Leider genügt die klare Darstellung eines Problems manchmal nicht, um eine Lösung zu finden. Ich benötige weitere Daten.«

»Captain, Mr. Spock...« Chekov hatte einige Navigationsberechnungen durchgeführt und präsentierte nun aufgeregt die Ergebnisse. »Ich habe den Kurs des Kriegsschiffes zurückverfolgt. Er schneidet den der *Selessan*.«

Kirk runzelte überrascht die Stirn. »Aber es treibt auf *uns* zu, und es war nicht in Sensorreichweite, als wir diesen Sektor erreichten.«

Spock trat an Chekovs Konsole heran und betrachtete die Anzeigenfelder. »Bemerkenswert«, sagte er leise. Er berührte mehrere Tasten und projizierte die Sternenkarte auf den großen Wandschirm. »Die Vektoranalyse legt nahe, daß die Entfernung zwischen dem klingonischen Schlachtkreuzer und der Frenni-Karawane an dieser Stelle ein Minimum erreichte.« Auf dem Bildschirm leuchteten zwei graphische Symbole dicht nebeneinander. »Ionisierte Partikel lassen vermuten, daß der Kampf dort stattfand — die *Verella* fiel ihm zum Opfer. Die beiden anderen Schiffe verloren ihr Triebwerkspotential, und das ursprüngliche Bewegungsmoment entfernte sie voneinander.« Der Abstand zwischen den Symbolen vergrößerte sich.

»Wir begegneten der *Selessan* hier.« Eine winzige Darstellung der *Enterprise* erschien. »Zu jenem Zeitpunkt trieb der klingonische Schlachtkreuzer noch außerhalb unserer Sensorreichweite. Die Gravitationsfelder des Belennii-Systems verringerten seine Geschwindigkeit und brachten ihn weit genug vom Kurs ab.« Das Symbol des imperialen Raumers beschrieb einen weiten Bogen, der ihn zur *Enterprise* brachte.

»Der aktuelle Kurs ist dreiundachtzig Komma vier«, sagte Chekov. »Der Kreuzer wird uns in einem Abstand von achteinhalb Kilometern passieren.« Die Karte verschwand vom Wandschirm, wich einem Panorama aus beständig glühenden Sternen, umgeben von Schwärze.

»Jetzt haben Sie zusätzliche Daten bekommen, Spock. Was fangen Sie damit an?«

Der Vulkanier zögerte. »Derzeitige Extrapolationen in Hinsicht auf die Hintergründe der jüngsten Ereignisse haben in erster Linie Spekulationscharakter und stehen nicht notwendigerweise in einem direkten Zusammenhang mit der Realität. Nach wie vor benötige ich...«

»...weitere Daten«, beendete Kirk den Satz und nickte verständnisvoll. »In Ordnung, Mr. Spock.« Er hielt es für besser, den Ersten und wissenschaftlichen Offizier nicht zu sehr unter Druck zu setzen. Die zurückhaltende Kühle des Vulkaniers wurde zu unnahbarer Kälte, wenn man ihn zu Situationsbewertungen ohne eine feste Faktenbasis zwang.

Der Captain drehte sich um. »Lieutenant Sulu, da wir die Warp- und Impulstriebwerke derzeit nicht benutzen können, brauchen wir keinen diensthabenden Steuermann. Sie wären weitaus nützlicher bei der Zusammenstellung einer Gruppe, die sich an Bord des Kreuzers umsehen soll.«

»Ja, Sir!« Ein erfreutes Lächeln strahlte im Gesicht des jungen Mannes. Die Vorstellung, sich ein klingonisches Kriegsschiff von innen anzusehen, begeisterte ihn sehr. Hinzu kam, daß ihn dieser Auftrag davor bewahrte, die langweiligen Untersuchungen der Frenni-Trümmer fortzusetzen.

Kirk bemerkte den kummervollen Neid in den Zügen des Navigators. »Das gilt auch für Sie, Mr. Chekov. Überprüfen Sie jeden Quadratzentimeter an Bord des Kreuzers. Sorgen Sie dafür, daß Mr. Spock die benötigten Daten erhält.«

Chekov schickte ein stummes Dankgebet zum Schutzheiligen schikanierter Fähnriche; endlich bekam er die Chance, den Ansprüchen des Vulkaniers zu genügen. In einem intakten klingonischen Raumschiff ließen sich bestimmt viele interessante Dinge in Erfahrung bringen.

»Captain«, sagte Uhura, »die Sicherheitsabteilung hat noch keine Spur von Dr. McCoy entdeckt.«

»Verdammt! Es kann doch nicht so schwer sein, einen verletzten und benommenen Mann zu lokalisieren. Wohin mag er sich verirrt haben?«

Die Doppeltür des Turbolifts glitt auf. McCoy brummte einen Fluch, sprang aus der Transportkapsel und beobachtete, wie sie sich hinter ihm wieder schloß. Er war alles andere als benommen. »Pille!«

Der Arzt reagierte nicht. Langsam drehte er sich um und riß die Augen auf, als sein Blick über die verschiedenen Pulte und Konsolen der Brücke strich. Schließlich starrte er auf den Wandschirm und zuckte zusammen.

»Lieber Himmel!« entfuhr es ihm leise. »Ich bin tatsächlich im Weltraum.«

Kirk stand auf und näherte sich Leonard. »Dr. McCoy?«

Der Doktor wandte sich mühsam vom Projektionsfeld ab und fand sich im Zentrum der allgemeinen Aufmerksamkeit. Rote Verlegenheitsflecken bildeten sich auf seinen Wangen. »Bitte entschuldigen Sie die Störung, aber ich habe versucht, die Krankenstation zu erreichen. Wenn mir jemand den Weg beschreiben könnte...«

»Keine Sorge, ich lasse Sie von einem Sicherheitswächter begleiten.« Es erschien Kirk überaus seltsam, seinen alten Freund wie einen Fremden zu siezen. Die links von ihm sitzende Uhura flüsterte ins Interkom.

»Vielen Dank.« McCoy musterte den Captain. »Ich erinnere mich an Sie.«

Der erwartungsvolle Ausdruck verschwand aus Jims Zügen, als McCoy fortfuhr: »Sie waren im Krankenzimmer, als ich erwachte. Ich nehme an, Sie sind Captain Kirk.« Er streckte den Arm aus.

Kirk schüttelte die ihm dargebotene Hand.

McCoy fühlte noch immer die neugierigen Blicke der Brückenoffiziere und sah unvertraute Gesichter. »Tut mir leid, ich wollte Sie nicht bei der Arbeit unterbrechen. Während des Rotalarm-Aufruhrs habe ich versucht, niemandem im Weg zu sein, und dadurch geriet ich in einen mir unbekannten Teil des Raumschiffs.«

»Schon gut«, sagte Kirk. »Wir waren besorgt, als Sie nicht auf die Durchsage reagierten.«

»Oh, ich habe den Befehl gehört. Ich wußte nur nicht, wie man Interkom-Geräte von Empfang auf Sendung umschaltet.« McCoy starrte finster zur Tür des Turbolifts. »Und ich hatte keine Ahnung, wie dieses verdammte Ding funktioniert.«

Kirk schmunzelte unwillkürlich. »Ich gebe Anweisung, daß man Sie mit der Struktur dieses Schiffes vertraut macht — dann besteht nicht die Gefahr, daß Sie sich noch einmal verirren.« Er folgte McCoys Blick zum Wandschirm — die Darstellung des Alls schien ihn zu faszinieren. »Was halten Sie von einer Tour durch den Kontrollraum, Doktor?«

Der Captain gab sich betont würdevoll, als er McCoy zur Kommunikationsstation führte und Lieutenant Uhura vorstellte. »Ihre Stimme war es, die Sie aufforderte, zur Krankenstation zurückzukehren.«

»Dann habe ich doch den richtigen Ort aufgesucht«, erwiderte McCoy, verbeugte sich und nahm Uhuras Hand. Sie akzeptierte das Kompliment mit einem freundlichen Lächeln; nur Kirk stellte fest, wie schwer ihr die Förmlichkeit fiel.

Während Uhura dem Arzt die Funktionen des Subraum-Kommunikators erklärte, bedeutete Kirk dem Ersten Offizier, näher zu kommen. Bisher hatte Spock reglos an der wissenschaftlichen Station gesessen, doch jetzt erhob er sich und trat zu der kleinen Gruppe. Er verstand die Hoffnungen des Captains: Die plötzliche Präsenz des Vulkaniers stimulierte vielleicht McCoys Gedächtnis.

Als sich der Doktor umdrehte, zuckte er zusammen, doch seine Augen zeigten nur Erstaunen, kein Wiedererkennen.

»Das ist der Erste Offizier der *Enterprise*, Mr. Spock«, sagte Kirk höflich und unterdrückte die Enttäuschung.

McCoy schluckte überrascht. »Wie geht es Ihnen?« Andeutungsweise hob er die Hand und ließ sie dann wieder sinken. Spocks steinerne Miene wirkte viel zu fremdartig für eine so menschliche Begrüßungsgeste. Unsicher legte

Leonard die Hände auf den Rücken und räusperte sich nervös. »Bitte verzeihen Sie meinen Schnitzer — ich bin noch nie einem Vulkanier begegnet.«

Spock nickte ernst. »Sie brauchen sich nicht zu entschuldigen. Ich habe gelernt, mich den sozialen Bräuchen der Menschen anzupassen.«

»Oh, tatsächlich?« entgegnete McCoy. Er sah Kirk an und schien ihn um Hilfe zu bitten, aber der Captain lächelte nur.

Die Männer erhielten keine Gelegenheit, weitere Worte zu wechseln — Christine Chapel kam plötzlich aus dem Turbolift. »Oh-oh«, murmelte McCoy leise. »Jetzt bin ich dran.«

»Vielleicht können wir die Besichtigungstour später fortsetzen«, sagte Kirk, als ihnen eine grimmige Schwester Chapel entgegenrauschte. Ihre Sorge über das Verschwinden des Arztes wich Ärger.

McCoy trat vor und breitete die Arme aus. »Schießen Sie nicht. Ich begleite Sie freiwillig.« Das finstere Gesicht der Krankenschwester erhellte sich nicht, aber sie blieb stehen und machte keine Anstalten, ihren Patienten von der Brücke zu zerren.

»Nun, es hat mich gefreut, Sie kennenzulernen, Captain.« McCoy nickte Spock zu, verabschiedete sich mit einem Lächeln von Uhura und folgte Chapel zum Lift. Nach einigen Schritten zögerte er, und neuerliche Verwirrung formte dünne Falten in seiner Stirn. »Ich schätze, wir sollten später über gewisse Dinge reden und...« Er unterbrach sich, schüttelte den Kopf und passierte die Doppeltür.

Als Chapel die Kontrollen des widerspenstigen Lifts bediente, lehnte sich McCoy an eine Wand, schloß die Augen und kämpfte gegen Übelkeit an. Während des Alarms war er durch lange Korridore gewandert und Dutzenden von dahineilenden Besatzungsmitgliedern ausgewichen. Er hatte die Umgebung bestaunt und dadurch neue Kraft gefunden: Türen, die sich kurz öffneten, ihm Blicke in Laboratorien und Büroräume gewährten, erhellt vom matten Glühen der Notbeleuchtung. Er vergaß Dr. Dysons besorgniserregende Hinweise einfach und konzentrierte sich ganz auf das Neue um ihn herum. Immer weiter entfernte er sich von seinem Zimmer — bis er schließlich die Orientierung verloren hatte. Als er jetzt die Brücke verließ, wurde er sich wieder im vollen Ausmaß der Amnesie bewußt, und daraufhin kehrte das Gefühl der Schwäche und Leere zurück.

Eigentlich sollte ich die Crew und das Schiff kennen. Ich bin schon seit vielen Jahren an Bord. Wahrscheinlich sehe ich meine Heimat nie wieder.

Er glaubte zu spüren, wie sich unter seinen Füßen ein tiefer Abgrund öffnete, und heftiger Schwindel erfaßte ihn, als er in jene imaginäre Tiefe sah.

»Sie sind müde«, sagte Chapel nicht ohne Mitgefühl.

»Ich bin alt«, erwiderte McCoy bitter, obwohl er sich noch immer nicht damit abfinden konnte, praktisch über Nacht fünfundzwanzig Jahre älter geworden zu sein.

»Mit achtundvierzig sind Sie wohl kaum ein Tattergreis«, entgegnete die Krankenschwester scharf. Die jähe Veränderung des Tonfalls veranlaßte McCoy dazu, verblüfft aufzusehen.

Chapel musterte ihn amüsiert. »Für einen älteren Mann sind Sie erstaunlich schnell durchs Schiff gelaufen.«

»Ich finde das nicht komisch!« platzte es aus Leonard heraus.

»Ihnen ist es völlig gleichgültig, daß ich ein halbes Leben verloren habe. Kümmert es jemanden an Bord dieser Blechbüchse? Ich kenne Sie nicht. Ich bin Ihnen nie zuvor begegnet.«

Die Tür des Turbolifts öffnete sich, und er fügte laut hinzu: »Es sind Lügen, alles Lügen! Man hat mich von der Erde entführt, und ich will zurück.«

Starke Arme hielten ihn fest. »Lassen Sie mich los! Verdammt, Sie sollen mich loslassen!« In blindem Zorn holte

McCoy mit den Armen aus und versuchte, mehrere Hände beiseite zu stoßen.

Die unsichtbaren Gegner setzten sich durch und preßten ihn zu Boden. Er hörte ein leises Zischen am Ohr und fühlte Kühle am Hals, bevor er das Bewußtsein verlor.

KAPITEL 9

Die Wanderung durch das Innere der *Schwert* wirkte wie ein Traum. Rote Orientierungslichter schimmerten in unregelmäßigen Abständen und bildeten eine matte Leuchtspur, die sich durch schmale, dunkle Gänge und enge Mannschaftsquartiere wand. Die grundlegende Struktur des Schiffes erschien vertraut, doch Form und Funktionen waren den Körpern fremder Wesen angepaßt, fremdem Denken und Empfinden. Ein Schlachtkreuzer, von Klingonen erbaut — und leer.

Spocks Stimme hatte Kirk kurz zuvor aus tiefem Schlaf gerissen, und nun gab er sich zumindest den Anschein von wacher Aufmerksamkeit. Aber Erschöpfung verwischte die Grenzen zwischen dem Reich des Unbewußten und der gegenwärtigen Umgebung. Ein Teil von Kirk glaubte noch immer, in einem Traum gefangen zu sein, doch der vulkanische Erste Offizier blieb fest in der Realität verankert.

»Eine gründliche Suche auf den einzelnen Decks hat die Sensorerfassung bestätigt. Die Erkundungsgruppe meldet keine lebenden Geschöpfe an Bord des Schiffes — auch Leichen fehlen. Dennoch befinden sich alle Rettungskapseln in den Hangars.«

»Ich habe ein ungutes Gefühl dabei, Spock.«

»Ein ungutes *Gefühl*, Captain?« Die obligatorische Kritik an menschlichen Emotionen.

»Diese Sache erinnert mich auf unangenehme Weise an die terranische *Marie Celeste* — ihre Besatzung verschwand ebenfalls. Als man das Schiff fand, trieb es auf dem Meer, und von der Mannschaft fehlte jede Spur. Das Rätsel wurde nie gelöst.«

Spock ging mit keinem Wort darauf ein. Vielleicht hielt er Kirks Hinweis für banal.

»Was ist mit dem Logbuch?« fragte der Captain.

»Alle Einträge sind gelöscht. Das Computersystem enthält keine Aufzeichnungen über die Einsätze der *Schwert*. Allerdings deuten die Geheimdienstberichte Starfleets darauf hin, daß der Kreuzer seit fast zwei Jahren routinemäßige Patrouillenaufgaben im Belennii-System wahrnahm. Der Kommandant war Captain Kyron, ein erfahrener Veteran, der bessere Einsätze verdient hätte. Nun, es gibt Hinweise auf politische Unruhen in der aktuellen imperialen Machtstruktur — vielleicht ist er in Ungnade gefallen.«

»Oder man hat ihn hierhergeschickt, um einen Angriff auf die Föderation vorzubereiten«, sagte Kirk nachdenklich. Er folgte Spock durch eine schmale Tür und erreichte den Kontrollraum des Kriegsschiffes, wo sie sich mit der Erkundungsgruppe treffen wollten. Die schattenhaften Gestalten von sechs Besatzungsmitgliedern der *Enterprise* — im matten rötlichen Licht ließen sie sich kaum voneinander unterscheiden — nahmen Untersuchungen mit Tricordern vor. Hier wurde der Mangel an Energie besonders deutlich: Nirgends leuchteten Anzeigefelder, und der Wandschirm zeigte nur konturlose Gräue.

»Captain, die ist eine einzigartige Gelegenheit, mehr über die klingonische Technologie zu erfahren.« Die körperlose Stimme von Lieutenant Aziz. Als eine von Scottys Schülerinnen begeisterte sie sich für alles Technische.

»Leider kann ich Ihnen nicht noch mehr Zeit geben, um sich damit zu befassen«, erwiderte Kirk. Er versuchte, Aziz in dem Zwielicht zu erkennen, doch nach einigen Sekunden gab er es auf.

»Macht nichts. Ich habe genug Informationen gesammelt, um auf Monate hinaus beschäftigt zu sein. Was Sulu betrifft... Er brennt darauf, einen klingonischen Schlachtkreuzer zu fliegen. Wenn er den Kontrollen zu nahe kommt, ist die Versuchung vielleicht zu groß für ihn.«

»Eine solche Chance ergibt sich nur einmal im Leben!« ertönte die aufgeregte Stimme des Steuermanns. Auch er gehörte zu den Schemen im karmesinroten Halbdunkel.

»Soll das heißen, die *Schwert* ist voll flug- und manövrierfähig?« erkundigte sich Kirk überrascht.

»Soweit sich das feststellen läßt — ja«, antwortete Aziz.

»Alle Bordsysteme sind funktionsbereit«, erklärte Spock. »Aber aufgrund der desaktivierten Triebwerke herrscht ein nur geringes energetisches Niveau. Wenn wir uns ausreichend Zeit nehmen, müßte es eigentlich möglich sein, die volle Leistungskapazität wiederherzustellen.«

»Und wo sind die Klingonen?« Diese rhetorische Frage war eine weitere typisch menschliche Reaktion, und Spock schenkte ihr keine Beachtung.

»Es ist wie mit der *Marie Celeste*«, sagte Sulu voller Enthusiasmus. Eine der schattenhaften Gestalten trat auf Kirk und Spock zu. »Man fand sie mitten im Bermudadreieck, ohne eine Seele an Bord.«

Spock hielt es für seine Pflicht, an die Gebote der Logik zu erinnern. »Ich kenne mich ebenfalls mit den Mythen und Legenden bezüglich der frühen Phasen irdischer Seefahrt aus. Ich sehe jedoch keinen Sinn darin, nach übernatürlichen Erklärungen zu suchen, solange *rationale*...« — er zog dieses Wort in die Länge — »...vollauf genügen. Zum Beispiel diese: Vielleicht hat die Mannschaft das Schiff verlassen, um von einem anderen aufgenommen zu werden.«

»Warum sollte sie einen voll funktionsfähigen Schlachtkreuzer aufgeben, noch dazu im Hoheitsgebiet der Föderation?« konterte Kirk. »Eine solche Erklärung ist nur dann rational, wenn die Klingonen ausgesprochen *irrational* handelten. Außerdem: Es befanden sich keine Frenni an Bord der *Selessan*; somit fehlen gleich zwei komplette Raumschiff-Besatzungen. Wir hatten bereits unseren Anteil an kosmischen Geheimnissen; wir sind dem Unbekannten, Unerklärlichen und Phantastischen begegnet. Jetzt haben wir es mit dem Bekannten zu tun, das sich ungewöhnlich verhält. Nein, die Sache gefällt mir nicht.«

Spock verzichtete auf eine Antwort und achtete damit das Höflichkeitsprinzip, die offensichtlicheren Gefühlsausbrüche des Captains zu ignorieren.

Kirk spähte einmal mehr durchs Zwielicht im Kontrollraum. Wo verbarg sich der klingonische Kommandant? Vielleicht kauerte er hinter irgendeinem Instrumentenblock... Jims Müdigkeit gaukelte ihm Phantome vor.

Chekovs Stimme drang aus den Interkom-Lautsprechern des Schlachtkreuzers. »Sir, ich habe die Inspektion der Außenhülle beendet. Offenbar wurde sie vor kurzer Zeit durch Phaserfeuer beschädigt.«

Diese Worte brachten Kirk ganz ins Hier und Jetzt zurück. »Also hat dieses Schiff tatsächlich die Frenni-Karawane angegriffen...«

»Aber wie kommen dabei die *Raben* ins Spiel, Captain?« fragte Sulu.

»Vermutlich handelte es sich um eine gemeinsame Aktion«, sagte Kirk grimmig. »Ich nehme an, das klingonische Imperium hat einen neuen mächtigen Verbündeten gefunden, woraufhin beide Seiten die Entscheidung trafen, einen Krieg gegen die Föderation zu beginnen.«

»Vermutlich nahm der *Raben*-Raumer die klingonische Besatzung der *Schwert* auf«, meinte Sulu mit unüberhörbarer Enttäuschung. Offenbar waren keine metaphysischen Phänomene nötig, um das Verschwinden der Crew zu erklären.

Kirk wußte, daß der Erste Offizier diese vielen Spekulationen nur mit Mühe ertrug. »Mr. Spock, alle neuen Fakten scheinen unsere Situation noch komplexer zu gestalten.«

»Das ist ein unvermeidliches Risiko bei allen wissenschaftlichen Bemühungen, Captain«, entgegnete der Vulkanier schlicht.

»Nun, ungeachtet aller Theorien: Dieses Schiff ist voll einsatzfähig und sogar in einem besseren Zustand als die *Enterprise*.« Kirk lachte leise. »Lieutenant Aziz, wie lange dauert es, um das Lebenserhaltungssystem zu reaktivieren und das volle energetische Potential der Triebwerke zu entfalten?«

»Nicht mehr als vier Stunden«, antwortete die Technikerin sofort. »Vielleicht sogar weniger, wenn es den Linguisten gelingt, die Kontroll-Markierungen zu entziffern.«

»Nach Scottys letzten Schätzungen haben wir noch zehn Stunden, bevor die *Enterprise* mit einem Beschleunigungsmanöver beginnen kann. Sulu, das gibt Ihnen sechs Stunden, um zu lernen, die *Schwert* zu fliegen.«

»Ja, Sir!« Er sprach für alle Angehörigen der Erkundungsgruppe. Hektische Aktivität brachte großen Enthusiasmus für das Projekt zum Ausdruck.

»Eine bewaffnete Eskorte«, sagte Spock anerkennend. »Mit voller Waffen- und Deflektorkapazität.«

»Und einer Tarnvorrichtung, durch die der Schlachtkreuzer zu unserem geheimen Trumpf wird. Wir brauchen ihn, wenn sich noch immer *Raben* in diesem Sektor herumtreiben.« Kirk hoffte inständig, daß die Fremden keine Möglichkeit hatten, ein abgeschirmtes Raumschiff zu orten. Das Imperium hütete derartige Informationen und bot sie nicht einmal seinen Verbündeten an. »Eine kleine Mannschaft sollte für dieses Schiff genügen. Sulu erfüllt die Pflichten des Piloten und Kommandanten, während Aziz die Aufgaben des Chefingenieurs wahrnimmt...«

»Ich empfehle Fähnrich Chekov als Navigator und wissenschaftlichen Offizier«, fügte Spock hinzu. »Er ist bereits mit dem Kreuzer vertraut — wir sparen also Zeit, wenn wir auf sein Wissen zurückgreifen.« Zwar formulierte er diese Worte in einem neutralen, fast gleichgültigen Tonfall, aber sie kamen einem Kompliment für den jungen Offizier gleich.

»Empfehlung akzeptiert«, erwiderte Kirk. Überschwenglicher Dank vibrierte aus den Lautsprechern. Kirk ahnte, daß der Vulkanier entkommen wollte, bevor sich Chekov auf Russisch an ihn wandte. »Wenn Sie jetzt bereit sind, zur *Enterprise* zurückzukehren, Mr. Spock...«

»Ja, Captain.«

Kirk klappte seinen Kommunikator auf und stellte einen Kontakt her. »Mr. Kyle, zwei Personen für den Transfer.«

Als das Schimmern des Transporterstrahls verblaßte,

schwankte Kirk benommen auf der Plattform. Spock stützte ihn kurz. »Schlaf ist eine biologische Notwendigkeit.«

»Sie haben mich geweckt«, warf ihm der Captain vor. Er straffte die Gestalt und trat die Stufen hinunter. »Außerdem: Wenn ich mich nicht sehr irre, sind Sie schon seit mindestens drei Tagen auf den Beinen.«

»Vier Komma fünf, um ganz genau zu sein. Als Vulkanier genügen mir kurze Meditationen, um längeren Phasen der Bewußtlosigkeit vorzubeugen.«

»In meinem Fall erfüllt ein Stimulans den gleichen Zweck. Wenn Sie mich brauchen — ich bin in der Krankenstation.«

Als Kirk die medizinische Sektion erreichte, gähnte er immer wieder, und beim Anblick der vielen Betten empfand er den intensiven Wunsch, sich hinzulegen und tagelang zu schlafen. Unglücklicherweise stellte sich heraus, daß er sich nicht so einfach von der Erschöpfung befreien konnte, wie er zunächst angenommen hatte.

»Während der letzten achtundvierzig Stunden haben Sie zwei stimulierende Injektionen erhalten«, sagte Dr. Cortejo mißbilligend. »Für die nächsten zwölf Stunden kann ich keine zusätzlichen Medikamente für Sie genehmigen.«

»Bis dahin liege ich im Koma.«

»Es dauert mindestens zehn oder zwölf Stunden, bis sich das Anregungsmittel in Ihrem Körper vollständig abbaut«, erläuterte der Arzt im Tonfall eines ungeduldigen Lehrers. Er preßte die Lippen zusammen.

»Aber ich bin der Captain«, betonte Kirk. »Manchmal habe ich keine andere Wahl, als wach zu bleiben.« Als Cortejo nicht reagierte, fuhr er unwillig fort: »Als erster Medo-Offizier war sich Dr. McCoy der Notwendigkeit bewußt, seine Perspektiven als Arzt den Situationen des Schiffes anzupassen. Die gegenwärtige taktische Lage hat Vorrang gegenüber meiner Biochemie.«

Cortejos Gesicht zeigte verletzten Stolz. »Na schön. Aber ich übernehme keine Verantwortung für die Konsequenzen Ihres Verhaltens.« Er winkte Schwester Chapel zu. »Und da Sie gerade den Ersten Medo-Offizier erwähnt haben, Captain... Sie sollten wissen, daß Dr. McCoy nach seinem Ausflug zur Brücke einen hysterischen Anfall erlitt.« Der Arzt brummte einen Gruß und verließ das Zimmer.

»Nach fünf weiteren Minuten mit dem Mann hätte ich ein Sedativ benötigt, um ihn nicht zu erwürgen«, sagte Kirk, als die Krankenschwester auf ihn zutrat.

»Dann müßten Sie sich anstellen, Captain.« Chapel preßte ihm den Injektor auf die Haut.

Einige Sekunden später rann heißes Feuer durch Kirks Adern und verbrannte den Dunst der Benommenheit. »Hat er mit seinen Bemerkungen in Hinsicht auf Leonard übertrieben?«

»Ich fürchte, die Beschreibungen waren ziemlich genau. Allerdings ist Dr. McCoy nicht etwa übergeschnappt — sein Temperament ging mit ihm durch. Fragen Sie Dr. Dyson, wenn Sie sich Sorgen machen.« Chapel deutete zum medizinischen Archiv.

Dort saß die Neurologin an einem Computerterminal. Als sich der Captain näherte, begann sie mit einem sachlichen Bericht über ihren Patienten. »Die bisher erzielten Untersuchungsergebnisse deuten auf eine rasche physische Rekonvaleszenz hin. Aber zu einer endgültigen Prognose bin ich erst nach weiteren Analysen imstande.«

»Was ist mit seinem... Temperament?« fragte Kirk. Erneut dachte er daran, daß Dr. Cortejo von einem hysterischen Anfall gesprochen hatte, und dabei wuchs seine innere Unruhe.

»Ich halte den Zorn für ein gutes Zeichen.« Dyson lächelte, als sie die Skepsis des Captains sah. »Verzögerter Streß. Von Gelassenheit bestimmte Reaktionen hätten mich weitaus mehr besorgt. Jetzt ist er bereit, Informationen über seine Vergangenheit zu bekommen. Ich halte es sogar für wichtig, daß er sie so bald wie möglich erhält. Der subjektive Zeitsprung in die Zukunft wird erst dann real für ihn, wenn er mehr über die fehlenden Jahre erfährt.« Sie nahm ein elektronisches Speichermodul vom Schreibtisch. »Mr. Spock hat alle Daten gesammelt. Wenn sich Dr. McCoy damit befaßt, sollte ihm jemand Gesellschaft leisten, der die persönlichen Details kennt.«

»Womit Sie mich meinen.« Kirk nahm das Modul entgegen.

Dyson führte den Captain in einen Raum, wo sich McCoy einigen motorischen Koordinationstests unterzog. Mit nackter Brust stand er mitten im Zimmer und spannte konzentriert die Muskeln, während er das Gerät an der Wand beobachtete. Kleine Metallscheiben klebten an seinem Leib und maßen die physischen Reaktionen. Dysons Einschätzungen seiner Stimmung schienen exakt zu sein. Leonard wirkte wachsam und ruhig, trotz der schwierigen Aufgabe, kleine bunte Bälle zu fangen, die aus der Katapultöffnung des Apparats sausten. Als er die letzte Kugel verfehlte, drehte er sich zu seinem Publikum um.

»Und was nun, Dr. Dyson? Wie wär's mit Puzzles oder Seilhüpfen?«

»Was halten Sie statt dessen von Geschichtslektionen? Captain Kirk hat eine Kopie Ihrer Personalakte und kann Ihnen alle Fragen darüber beantworten, wie Sie die letzten fünfundzwanzig Jahre verbrachten.« Dyson nahm ihm die Sensorscheiben ab. »Versuchen Sie nicht, Erinnerungen an die betreffenden Ereignisse herbeizuzwingen. Wenn Sie entspannt sind, fällt es Ihnen leichter, die eine oder andere Gedächtnislücke zu schließen.«

»Sie haben gut reden.«

»Immerhin bin ich die Ärztin, und Sie sind der Patient.« McCoy zuckte zusammen, als sie die letzte Sensorscheibe von der Brust zog. »Geben Sie gut auf ihn acht, Captain«, riet sie und ging zur Tür. »Er gehört der Krankenstation.«

»Ich komme mir langsam wie ein Versuchskaninchen vor«, brummte McCoy, zog sich eine Hemdjacke über den Kopf und hantierte mit den unvertrauten Verschlüssen. Die Ärmel wiesen keine Rangabzeichen auf, und dieser

Umstand beunruhigte Kirk mehr, als er sich selbst eingestand. »Kennen Sie einen Ort, wo wir in aller Ruhe mein Leben sezieren können, Captain? Ich verspreche Ihnen, daß ich diesmal nicht hysterisch werde.«

»Wir unterhalten uns in meiner Kabine«, schlug Kirk vor und führte Leonard in den Korridor. »Saurianischer Brandy tut Ihren Nerven bestimmt gut.«

»Glauben Sie?« erwiderte McCoy unschuldig. »Ich habe das Zeug nie probiert.«

Kirk lachte schallend und erschreckte damit ein Besatzungsmitglied, das an ihnen vorbeischritt. Als sie den Turbolift erreichten, hatte er sich wieder soweit in der Gewalt, um dem Computer der Transportkapsel das Ziel zu nennen. »Nun, Ihr Bewußtsein hat es vielleicht vergessen, aber der Körper erinnert sich bestimmt daran. Saurianischer Brandy ist ein guter alter Bekannter für Ihren Blutkreislauf.«

McCoy nahm den gutmütigen Spott mit einem Schmunzeln entgegen. »Welche anderen Laster habe ich mir zugelegt?«

»Über das schlimmste wissen Sie nun Bescheid, Doktor. Sie führen ein makelloses Leben, trotz meiner Bemühungen, Sie in Versuchung zu führen.«

»Wie lange kennen Sie mich schon, Captain?« erkundigte sich McCoy. Der harmlose Klang dieser Frage täuschte nicht über eine gewisse Sorge hinweg.

»Seit vielen Jahren.« Kirks Antwort verstärkte McCoys Anspannung, und der Captain hielt es für angemessen, das Gespräch in weniger persönliche Bahnen zu lenken. »Obgleich die *Enterprise* mein erstes Kommando ist.« Eine knappe Schilderung der Forschungsmission des Schiffes fesselte McCoys Aufmerksamkeit, bis sie zum Deck der Senior-Offiziere gelangten.

Die ersten Minuten im Quartier des Captains wirkten angenehm vertraut — Kirk bereitete die Drinks vor, während McCoy durchs Zimmer wanderte —, aber als sich Jim mit den Gläsern in der Hand umdrehte, sah er nicht seinen alten Freund. Dieser Leonard McCoy war ihm fremd: Er nahm eine andere Haltung ein, und unterdrückte Nervosität prägte sein Gebaren.

Kirk reichte ihm ein Glas. »Der beste Brandy diesseits von Rigel.« Bedauerlicherweise bestand sein eigener Drink als Altair-Wasser. Jim hob die Hand zu einem Trinkspruch. »Auf Ihre Gesundheit, Doktor.«

McCoy nippte vorsichtig an der öligen Flüssigkeit, trank dann noch einen Schluck. »Ein tolles Laster«, schnaufte er, doch der Alkohol vertrieb die Ruhelosigkeit nicht aus ihm. Er schritt an den niedrigen Regalen entlang und berührte fremde Artefakte. »Sie sind weit herumgekommen.« Die vielen Kuriositäten geleiteten ihn zum Schlafbereich, und als er dort einen Spiegel sah, wandte er sich sofort um. »Ich habe mich noch immer nicht an mein Gesicht gewöhnt«, entschuldigte er sich und kam in den Aufenthaltsraum zurück, der gleichzeitig als Büro diente.

»Es ist kein schlechtes Gesicht«, meinte Kirk.

»Nicht für einen alten Mann.« McCoy stellte das Glas ab und griff nach dem Datenmodul auf dem Schreibtisch des Captains. »Hier drin sind also die letzten fünfundzwanzig Jahre meines Lebens gespeichert. Gefriergetrocknet. Man füge etwas Wasser hinzu, und schon ist man in der Zukunft.« Er richtete einen argwöhnischen Blick auf das Computerterminal. »Nun, zögern wir es nicht länger hinaus. Wie bedient man dieses Ding?«

Kirk schob das Datenband in den Scanner und betätigte einige Tasten — die erste elektronische Seite erschien auf dem Bildschirm. »Personalakte: Dr. Leonard H. McCoy.«

McCoy ließ sich in den Sessel sinken, rief die nächsten Seiten ab und murmelte ungeduldige Kommentare. »Ja, besten Dank, ich weiß, wann und wo ich geboren bin. In diesem Zusammenhang gibt es keine Überraschungen.« Weitere Zeilen rollten über den Schirm, und plötzlich hielt der Arzt das Bild an.

»Nächste Verwandte: Joanna McCoy.« Er runzelte verblüfft die Stirn. »Zum Teufel auch, wer...«

»Ihre Tochter«, sagte Kirk.

»Meine Tochter?« wiederholte McCoy. »Ich habe eine Tochter?«

»Ja. Sie war erst einige Jahre alt, als Sie mit dem Dienst in Starfleet begannen. Deshalb kümmerte sich Ihre Schwester um sie, auf Centaurus.«

»Eine Tochter. Aber das bedeutet, sie kam während meines Praktikums zur Welt...« Leonard rechnete rasch. »Einundzwanzig! Sie ist fast ebenso alt wie ich... Ich meine, wie ich damals war.«

Kirk nahm auf der anderen Seite des Tisches Platz. »Unsere Forschungsmission dauert schon einige Jahre, aber ich weiß, daß Sie Joanna vor unserer Reise so oft wie möglich besuchten. Seit damals stehen Sie mehr oder weniger regelmäßig in Subraum-Kommunikationskontakt. Einmal haben Sie scherzhaft bemerkt, Ihre Tochter sei nun alt genug, um sich darüber zu freuen, daß der Vater viele hundert Lichtjahre entfernt ist.«

»Wenn ich eine Tochter habe — was ist dann mit meiner Ehefrau? Sie gehört für gewöhnlich dazu, nicht wahr?« McCoy blickte wieder auf den Computerschirm und las einen Namen. »Jocelyn? Noch nie gehört.« Neuerlicher Schwindel erfaßte ihn, so wie auf der Brücke, und er kämpfte dagegen an. »Was ist mit ihr geschehen?«

»Sie haben sich scheiden lassen.« Kirk überwand das Widerstreben, McCoys Ehe zu erörtern. »Sie waren nicht sehr lange zusammen, und die Trennung brachte... gewisse Probleme mit sich.«

»Hoffentlich bin ich damals nicht rührselig und sentimental gewesen. Habe ich Tränen um die verlorene Liebe vergossen, Captain?«

»Nein«, erwiderte Kirk gepreßt. »Sie sprachen nie darüber.«

»Nun, wenigstens etwas.« Leonard schaltete das Terminal aus. »Mit den Starfleet-Auszeichnungen und dergleichen beschäftige ich mich ein anderes Mal. Es gibt bereits genug, über das ich nachdenken muß.«

»Pille...« Kirk unterbrach sich, als er die stumme Frage in McCoys Zügen sah. »Entschuldigen Sie. Klingt ein wenig seltsam, nicht wahr? Mein Spitzname für Sie.«

»Pille? Bestanden meine Behandlungsmethoden in erster Linie darin, Tabletten zu verteilen?«

Kirk lachte leise. »Sie haben immer wieder behauptet, nur ein einfacher Landarzt zu sein.«

McCoy versteifte sich unwillkürlich. »Ja, Captain. Offenbar sind meine Ideale Heirat und Scheidung zum Opfer gefallen. Ich hatte nie viel für High-Tech-Spezialisten übrig, die von moderner Technologie abhängig sind — zum Beispiel Chirurgen. Ich träumte davon, eine Familienpraxis zu eröffnen, in irgendeiner ländlichen Gegend, wo der Doktor am Leben seiner Patienten teilnimmt. Es wäre mir nie in den Sinn gekommen, diese Pläne aufzugeben.«

»Zeit und Erfahrung verändern die Perspektive eines Mannes.« Kirk suchte nach Worten, um die Entscheidungen seines Freundes zu rechtfertigen. »Sie haben den Beschluß, Starfleet-Arzt zu werden, nicht bereut.«

»Nun, ich bereue ihn jetzt, Captain.« Kaum verhüllter Ärger glitzerte in McCoys blauen Augen. »Ich möchte so schnell wie möglich zur Erde zurück.«

Kirk verschluckte sich fast an seinem Drink. »Das gilt auch für mich, Doktor, aber leider gibt es dabei einige Schwierigkeiten. Wir sind hier nicht auf einer Vergnügungsreise, sondern an Bord eines militärischen Raumschiffs, das von Feinden bedroht wird. Sie erinnern sich nicht an die allgemeine Routine, aber Ihnen dürfte aufgefallen sein, daß wir ein Gefecht hinter uns haben.«

McCoy nickte langsam. »Die Verletzten in der Krankenstation. Und die vielen Reparaturen. Wahrscheinlich bin ich zu sehr auf mich selbst konzentriert gewesen, um die offensichtlichen Schlüsse zu ziehen.« Sein Zorn wich Unbehagen. »Befinden wir uns in einer kritischen Situation?«

»Allerdings. Die Schilde können das Schiff kaum mehr schützen, und uns steht nur wenig Phaserenergie zur Verfügung. In einigen Stunden haben wir wieder Impulskraft, aber das Warptriebwerk kann nur in einem Raumdock instandgesetzt werden...« Kirk unterbrach sich, als er die Verwirrung in McCoys Miene sah. Die Erklärungen bedeuteten ihm nichts; er konnte dem Captain der beschädigten *Enterprise* weder Kritik noch Aufmunterung anbieten. Jim faßte die aktuelle Lage in einem Satz zusammen: »Es dauert noch eine Weile, bis wir Gelegenheit erhalten, in die Heimat zurückzukehren.«

»Wer hat uns angegriffen?« fragte McCoy mit wachsender Besorgnis.

Der Captain setzte zu einer Antwort an, überlegte es sich dann anders und zuckte nur müde mit den Schultern. »Es ist alles sehr kompliziert. Verschwenden Sie keine Gedanken daran. Ich kümmere mich um alles.«

McCoy kniff die Augen zusammen, als er die Erschöpfung in Kirks Stimme vernahm. »Rechnen Sie damit, daß wir erneut angegriffen werden?«

»Diese Möglichkeit läßt sich nicht ausschließen, wie Spock sagen würde.« Kirk beobachtete die Veränderungen im Gesichtsausdruck seines alten Freundes: erst Verwunderung, dann wieder Ärger und schließlich erschrockenes Erstaunen.

»Ich könnte hier sterben«, protestierte McCoy.

»Nicht nur Sie, Doktor«, sagte Kirk ernst. »Wir *alle*.«

KAPITEL 10

CAPTAINS LOGBUCH: STERNZEIT 5524.2

Die Enterprise ist noch immer stark beschädigt, aber jetzt fliegen wir mit Impulskraft zur Wagner-Station. Wir haben nur halbe Waffenenergie; die Schilde sind destabil, und unsere Eskorte besteht aus einem klingonischen Schlachtkreuzer.

Kirk lehnte sich im Kommandosessel zurück. Die Brücke um ihn herum bot einen angenehmen und zufriedenstellenden Anblick von Effizienz. Alle Stationen waren besetzt; Indikatorlichter flackerten in regelmäßigen Abständen, und Instrumente summten pflichtbewußte Melodien.

»Warpfaktor zwei.«

»Sir?« fragte der Steuermann überrascht.

Der Captain seufzte. Er hatte diesen Gedanken nicht laut aussprechen wollen und fühlte sich nun ertappt. »Ein Viertel Impulskraft, Mr. Leslie.«

»Ja, Sir.« Sulus Stellvertreter unterdrückte ein mitfühlendes Lächeln — seine eigenen Überlegungen ähnelten denen des Captains. Eine gewisse Beklommenheit erfaßte ihn, als er die Befehlssequenz eingab, um das Impulstriebwerk der *Enterprise* zu zünden. Das Raumschiff setzte sich in Bewegung, ohne daß es irgendwo knirschte und knackte. Mit anmutiger Eleganz glitt es durchs All.

Kirk hatte mit Erschütterungen und dem Heulen der Alarmsirenen gerechnet. Er ließ den angehaltenen Atem entweichen. »Gehen Sie auf halbe Impulskraft.«

»Kurs dreiundfünfzig Komma sechs«, meldete der Navigator. Die Interaktionen der Brückenoffiziere bildeten wieder das gewohnte Muster.

Kirk öffnete einen internen Kom-Kanal. »Mr. Scott, können wir auf Höchstgeschwindigkeit beschleunigen?«

»Aye, Captain, das ist durchaus möglich«, tönte die Stimme des Chefingenieurs aus dem Lautsprecher. Seine Freude war deutlich zu hören. »Die gute alte *Enterprise* hat zwar eine Menge eingesteckt, aber sie hält noch immer zusammen.« Er sprach mit dem Stolz eines Vaters.

»Volle Impulskraft.« Das Schiff wurde schneller, und Kirk beobachtete, wie die Sterne über den Wandschirm glitten. *Zu langsam*, dachte er. *Wir sind viel zu langsam.*

»Mit unserer gegenwärtigen Geschwindigkeit erreichen wie die Handelsstation in zwölf Komma sechs Tagen«, sagte Spock mit zermürbender Gelassenheit.

Diese deprimierende Tatsache war nicht neu für Kirk — er hatte die Schätzung schon einmal gehört —, aber ihre Bedeutung wurde ihm erst jetzt im vollen Ausmaß bewußt. Eine Reise, die im Warptransfer nur wenige Stunden dauerte, dehnte sich jetzt auf fast zwei Wochen und erinnerte damit an die Weite des Alls. *Während der letzten Tage habe ich genug demütigende Ereignisse hinnehmen müssen*, dachte der Captain. »Uhura, setzen Sie sich mit der *Schwert* in Verbindung.«

Die dunkelhäutige Frau aktivierte eine besondere, für Kommunikationen mit dem klingonischen Schlachtkreuzer vorbereitete Frequenz.

»Lieutenant Sulu an Captain Kirk. Die *Schwert* meldet Bereitschaft für Impulskraft. Kurs zweiundfünfzig Komma sieben. Wir warten auf Ihren Befehl.«

»Bestätigung, Commander Sulu.« Kirk erwiderte die Förmlichkeit des jungen Mannes und erinnerte sich an seine eigene Nervosität als Junior-Offizier, der eine große Verantwortung wahrnehmen mußte. »Impulstriebwerk aktivieren.«

Der Wandschirm zeigte nun das klingonische Raumschiff. Der gewölbte Bug wies Narbenmuster auf, und schwarze Brandspuren klebten an den stählernen Schwingen, aber die Konturen wirkten nach wie vor geschmeidig.

Einige Sekunden lang rührte sich der Schlachtkreuzer nicht von der Stelle. Dann erzitterte er und sprang mehrmals ruckartig durch die Schwärze.

»Wir sind unterwegs, Captain«, berichtete Sulu tapfer. Einige Sekunden später bekamen seine Worte mehr Sinn: Das Schiff beschleunigte kontinuierlich und paßte seinen Kurs dem der *Enterprise* an. »Wir lernen schnell. Bald kann ich mit diesem Ding die ersten Loopings drehen.« Das Kriegsschiff kippte zur einen Seite. Sulus Fähigkeiten standen denen eines Kunstflugpiloten in nichts nach; mehrmals hatte er damit die *Enterprise* vor der Vernichtung bewahrt.

»Achten Sie auf einen sicheren Abstand, während Sie Kampfmanöver durchführen, Sulu. Ich möchte eine neuerliche Kollision vermeiden.«

»Aye, Sir. *Schwert* Ende.« Der Steuermann stabilisierte die Lage des Kreuzers und neigte dann die Schwingen zum Gruß.

Das Bild auf dem Wandschirm wechselte — Sterne in der Schwärze. Ohne die Warpverzerrungen stellten sie kleine, beständig leuchtende Punkte dar. Kirk betrachtete ihre Konstellationen. Während der Reise zur Wagner-Station würden sie sich langsam verändern. Ein langer Weg... »Zwölf Tage?«

»Zwölf Komma sechs«, berichtigte der Erste Offizier pedantisch. Ungeduld gehörte zu den Schwächen, denen er nie nachgab.

»Jetzt haben Sie Zeit genug, sich auszuruhen und zu schlafen«, sagte Kirk.

Spock ließ sich nicht so leicht dazu verleiten, die menschliche Hälfte seines Wesens zu verraten. Er drehte den verbalen Spieß um. »Die Wirkung des Anregungsmittels hält nur noch wenige Minuten an. Sie sollten das Kommando delegieren, bevor sich Ihre Leistungsfähigkeit reduziert.«

»Wer könnte einen Unterschied feststellen?« fragte Kirk kummervoll, als der Erste Offizier an den Befehlsstand herantrat. »Bei dieser Geschwindigkeit wäre ich imstande, das Schiff sogar im Schlaf zu kommandieren.« Pflichtbewußt unterschrieb er Spocks Datentafel. »Wer überwacht *Ihre* Leistungsfähigkeit?«

»Dr. Cortejo.«

Kirk glaubte, in dieser kurzen Antwort einen Hauch von Emotion zu hören. Teilte Spock die weit verbreitete Abneigung gegenüber Leonards Stellvertreter? »Na schön. Auch ich möchte, daß Dr. McCoy so bald wie möglich seinen Dienst wieder antritt.«

Spock nahm den subtilen Tadel mit einer gewölbten Braue zur Kenntnis, ohne Kirks Interpretation zu widersprechen. »Hat Dr. Dyson bereits eine Prognose entwickelt?« Damit stellte der Vulkanier die erste direkte Frage in bezug auf McCoys Zustand.

»Sie wartet noch auf die letzten Resultate der neurologischen Untersuchungen«, entgegnete Kirk. Wer Spock nicht kannte, mochte seine Zurückhaltung mit Gleichgültigkeit verwechseln, aber der Captain wußte es besser. Die Sorge hatte zu tiefe Wurzeln, um in Worten Ausdruck zu finden. Er entsann sich an die Blutflecken auf dem Uniformpulli des Ersten Offiziers und spürte so etwas wie Mitgefühl. »Ich gehe jetzt zur Krankenstation.«

Kirk merkte die Anspannung sofort, als er das medizinische Forschungslaboratorium betrat. McCoy und Dyson reagierten kaum auf ihn. Ihre Aufmerksamkeit galt dem Computerschirm und seinen Daten. Für den Captain blieben die Informationen ohne Bedeutung, ganz im Gegensatz zu den beiden Ärzten.

»Interessant.« McCoy musterte die Neurologin. »Ich bin kein Narr, Dr. Dyson.« Er wollte noch etwas hinzufügen, schwieg jedoch, als er den Captain sah.

Er vertraut mir nicht, dachte Kirk überrascht. »Was meine Crew betrifft, geht auch mich etwas an«, sagte er fest. »Und Sie sind mein Erster Medo-Offizier. Bitte glauben Sie mir, wenn ich darauf hinweise, daß uns eine lange Freundschaft verbindet.«

»In Ordnung, Captain«, brummte McCoy. »Dann sollten Sie wissen, daß Ihr Erster Medo-Offizier unzurechnungsfähig ist. Es lassen sich keine Gewebeschäden im Gehirn feststellen. Alles deutet auf ein hysterisches Fluchtsyndrom hin, dessen Ursachen psychologischer Natur sind.« Er lächelte schief. »In den Begriffen eines Laien: Bei mir sitzen einige Schrauben locker.«

»Stimmen Sie mit dieser Diagnose überein, Dr. Dyson?« erkundigte sich Kirk. *Also ist Leonard nicht imstande, wieder die Leitung der Krankenstation zu übernehmen.*

Die junge Frau nickte. »Es handelt sich um eine direkte Schlußfolgerung auf der Grundlage dieser Daten. Posttraumatische Erinnerungslücken sind ein typisches Merkmal für Kopfverletzungen, aber normalerweise steht retrograde Amnesie in einem unmittelbaren Zusammenhang mit umfangreichen Hirnschäden, die zumindest ein meßbares Ausmaß haben. Statt dessen entsprechen die Ergebnisse der Reaktionstests einer leichten Gehirnerschütterung: geringfügige Beeinträchtigungen der motorischen Koordinaten und der Wortassoziation. Diese Symptome sollten innerhalb weniger Tage verschwinden.«

Die Neurologin zögerte kurz. »Eigentlich habe ich das schon zu Anfang vermutet, aber jetzt liegt eine klare Bestätigung für meine Annahmen vor.«

Kirk überlegte. »Wenn ich Sie richtig verstehe, bedeutet es, daß die Erinnerungen nach wie vor existieren. Die Gedächtnislücken können geschlossen werden.«

»Ja, das sind die guten Neuigkeiten.«

»Aber es gibt auch schlechte Nachrichten«, warf McCoy ein. »Wir wissen noch immer nicht, wann — und ob — die Reminiszenzen zurückkehren.«

Kirk versuchte, den nächsten Gedanken zu verdrängen, aber er haftete im Fokus seines Bewußtseins fest. Nun, McCoy schien durchaus fähig zu sein, objektiv über dieses Thema zu diskutieren. Laut begann er: »Und wenn Mr. Spock...«

»Es wäre sehr gefährlich.« Dyson wußte sofort, was er

vorschlagen wollte. »Zweifellos für Dr. McCoy und vielleicht auch für Spock. Wenn wir es tatsächlich mit einer psychologischen Ursache zu tun haben, so kommt es sicher zu einem starken geistigen Widerstand. Das menschliche Ich hat bemerkenswert viele Möglichkeiten, sich vor Schmerz zu schützen. Amnesie ist eine Reaktion auf unerträglichen Streß: Wenn die Erinnerungen nicht mehr existieren, verschwinden auch die damit einhergehenden inneren Belastungen. Aber wenn sie wiederhergestellt werden, bevor das denkende Selbst damit fertig wird, so könnten sich katastrophale Konsequenzen ergeben.«

McCoy trachtete danach, seinen Ärger im Zaum zu halten. Er hatte es satt, nicht zu verstehen, was um ihn herum vor sich ging. »Worüber reden Sie da?«

»Über die vulkanische Mentalverschmelzung.«

»Oh«, entfuhr es dem Arzt verblüfft. »Nein, danke. Ich behalte meine Psychopathologie lieber für mich.«

»Gibt es keine wirkungsvolle Möglichkeit, Leonard zu helfen?« fragte Kirk. »Zum Beispiel eine psychiatrische Behandlung...«

»*Ich* brauche keine Psychoanalyse«, sagte McCoy. »Mit *mir* ist soweit alles in Ordnung. Der andere, streßbelastete McCoy benötigt Hilfe, aber er ist gerade beim Essen.«

Dyson ignorierte den Sarkasmus. »Man hat gewisse Erfolge mit Hypnose und Narkoseanalyse erzielt, wobei insbesondere Natriumamylobarbital verwendet wurde. Aber damit kenne ich mich nicht besonders gut aus — ich bin in erster Linie Bioneurologin. Das Schicksal hat uns einen Streich gespielt: Dr. McCoy ist wahrscheinlich der einzige Arzt an Bord, der solche Behandlungen durchführen könnte. Für gewöhnlich sind sie bei Besatzungsmitgliedern von Raumschiffen nicht nötig.

Im Grunde genommen ist alles eine Frage der Zeit. Entweder erreichen wir eine Starbase — oder die Erinnerungen kehren vorher spontan zurück. Trotz seines aktuellen Zustands zeigt Dr. McCoys Medo-Akte eine hohe Belastungsschwelle für psychologischen Streß. Irgend etwas hat ihn darüber hinausgeschoben, aber ich bin davon überzeugt, daß er nur vorübergehend an Amnesie leidet — sie gönnt dem Gehirn eine Ruhepause, damit es sich von dem Schock erholt.«

»Also habe ich mir selbst Urlaub gegeben«, witzelte McCoy. »Hoffentlich werde ich deshalb nicht vors Kriegsgericht gestellt.«

»Das reicht jetzt, Pille!« donnerte Kirk. Einen Sekundenbruchteil später bedauerte er diese unüberlegten Worte.

McCoy zuckte so heftig zusammen, als habe er eine Ohrfeige erhalten. »Tut mir leid, Captain«, erwiderte er mit der kühlen Unnahbarkeit eines Fremden. »Ich bin weder an Raumschiffkommandanten noch ans militärische Protokoll gewöhnt.«

Pille — dieser Spitzname paßte nicht mehr. Der vor Kirk stehende Mann würde wohl kaum mit einem temperamentvollen ›Verdammt, Jim‹ antworten, und er überhörte auch die Entschuldigung in seiner Stimme. »Es ist meine Schuld, Dr. McCoy. Ich vergesse immer wieder, daß Sie sich nicht an mich erinnern.«

»Schon gut, Captain«, entgegnete Leonard mit der übertriebenen Höflichkeit eines geistig gesunden Mannes, der versucht, einen Übergeschnappten zu besänftigen.

Unangenehme Stille folgte, und schließlich räusperte sich Dyson. »Meine offizielle Empfehlung für Dr. McCoy lautet: Er sollte beurlaubt werden, bis ich eine vollständige Genesung feststelle. Anders ausgedrückt: bis sich seine Gedächtnislücken geschlossen haben.«

»Ich akzeptiere Ihre Empfehlung, Dr. Dyson.« Der Captain sah den Ersten Medo-Offizier an. »Lieutenant Commander McCoy, ich befreie Sie hiermit von allen Pflichten als Leiter des medizinischen Bereichs der USS *Enterprise*.« Jede einzelne Silbe schmerzte in Kirks Hals, aber McCoy hörte unbewegt zu.

»Sie haben dienstfrei, bis Dr. Dyson und Dr. Cortejo bescheinigen, daß Sie auf Ihren Posten zurückkehren können.«

»Oder bis wir eine Starbase erreichen, die es mir ermöglicht, zur Erde zurückzukehren«, fügte McCoy hinzu.

Kirk nickte knapp, drehte sich um und verließ die Krankenstation.

»Dies ist sicher eine sehr schwierige Zeit für Sie, aber...« begann Dyson, als sie mit ihrem Patienten allein war.

»Bitte ersparen Sie mir einen Vortrag über emotionale Anpassung«, sagte McCoy. »Ich versuche, die absurde und groteske Situation ernst zu nehmen, aber ein Teil von mir sucht immer wieder nach dem Bühnenausgang. ›Pflichten als Leiter des medizinischen Bereichs der USS *Enterprise*‹ — um Himmels willen, ich habe gerade das erste Jahr meines Praktikums hinter mir.«

Dyson bedachte ihn mit einem nachdenklichen Blick. »Welche Erfahrungen haben Sie dabei gemacht?«

Leonard stöhnte. »Ich kann von Glück sagen, noch immer Arzt zu sein. Andy Gildstrom meinte, ich sei der ungeschickteste und dümmste...« Er unterbrach sich. »Was ist mit Ihnen?«

»Was soll mit mir sein?« fragte die Neurologin unschuldig.

McCoy kniff mißtrauisch die Augen zusammen. »Als ich Gildstrom erwähnte, wirkten Sie... überrascht.«

»Vielleicht deswegen, weil ich gerade zum erstenmal gehört habe, wie jemand Dr. Anderson J. Gildstrom ›Andy‹ nennt.«

»Sie kennen ihn? Womit gibt er jetzt an? Er ist — war — Assistenzarzt in Atlanta, der arroganteste Ich-weiß-alles-Typ, den ich jemals kennengelernt habe.«

Dr. Dyson lachte leise. »Er arbeitet als Generalstabsarzt, und sein Zuständigkeitsbereich umfaßt das ganze Argelius-System.«

McCoy riß die Augen auf. »Generalstabsarzt. Meine Güte, ich würde ihm nicht einmal einen Grippe-Patienten anvertrauen, ganz zu schweigen vom medizinischen Wohl vieler Millionen Personen.«

»Ich schätze, während der vergangenen zwanzig Jahre hat er etwas dazugelernt«, sagte Dyson.

»Mag sein.« McCoy runzelte die Stirn und sah sich im Zimmer um. »Während mir die meisten Geräte in diesem Raum ein Rätsel sind. Neun Patienten liegen in der Intensivstation, und ich könnte höchstens ihre Bettlaken wechseln. Mit Schwester Chapels Hilfe bin ich vielleicht imstande, einige ambulante Behandlungen vorzunehmen. Verdammt, die Krankenpfleger an Bord dieses Schiffes verstehen mehr von Medizin als ich. Wenn ich hier wirklich Erster Medo-Offizier gewesen bin, so folgt daraus: Ich habe das in mehr als zwei Jahrzehnten angesammelte Fachwissen verloren.«

»Sie haben es nur verlegt.« Christine Chapel war unbemerkt hereingekommen. »Bestimmt finden Sie es wieder.«

»Sie scheinen sehr sicher zu sein, Ma'am.«

»Ja, das bin ich«, sagte die Krankenschwester. »Aber bis es soweit ist, muß ich Anweisungen von Ihrem Stellvertreter Dr. Cortejo entgegennehmen — dafür räche ich mich irgendwann an Ihnen, Dr. McCoy. Was Sie betrifft, Diana: Wenn Sie anderen Leuten von meiner Bemerkung erzählen, werden Sie es bitter bereuen. Und nun — verschwinden Sie. Ich kann Ihre Gesichter nicht mehr sehen.«

»Aber ich wohne hier«, wandte McCoy ein.

»Bis eben.« Chapel deutete zur Tür. »Man hat Sie gerade entlassen. Sie haben ein eigenes Quartier an Bord dieses Schiffes, und es wird Zeit, daß Sie dorthin umziehen — damit ich Ihr Bett jemandem geben kann, der weitaus dringender Hilfe braucht. Gehen Sie jetzt.« Sie durchbohrte McCoy mit einem gespielt finsteren Blick, aber er rührte sich nicht von der Stelle.

Dyson zupfte sanft an seinem Ellenbogen. »Sie werden nicht allein aus dem Paradies verbannt. Ich zeige Ihnen den Weg zu Ihrer Kabine. Kommen Sie.« Sie führte ihn durch ein verwirrendes Labyrinth aus Krankenzimmern und medizinischen Labors, erklärte ihm unterwegs in groben Zügen die Struktur der *Enterprise*.

»Hören Sie mir überhaupt zu?« fragte sie schließlich. McCoys gemurmelte Antworten klangen geistesabwesend.

Leonard verharrte und sah sie an. »Bin ich ein *guter* Doktor gewesen?«

»Ja«, sagte Dyson und nickte nachdrücklich. »Einer der besten in Starfleet.«

»Dem Himmel sei Dank.« Er lehnte sich an eine Wand des Korridors und verschränkte die Arme. »Das letzte Jahr... Nun, ich habe daran zu zweifeln begonnen, ob ich mich überhaupt für die Medizin eigne. Verdammt, manchmal kam ich mir wie ein Narr vor. Ich blieb nur dabei, weil ich nichts anderes mit meinem Leben anzufangen wußte. Ich wollte immer Arzt sein — aber ein guter.«

Dyson lächelte. »Während des ersten Jahres fühlt man sich immer unfähig. Manchmal komme ich mir noch immer inkompetent vor — insbesondere dann, wenn ich die Strafpredigt eines älteren und erfahreneren Mediziners über mich ergehen lassen muß. Das geschah schon mehrmals, seit ich an Bord der *Enterprise* bin.«

»Habe *ich* Ihnen Strafpredigten gehalten?«

»Gelegentlich«, gestand die Neurologin ein. »Aber ich hatte sie immer verdient, und sie waren nie boshaft.«

McCoy schmunzelte plötzlich. »Im Gegensatz zu denen eines gewissen stellvertretenden Chefarztes?«

»Pst, nicht so laut«, warnte Dyson, doch in ihren Mundwinkeln zuckte es. »Oder wollen Sie, daß ich meinen Job bei Starfleet verliere?« Sie zog Leonard von der Wand fort. »Weiter nach Deck Fünf, Dr. McCoy. In fünfzehn Minuten muß ich mit meiner Runde beginnen.«

»Vergessen Sie die Führung durchs Schiff, Dr. Dyson.« Er ging neben ihr. »Erklären Sie mir statt dessen, was Sie hierherbrachte.«

»Meinen Sie damit die *Enterprise* oder Starfleet?«

»Beides. Sowohl das eine als auch das andere erscheint mir erstaunlich. Bevor ich an Bord dieses Raumschiffs erwachte, habe ich kaum über Reisen im All nachgedacht.«

»Weil Sie eine Landratte sind«, erwiderte die junge Frau

geradeheraus. Als sie McCoys Verärgerung bemerkte, fügte sie hinzu: »Tut mir leid. Das ist nicht persönlich gemeint. Ich habe viele Jahre im Weltraum verbracht, und deshalb kann ich es mir gar nicht vorstellen, auf einem Planeten zu leben.« Sie erreichten eine Abzweigung und betraten den Hauptkorridor des Decks. Dyson schob ihr Mündel durch die Doppeltür des nächsten Turbolifts und nannte dem Computer das Ziel.

»Fahren Sie fort«, drängte McCoy, als sie die Transportkapsel einige Minuten später im Offiziersquartier verließen.

»Ich bin in ›Verlorener Morgen‹ aufgewachsen — eine ebenso kleine Raumstation wie die Wagner-Basis; dorthin sind wir jetzt unterwegs. Darüber hinaus ist sie ähnlich weit von den Zentralwelten der Föderation entfernt. Ich wollte Medizin studieren und der Zivilisation näher sein. Wenn man nicht sehr viel Geld hat, kann man sich diesen Wunsch nur mit Hilfe von Starfleet erfüllen. Die Flotte bezahlte meine Ausbildung, und dafür verpflichtete ich mich, zehn Jahre lang für die medizinische Sektion zu arbeiten. Ich halte das für eine faire Übereinkunft.«

»Nun, Sie *haben* Medizin studiert«, sagte McCoy. »Aber der Zivilisation sind Sie nur wenig näher gekommen.«

»Ja«, gab Dyson wehmütig zu. »Aber die *Enterprise* hat eine größere Bibliothek als ›Verlorener Morgen‹, und deshalb glaube ich, jetzt etwas besser dran zu sein.« Sie blieb stehen. »Ihre Kabine, Sir.«

Der Arzt las das Namensschild an der Tür:

Leonard McCoy
Dr. med.
3F 127

Seltsamerweise hielt er dies für den bisher überzeugendsten Hinweis auf seine Amnesie: der eigene Name auf einem Schild, das er jetzt zum erstenmal sah.

Dyson zeigte dem Arzt, wie man den Zugangscode eingab, und als das Schott beiseite glitt, führte sie ihn hinein. Das Quartier des Ersten Medo-Offiziers bestand aus zwei Räumen. Der erste diente als Salon und Büro — die Einrichtung bestand aus Schreibtisch, Stühlen und Regalen —, der zweite hinter dem Gitterschirm als Schlafraum. Im Gegensatz zu Kirks Kabine herrschte hier ein auffallendes Durcheinander. Kleidungsstücke lagen auf dem Boden; Papier bildete hohe Stapel auf dem Schreibtisch und in den Regalen, neben achtlos beiseite gelegten Datenbändern; einige Topfpflanzen rangen mit dem Tod.

»Bin ich immer so schlampig gewesen?« fragte McCoy und betrachtete das Chaos voller Abscheu.

»Keine Ahnung«, entgegnete Dyson amüsiert. »Sie haben mich noch nie in Ihr Quartier eingeladen.«

Leonard errötete. Die junge Frau achtete nicht darauf und zeigte ihm, wie man das Licht einschaltete. Darüber hinaus erklärte sie ihm die Funktionsweise des Interkoms und der Ultraschalldusche.

»Muß ich Ihnen für den Zimmerservice ein Trinkgeld geben?« McCoy folgte der Neurologin, als sie in den Korridor trat.

Dyson schob ihn sanft in die Kabine zurück. »Nein. Mein guter Rat ist ebenfalls kostenlos: Schlafen Sie.« Die Tür schloß sich direkt vor ihrem Gesicht.

McCoy seufzte und drehte sich mutig zur wartenden Leere um. Er wanderte von einer Ecke der Kabine zur anderen, spielte mit den verschiedenen Schaltflächen und verlor schon bald die Lust daran — ihr Repertoire an Pieptönen und bunten Lichtern erwies sich als recht begrenzt. Er begoß die Topfpflanzen, brachte es jedoch nicht über sich, die schmutzigen Kleidungsstücke zu berühren. Er hätte die Datenbänder und Ausdrucke gern irgendwo verstaut, wußte aber nicht, wohin er sie legen sollte. Deshalb beschränkte er sich darauf, die Stapel nur zurechtzurücken.

Als er keine andere Beschäftigungsmöglichkeit fand, zog

er sich aus und ging zu Bett. Zwar lastete die bleierne Schwere der Müdigkeit auf ihm, aber er konnte nicht einschlafen. Reine Willenskraft hinderte ihn daran, sich hin und her zu wälzen.

Er suchte nach Ruhe, spürte statt dessen, wie die Anspannung in seinen Muskeln wuchs. Ein seltsames Unbehagen entstand in ihm.

Schließlich erkannte er das Gefühl und identifizierte es. Er kam sich wie ein Eindringling vor und wartete — auf den Bewohner dieses Quartiers. Es gelang ihm nicht, das bedrückende Empfinden abzustreifen. Alle dumpfen Schritte schienen sich der Tür zu nähern, und jedes leise Summen stammte vom aufgleitenden Schott.

Nachdem er zwei Stunden lang im Bett eines anderen Mannes gelegen hatte, sprang McCoy auf und zog sich wieder an. Es gab nur eine Lösung für sein Problem: Einzig und allein in der Krankenstation fühlte er sich einigermaßen wohl.

Wenn Schwester Chapel mein Bett einem Patienten zur Verfügung gestellt hat, schlafe ich auf dem Boden.

Er floh regelrecht aus der fremden Kabine und ging mit langen Schritten durch einen Korridor, der nun nicht mehr so hell erleuchtet war — an Bord der *Enterprise* begann die ›Nacht‹. Der Turbolift öffnete sich gehorsam vor ihm, und er betrat ihn.

»Krankenstation«, sagte McCoy ebenso laut wie unsicher. *Verbale Kommandos — welch ein Unsinn.* Doch die Transportkapsel setzte sich tatsächlich in Bewegung, und dadurch wuchs seine Zuversicht.

Als er die medizinische Sektion erreichte, seufzte er. Trotz der vielen hypermodernen Geräte nahm er die beruhigend vertrauten Gerüche und Geräusche der Medizin wahr. McCoy schlenderte durch verschiedene Abteilungen, ohne daß ihm die Pfleger und Schwestern der Nachtschicht Fragen stellten. Schließlich fand er den kleinen Lagerraum, den man für ihn hergerichtet hatte. Das Bett stand noch immer dort.

Er streckte sich darauf aus. In der unpersönlichen, neutralen Umgebung wich die Anspannung aus seinen Muskeln, und Erschöpfung lockte ihn schon nach kurzer Zeit in tiefen Schlaf. Stunden später zuckte er in dem vergeblichen Versuch, einem Alptraum zu entkommen, doch er wachte nicht auf.

KAPITEL 11

»Man könnte meinen, durch Borschtsch* zu schwimmen.« Chekov schnitt eine Grimasse. Der Navigationsschirm des klingonischen Kreuzers zeigte eine wogende Wolke aus verschwommenen magentafarbenen Partikeln. In der Mitte des Projektionsfelds wies ein dichterer Partikelhaufen auf die Präsenz der *Enterprise* hin.

»Die Tarnvorrichtung dieses Schiffes gehört zu den primitiveren Modellen.« Im Gegensatz zu Chekov sah Aziz keinen persönlichen Affront in der reduzierten Leistungsfähigkeit der Sensoren — vielleicht deshalb, weil der Maschinenraum davon unbetroffen blieb. »Wahrscheinlich wurde sie während des ersten technologischen Austauschs mit den Romulanern installiert.«

»Dann haben die Klingonen bei jenen Geschäften den kürzeren gezogen«, kommentierte Sulu amüsiert.

»*Da.* Und uns ergeht es jetzt ebenso.« Der Fähnrich rieb sich die Augen. »Vielleicht ist das Ding defekt.«

»Weder bei der Tarnvorrichtung noch bei den Sensoren liegen irgendwelche Funktionsstörungen vor«, erwiderte Aziz scharf. Chekov wußte, daß diese Bemerkung nur eine Schlußfolgerung zuließ; rote Flecken des Zorns bildeten sich auf seinen Wangen.

»Sie kennen sich mit diesem Schiff genausowenig aus wie ich. Möglicherweise haben Sie die Energieversorgung falsch justiert.« Der Vorwurf kam einer Herausforderung gleich.

Sulu stöhnte lautlos, als er an die nun bevorstehende Auseinandersetzung dachte. Ein direkter Befehl, den Streit

---

* Russisches Nationalgericht: eine Kohlsuppe aus Fleisch, roten Rüben, etwas Kwaß und saurer Sahne; Anmerkung des Übersetzers.

zu beenden, würde den Groll nur noch vertiefen. *So muß sich Kirk fühlen, wenn Spock und McCoy...* Der Steuermann lächelte. Er hatte oft die Fähigkeit des Captains bewundert, seine Senior-Offiziere mit einem plötzlichen Themawechsel abzulenken. Vielleicht funktionierte die Taktik auch hier — wenn er sie den Umständen anpaßte.

»Unsere Mission darf auf keinen Fall scheitern«, verkündete Sulu ernst. Chekov und Aziz sahen ihn verwirrt an. »Das Schicksal dieses Schiffes und seiner Besatzung — die Zukunft des ganzen Universums — hängt von uns ab.« Er wandte sich an Chekov.

»Sie sind mein wissenschaftlicher Offizier. Es ist mir gleichgültig, wie Sie es anstellen, aber sorgen Sie dafür, daß die Sensoren funktionieren!« Er trug einen Gesichtsausdruck zur Schau, den sie alle kannten. Seine beiden Begleiter begannen zu verstehen.

»Wie Sie wünschen, Captain«, sagte Chekov, nahm Haltung an und präsentierte eine steinerne Miene. »Eine *faszinierende* Lösung für das Problem. Leider führt die dazu erforderliche Energie zu einer kritischen Belastung der Materie-Antimaterie-Wandler, wodurch sowohl das Schiff selbst als auch seine Besatzung in Gefahr geraten.« Es gelang ihm nicht ganz, eine Braue zu wölben.

Aziz sprang auf und klopfte sich auf die Brust. »Nein, nein! Kommt nicht in Frage! Lassen Sie die Crew sterben, aber verschonen Sie meine Maschinen!«

Sulu öffnete den Mund, schüttelte dann den Kopf und fiel aus der Rolle. »Wir brauchen einen McCoy. Meine nächsten Bemerkungen haben nur dann einen Sinn, wenn ›Pille‹ vorher seine Rettet-die-Mannschaft-Rede hält.«

Chekov nickte zustimmend. »Dyson kann ihn besonders gut nachahmen. Vielleicht sollten wir einen medizinischen Notfall vortäuschen...«

»Unter den gegenwärtigen Umständen wäre es nicht sehr taktvoll, sie um eine McCoy-Imitation zu bitten«, meinte Aziz. Sie griff nach einer Datentafel und kontrollierte wieder die fluktuierenden Triebwerksanzeigen.

Die beiden Männer seufzten und wandten sich den Konsolen der *Schwert* zu.

»Tarnvorrichtung desaktivieren«, sagte Sulu, als ein Chronometer auf das Ende der Testphase hinwies.

»Tarnvorrichtung desaktiviert.« Chekov beobachtete, wie die tanzenden Schneeflocken auf dem Bildschirm glattem Schwarz wichen.

Uhuras Stimme klang aus den Kom-Lautsprechern. »*Enterprise* an *Schwert*. Wir orten Sie wieder. Halten Sie Geschwindigkeit und Kurs zur Wagner-Station.«

»*Schwert* an *Enterprise*. Bestätigung.«

Der Kommandant und die Besatzungsmitglieder des Schlachtkreuzers starrten pflichtbewußt auf ihre jeweiligen Instrumente. Die Geräte bemerkten nichts von dem ihnen geltenden Interesse und funktionierten mit unerschütterlicher Zuverlässigkeit. Nach einer halben Stunde murmelte Chekov: »Ich dachte, ein eigenes Schiff wäre irgendwie anders, aber es ist genauso...« Er unterbrach sich.

»Langweilig«, beendete Aziz den Satz.

Sulus Lippen bildeten einen dünnen Strich, und er versuchte mit nur geringem Erfolg, seine eigene Enttäuschung zu unterdrücken. »Subwarp ist *immer* langweilig.« Und daraufhin schwiegen sie wieder.

McCoy sah noch einmal in die Unterhaltungsliste — die kurze Beschreibung behauptete, daß er jetzt eine Komödie sah. Einige Sterne neben dem Titel deuteten darauf hin, daß es sich um ein recht beliebtes Stück handelte. Er hob den Kopf und blickte wieder zur D-Bühne in der einen Ecke des Freizeitraums. Ihre Ausmaße gingen über alle ihm bekannten dreidimensionalen Bilder hinaus, und die Gestalten darin wirkten fast lebensgroß. Ein Mann und eine Frau standen nun auf der projizierten Plattform, und sie unterhielten sich mit leisen Stimmen. Die Darstellung erschien so echt, daß McCoy die beiden Personen zunächst für Besatzungsmitglieder gehalten und sie sogar angesprochen hatte. Zum Glück waren keine echten Angehörigen der Crew zugegen gewesen, was ihm eine gewisse Demütigung ersparte. Das Paar setzte seine zwanglose Diskussion fort. Die meisten Sätze klangen vertraut, aber er gewann den Eindruck, daß sich die Pointen in jenen Worten verbargen, die er nicht verstand. Er fand den Dialog ausgesprochen langweilig, doch in Ermangelung interessanterer Dinge hörte er auch weiterhin zu.

Die Zeit der Muße fühlte sich seltsam an, wenn man sie mit der von Hektik bestimmten Arbeit im Atlanta-Krankenhaus verglich. Zunächst verspürte Leonard den Wunsch, etwas zu essen. In der Bordcafeteria konnte man frei zwischen vielen gratis angebotenen Speisen wählen — ein Paradies für jemanden, der aus ärmlichen Verhältnissen kam —, aber der zufriedene Magen lehnte eine Mahlzeit ab. Sein nächster Gedanke bestand darin, die gute Gelegenheit zu nutzen, um ein wenig zu schlafen, doch auch in dieser Hinsicht erhob der Körper Einwände.

Schließlich verlor McCoy die Geduld mit dem Programm. Er wählte einige Titel aus der klassischen Sektion, aber der Computer teilte ihm mit, aufgrund einer ›Rejustierung des Speichersystems‹ seien sie derzeit nicht verfügbar. Er widerstand der Versuchung, sich von den beiden holographischen Personen zu verabschieden, als er das Zimmer verließ. Ohne eine bewußte Entscheidung lenkte er seine Schritte in Richtung Krankenstation. Zwar hatte er keinen offiziellen Grund, sich dort aufzuhalten, doch die Pfleger und Schwestern nahmen seine Präsenz wortlos hin.

Auf Deck Fünf wanderte McCoy durch den Irrgarten der medizinischen Sektion. Er ging durch unvertraute Korridore, die sich sehr ähnelten, und nach einer Weile erreichte er zwei Zylinder aus getöntem Glas. Sie reichten vom Boden bis zur Decke und sahen aus wie Wächter vor der Tür des Laboratoriums. Neugierig betrachtete er die blaue Flüssigkeit in den Röhren — in einem endlosen Kreislauf floß sie durch ein Spulengewirr. *Was hat es mit diesem Zeug auf sich?* Seine Ignoranz schien die beiden Zylinder zu verärgern: Sie piepten plötzlich. McCoy zuckte unwillkürlich zusammen; die Hände des Arztes flogen zur Schaltfläche an der Wand und betätigten mehrere Tasten. Wenige Sekunden später verstummten die Zylinder, und die Flüssigkeit in ihnen strömte langsamer.

Ein Labortechniker eilte aus dem nächsten Zimmer und schnappte nach Luft, als er McCoy bemerkte.

»Bitte entschuldigen Sie, Sir«, sagte er. »Das wird nicht noch einmal passieren — Ehrenwort.« McCoy war viel zu überrascht, um einen Kommentar abzugeben, doch sein Schweigen verstärkte die Nervosität des Mannes. »Normalerweise wäre so etwas nie geschehen, aber wir arbeiten in doppelten Schichten, und ich muß auch noch für Tajiri einspringen...« Der Techniker begriff zu spät, einen nachlässigen Kollegen verraten zu haben.

»Schon gut.« McCoy versuchte, sich in eine Aura der Autorität zu hüllen, obgleich der Mann vor ihm kaum älter war als er selbst... vor fünfundzwanzig Jahren. »Wir alle stehen unter ziemlich großem Streß. Versuchen Sie, Ihre Pflichten so gut wie möglich zu erfüllen.«

»Ja, Sir«, erwiderte der junge Mann. Es klang verblüfft und erleichtert. »Danke, Sir.« Er stürmte ins Laboratorium zurück.

»Nichts zu danken.« Niemand hörte McCoys Sarkasmus.

Er drehte sich um, als er das Geräusch hastiger Schritte hörte. Eine Frau mit zerzaustem Haar und blauem Uniformpulli lief durch den Korridor. In der einen Hand hielt sie mehrere Datenkassetten, in der anderen einen Kamm, mit dem sie versuchte, ihre Mähne in Ordnung zu bringen. Sie sah gerade noch rechtzeitig auf, um eine Kollision zu vermeiden. »Oh, verdammt!«

»Sie sind spät dran, Tajiri«, sagte McCoy streng. »An die Arbeit.«

»Ja, Sir!« stieß die erschrockene Frau hervor und verschwand durch die gleiche Tür, die der Labortechniker vor ihr benutzt hatte.

McCoy stand wieder allein im Korridor und horchte den leisen Stimmen hinter dem geschlossenen Schott. Er stellte sich vor, das Zimmer zu betreten und dadurch eine plötzliche Stille zu verursachen... Die beiden Zylinder gurgelten voller Mitgefühl, und McCoy beobachtete wieder die geheimnisvolle blaue Flüssigkeit. Erst jetzt wurde ihm bewußt, daß er einige Schaltungen durchgeführt hatte.

Die Interkom-Meldung einer Krankenschwester veranlaßte Dyson, unverzüglich einen bestimmten Raum in der Krankenstation aufzusuchen. Nur McCoy hielt sich dort auf, und er marschierte unruhig umher. Mit einem kurzen Blick schätzte sie seine physischen Symptome ein: blasse Wangen, Aufregung, erhöhte Atemfrequenz — keine offensichtlichen Verletzungen. »Was ist los?« fragte die Neurologin.

»Erste Erinnerungen kehren zurück. Glaube ich jedenfalls. Aber ich weiß noch immer nicht, wie...«

Dyson nahm diese Antwort ruhig entgegen. »Zwingen Sie keine Reminiszenzen herbei — es würde Sie nur verwirren. Ich besorge ein Sedativ...« Der Hinweis auf ein Beruhigungsmittel erzielte die gewünschte Reaktion: McCoy blieb abrupt stehen. »Und nun... Woran erinnern Sie sich?«

»Ich *weiß* es nicht genau.« Der Arzt gestikulierte verzweifelt — das Bewegungsmoment der Beine schien nun auf die Arme überzugehen. »Die beiden Zylinder vor dem Forschungslaboratorium...« Er deutete zur Rückwand des Zimmers.

»Der Stokalin-Prozessor?«

McCoy zuckte mit den Schultern. »Ich kenne die Dinger überhaupt nicht, aber als sie zu piepsen begannen, habe ich einige Tasten gedrückt.«

»Ah.« Ein Hauch von Enttäuschung ließ sich in Dysons Stimme vernehmen. Sie überlegte kurz. »Wozu dient dieser Apparat?« Sie zeigte auf einen glänzenden Metallkasten in einer Ecke des Raums.

Leonard schüttelte den Kopf. »Keine Ahnung.«

»Es handelt sich um eine tragbare Reg-Einheit. Können Sie eine Geweberegeneration einleiten?«

»Natürlich nicht.«

»Versuchen Sie es trotzdem.« Dyson schob den Arzt zum kleinen Pult. »Nur zu.«

McCoy starrte auf die Kontrollen. »Wenn ich den Apparat beschädige, verbannt mich Schwester Chapel für immer aus der Krankenstation.« Er betrachtete die vielen Schalter und Sensorpunkte. »Und nun?«

»Betätigen Sie die erste Taste der zweiten Reihe.«

Leonard kam der Aufforderung nach, aber seine Finger entwickelten ein sonderbares Eigenleben: Sie berührten nicht nur die genannte Taste, sondern auch weitere. Er riß die Hand so hastig zurück, als hätte er sich verbrannt. »Zum Teufel auch, was...« Er schluckte. »War es die richtige Sequenz?«

»Ja«, entgegnete die Neurologin. »Aber es bedeutet nicht, daß sich Ihre Gedächtnislücken schließen.«

»Das müssen Sie mir genauer erklären, Dr. Dyson«, sagte McCoy bitter. »Mein medizinisches Wissen ist so veraltet, daß mir der Sinn Ihrer Worte verborgen bleibt.«

Die junge Frau ignorierte seinen Ärger und hoffte, daß der Groll verschwand, wenn sie ihm die Einzelheiten erläuterte. »Informationen werden auf verschiedene Weise und an unterschiedlichen Stellen im Gehirn gespeichert. Derzeit blockiert Ihr Selbst bewußte Erinnerungen — das intellektuelle Verstehen bestimmter Aufgaben. Aber Sie besitzen auch ein Fertigkeitsgedächtnis. Selbst ohne die Kontrolle des Bewußtseins sind Sie imstande, ein Ihnen vertrautes Bewegungsmuster zu wiederholen — manuelle Tätigkeiten, die Ihnen zur Routine geworden sind. Ihr *Körper* erinnert sich daran.«

»Also falscher Alarm.« McCoy seufzte. »Wie wird es geschehen? Wie bekomme ich die fehlenden Erinnerungen zurück?«

»Das Wie kann ich Ihnen nicht prophezeien. Ebensowenig bin ich imstande, Fragen nach dem Wann zu beantworten. Wenn Sie sich erinnern, ohne daß Ihnen jemand dabei hilft..."

»Sie meinen, bevor Starfleet-Psychiater in meinem Bewußtsein herumstochern.«

Dyson ließ sich nicht ablenken. »Ein banales Ereignis könnte als Auslöser fungieren. Ein Objekt oder ein Ort, vielleicht auch einige bestimmte Worte — und plötzlich offenbaren sich Ihnen erste Reminiszenzen. Zu Anfang erinnern Sie sich nur an einzelne Szenen, an Gesichter und Gesprächsfetzen. Dann wachsen diese Fragmente allmählich zusammen und formen ein vollständiges Bild Ihrer Vergangenheit.«

»Hört sich nach einer ziemlich langen Rekonvaleszenz an.«

Dyson nickte. »Das ist nicht auszuschließen. Andererseits: Vielleicht fällt Ihnen alles auf einmal ein. Vielleicht öffnet sich eine mentale Tür, hinter der die gesamten Details der vergangenen fünfundzwanzig Jahre warten. Die Zeit zwischen der Amnesie und dem geistigen ›Wiedererwachen‹ geht häufig verloren. Sie haben das Gefühl, unmittelbar nach der Kopfverletzung zu sich zu kommen.«

»Und was passiert mit mir, während ich darauf warte, daß die mentale Tür aufschwingt?« erkundigte sich McCoy. Er verlagerte das Gewicht vom einen Bein aufs andere — allem Anschein nach drängte es ihn, die unruhige Wanderung fortzusetzen. »Captain Kirk meinte, die Reise der *Enterprise* nehme noch einige Zeit in Anspruch.«

Dyson blickte nachdenklich auf die blinkenden Lichter des Geweberegenerators. »Sie könnten hier als Hilfsarzt arbeiten.«

»Ich? Ein prähistorischer Doktor?«

»Sie sind nach wie vor in der Lage, die hiesigen medizinischen Geräte zu bedienen. Und wenn Sie ihre Funktionsweise verstehen wollen: Der Medo-Computer bietet Ihnen einen Informationskurs an.« Als McCoy zögerte, fügte Dyson hinzu: »Natürlich haben Sie allen Grund, darauf zu bestehen, sich auch weiterhin zu entspannen. Niemand wird irgendwelche Vorwürfe gegen Sie erheben, wenn Sie Bücher lesen, es sich im Freizeitraum gemütlich machen...«

»Wann fange ich an?«

»Wenn Sie möchten, bereite ich den Kurs jetzt gleich vor«, antwortete die Neurologin und vertrieb den Ansatz eines Lächelns von ihren Lippen. »Anschließend liegt es bei Ihnen, das Lerntempo zu bestimmen.« Als McCoy darauf bestand, sofort zu beginnen, führte ihn Dyson zur medizinischen Bibliothek und zeigte ihm, wie man das Ausbildungsprogramm startete. »Es freut mich, daß Sie Ihren Dienst wiederaufnehmen, Sir.«

»O nein!« entfuhr es Leonard. »Ich halte mich mehr für einen zivilen Freiwilligen.« Er hatte bereits einige Abschnitte der ersten Lektion hinter sich gebracht, bevor Dyson das Zimmer verließ.

Die Geräusche im Maschinenraum klangen irgendwie seltsam. Kirk schritt durch die große Kammer, lauschte dabei dem subtilen Stöhnen und Ächzen der *Enterprise*. Unter normalen Umständen wies eine kaum merkliche Vibration des Decks auf die Impulskraft hin, doch jetzt zitterte der Boden in unregelmäßigen Abständen. Der Captain spürte jenes Prickeln an den Fußsohlen, das sonst bei hoher Warpgeschwindigkeit entstand. Selbst die vertrauten Konturen hatten sich verändert: Hier und dort bildeten auf die Installation wartende Ersatzteile hohe Haufen. Beschädigte und bereits ausgetauschte Komponenten lagen in den Ecken und würden erst aus ihnen verschwinden, wenn das Schiff ein Raumdock erreichte.

Kirk achtete kaum auf den Geruch verbrannter Isolierungen und verschmorter Kabel; er durchzog alle Sektionen der *Enterprise*, und die Besatzung hatte sich längst daran gewöhnt.

»Wo ist Scotty, Becker?«

Der Techniker wandte sich von dem Schaltkreisdiagramm auf einem Bildschirm ab. Dunkle Augen starrten durch den Captain, und das schlaffe Gesicht blieb völlig ausdruckslos.

»Becker?« *Himmel, er weiß nicht einmal, wo er selbst ist.*

»Ja, Sir?«

Kirk wiederholte die Frage, sprach langsam und betonte jedes Wort.

»Deck Siebzehn, Sir«, antwortete Becker undeutlich. Seine Hände zitterten, als er versuchte, sich wieder auf das Diagramm zu konzentrieren.

»Äh, das stimmt nicht ganz.«

Kirk drehte sich zum Ursprung der zweiten Stimme um. Er sah einen Schopf aus dunklem Haar und zwei moosgrüne Augen, die hinter einem Stapel aus flachen Kisten glänzten. Einer der kleinen Container kippte zur Seite, und der Captain hielt ihn fest. Als er sich vorbeugte, erkannte er eine junge Frau in der roten Uniform des technischen Bereichs.

»Mr. Scott ist seit gestern nicht mehr auf Deck Siebzehn gewesen«, sagte sie und verlagerte ihre Last ein wenig, um sie im Gleichgewicht zu halten. »Er befindet sich auf der Nebenbrücke, und ich bringe ihm diese Kabelverbindungen.«

Becker reagierte nicht. Er schien überhaupt nicht mehr fähig zu sein, auf *irgend etwas* zu reagieren.

»Keine Sorge, Sir. Er hat derzeit dienstfrei. Ich glaube, er schläft im Stehen.«

Die junge Frau führte Kirk durch den Maschinenraum, wich dabei geschickt den vielen Ersatzteilen und Reparaturgruppen aus. Sie fanden Scotty tatsächlich im zweiten Kontrollraum — er saß auf dem Boden, lehnte mit dem Rücken an einem dicken Strang aus Glasfaserkabeln. Das Kinn ruhte an der Brust, und er hob den Kopf nicht, als die Technikerin ihre Kisten neben ihn stellte. Der von drei in der Nähe arbeitenden Besatzungsmitgliedern verursachte Lärm blieb ohne Einfluß auf ihn, ebenso wie das große Loch im Boden, das dicht hinter ihm den Kabelstrang verschluckte.

Kirk dachte an Beckers Erschöpfung und brachte es nicht fertig, Scotty zu wecken. »Lieutenant Kraft«, sagte er leise, »vielleicht sollten *Sie* mir den Statusbericht geben.«

»Ja, Sir.« Die Technikerin ignorierte ihren schlafenden Vorgesetzten und erstattete den Bericht laut genug, um alle Geräusche der Reparaturmannschaften zu übertönen. Scotty zuckte nicht einmal mit der Wimper. Kraft beendete ihren Vortrag: »Und der Oszillationsfrequenz-Monitor ist rekalibriert worden...«

»Nein, Mädel, bis zur vollständigen Kalibrierung dauert es noch vier Stunden.«

Kirk sah auf den kräftig gebauten Chefingenieur hinab. Scottys Augen waren nach wie vor geschlossen, aber es konnte kein Zweifel daran bestehen, daß er die Ausführungen der Technikerin korrigiert hatte. »Ich dachte, Sie schlafen.«

»Fahren Sie mit dem Bericht fort, Kraft«, sagte Scotty, ohne sich zu bewegen oder die Lider zu heben. »Aber halten Sie sich dabei an die Wahrheit, und lassen Sie Beschönigungen weg. Der Captain benötigt einen exakten Eindruck von unserer Situation.«

Die junge Frau beendete ihre Schilderungen, ohne daß der Chefingenieur sie noch einmal tadelte. Kirk schickte sie schließlich mit einem stummen Wink fort.

»Scotty?«

»Aye?« Die Stimme klang aufmerksam genug.

»Ich bin gekommen, um Sie in mein Quartier einzuladen. Später findet dort eine Versammlung statt.«

Daraufhin öffnete der Schotte überrascht die Augen. »Bitte um Verzeihung, Captain, aber in meinem ziemlich umfangreichen Reparaturprogramm ist für gesellschaftliche Anlässe kein Platz.«

»Es geht dabei um Dr. McCoy. Ich möchte ihn... meinen Senior-Offizieren vorstellen.«

Scotty stand auf, und einige Kabel unter ihm rutschten ins Loch. »Es stimmt also — er hat tatsächlich das Gedächtnis verloren. Ich habe davon gehört, wollte es jedoch nicht glauben. Eine Vorstellung, na schön. Sie können auf mich zählen.«

Scotty hielt sein Versprechen und traf als erster in Kirks Kabine ein. Spock folgte ihm kurz darauf. Nur der Ehrengast glänzte durch Abwesenheit.

»Die Amnesie scheint gewisse Angewohnheiten des Arztes nicht verändert zu haben«, kommentierte der Vulkanier, als der Zeitpunkt für das Treffen verstrich.

Der Erste Offizier nahm am Computerterminal Platz und begann einen Dialog mit der zentralen Datenbank. Scotty beschränkte sich darauf, ins Leere zu starren. Er brauchte nur eine kahle Wand, um vor seinem inneren Auge die beschädigten Schaltkreise des Warptriebwerks zu betrachten und ihre Reparatur zu planen. Beide Männer achteten nicht auf Kirks wachsenden Ärger.

Zehn Minuten später öffnete sich die Tür, und McCoy stolperte herein — sein Bewegungsmoment stammte von einer Hand, die ihm einen energischen Stoß gegeben hatte. Die Hand wich zurück, und das Schott glitt wieder zu. Der Arzt blieb dicht davor stehen und nahm Haltung an, als er die drei Offiziere sah.

»Rühren«, sagte Kirk scherzhaft. McCoy ließ die Schultern hängen, aber sein Gesicht entspannte sich nicht. Der Captain erahnte das Unbehagen seines alten Freundes.

»Tut mir leid, daß ich mich verspätet habe«, murmelte Leonard, nannte jedoch keinen Grund dafür.

Kirk trat vor, um ihn zu begrüßen, und der Ärger verschwand aus ihm. Behutsam zog er den Arzt mit sich in die Mitte des Zimmers.

»Den Ersten Offizier Spock kennen Sie bereits...«

McCoy widerstand der Versuchung, den rechten Arm zu heben, als er das Nicken des Vulkaniers erwiderte.

»Das ist Chefingenieur Scott.«

Leonard wandte sich dem zweiten Mann zu und blinzelte überrascht, als er die ausgestreckte Hand sah. »Wie geht es Ihnen, Sir?«

»Nennen Sie mich nicht ›Sir‹«, sagte Scotty streng. »Ob Amnesie oder nicht — wir haben zu viele Nächte damit verbracht, zusammen eine Flasche Scotch zu trinken, um jetzt förmlich zu werden.«

»Wie Sie meinen, Mr. Scott.«

Der Chefingenieur runzelte die Stirn. »Scotty.«

»Sir?« fragte McCoy.

Scotty schüttelte traurig den Kopf. »Schon gut.«

Nach der Vorstellung kam kein richtiges Gespräch in Gang. Scotty dachte viel zu sehr an die unterbrochenen Reparaturarbeiten, um freundlich zu plaudern, und Spocks Umgangsformen grenzten selbst dann an Unhöflichkeit, wenn er versuchte, seine kühle Unnahbarkeit auf ein für Menschen erträgliches Maß zu reduzieren — derzeit war er so kalt wie ein Polargletscher. McCoy schwieg fast die ganze Zeit über. Für gewöhnlich hätte er die unbehagliche Stille mit einem frontalen verbalen Angriff auf Spocks Würde beendet oder Scotty mit einigen witzigen Bemerkungen zum Lachen gebracht. Er war nie wortkarg oder mißmutig gewesen.

Kirk fragte den Arzt, ob es ihm gelang, sich an das Leben in einem Raumschiff anzupassen, doch er kam sich dabei wie ein Staatsanwalt vor, der von einem widerspenstigen Zeugen Informationen gewinnen wollte. McCoy antwortete immer nur mit Ja oder Nein und blickte dabei ständig zu Boden.

Schließlich spürte Kirk Mitleid gegenüber seinen Offizieren und beendete ihre Qual. Die Erleichterung, mit der Scotty und McCoy das Quartier verließen, wies deutlich darauf hin, daß die Begegnung eine Katastrophe gewesen war.

»Spock.« Jims Stimme hinderte den Vulkanier daran, den beiden anderen Offizieren nach draußen zu folgen.

Er musterte den Captain und wartete geduldig.

»Wenn McCoy ganz und gar ... er selbst wäre, so verstünde er sicher, was ich Ihnen jetzt sage.« Kirk zögerte kurz und wiederholte Dr. Dysons Erklärung für die Amnesie. »Bevor die *Enterprise* eine Starbase erreicht, müssen wir herausfinden, wovor Leonard flieht — um ihn ins Hier und Jetzt zurückzubringen.«

Der Vulkanier dachte einige Sekunden lang nach. »In dieser Situation hat Logik vielleicht nur einen geringen Nutzen, Captain.«

»Ich bitte nicht um Logik, sondern um Freundschaft«, erwiderte Kirk.

KAPITEL 12

»Langweile ich Sie, Ma'am?«

Uhura öffnete die großen, dunklen Augen etwas weiter, um den Anschein zu erwecken, völlig wach zu sein. »Ganz und gar nicht, Dr. McCoy. Ich habe jedes Wort von Ihnen gehört.«

»Ich bin seit mindestens fünf Minuten still, Lieutenant. Und es überrascht mich, daß Ihr Kopf noch nicht auf den Teller gesunken ist.« Leonard lächelte, als er Uhuras Verwirrung bemerkte. »Essen Sie, bevor die Suppe kalt wird.« Er biß von seinem Sandwich ab. Sie saßen allein in einer Ecke der Messe. An den übrigen Tischen hatten einige Besatzungsmitglieder Platz genommen, und sie waren viel zu erschöpft, um laute Gespräche zu führen.

McCoy beobachtete, wie sich Uhura erneut nach vorn neigte. »Bekommt niemand an Bord dieses Schiffes eine Chance, sich gründlich auszuschlafen?«

»Seit einiger Zeit nicht mehr«, sagte Uhura, winkelte den Arm an und stützte das Kinn auf die Hand. »Der Angriff ist schuld daran.«

»Was Ihren Krieg betrifft...« überlegte McCoy laut.

»Oh, von einem Krieg kann eigentlich keine Rede sein.« Uhura gähnte hingebungsvoll. »Zumindest noch nicht. Wir versuchen nach wie vor...«

Plötzlich drang ein lautes, vibrierendes Pfeifen aus den Interkom-Lautsprechern und übertönte das müde Fluchen der Crewmitglieder. Nach einigen Sekunden verklang das nervenzermürbende Schrillen ebenso abrupt, wie es begonnen hatte. Kurze Stille herrschte, wich dann wieder dem Murmeln leiser Konversation.

»Was ist jetzt wieder los?« ächzte Uhura und sah nach oben. Ihr Blick reichte durch mehrere Decks. »Kaum habe ich meine Kommunikationsgeräte in einen funktionsfähigen Zustand versetzt, bringen die Reparaturgruppen wieder alles durcheinander. Der Captain zieht mir das Fell über die Ohren, wenn ich die Interferenzen nicht aus den internen Kom-Kanälen verbanne. Selbst wenn ich an zwei Stellen zugleich sein könnte: Ich hätte trotzdem nicht genug Zeit, um alle notwendigen Arbeiten zu erledigen.«

»Dann sollten Sie Ihre wenigen dienstfreien Stunden nicht damit verschwenden, bei mir den Babysitter zu spielen«, entgegnete McCoy. »Um Himmels willen, schlafen Sie statt dessen.«

Uhura schüttelte den Kopf. »Ich habe Diana versprochen, Sie im Auge zu behalten...«

»Ihre blutunterlaufenen Augen können kaum mehr etwas sehen.« McCoy hielt eine Hand vor ihr Gesicht. »Wie viele Finger erkennen Sie?«

»Sieben.« Uhura lachte.

»Was meine Diagnose bestätigt: ausgeprägte narkoleptische Halluzinationen. Eine sehr ernste Sache, wenn man nicht sofort etwas dagegen unternimmt. Ich empfehle viel Ruhe in Ihrer Kabine.«

Die dunkelhäutige Frau zögerte. »Ich sollte Sie nicht allein lassen.«

McCoys Wangen röteten sich. »Ich verspreche Ihnen, mich von fremdem Territorium fernzuhalten.« Am vergangenen Morgen hatte er den Turbolift auf einem unbekannten Deck verlassen und sich dort umgesehen — sein Spaziergang endete in einem Wartungsschacht. Als er fiel, aktivierte die Sicherheitsautomatik ein Antigravfeld, das ihn vor Verletzungen bewahrte, aber fast eine Stunde lang hing er mitten in der Luft, bevor ein Besatzungsmitglied seine Hilferufe hörte. »Außerdem: Ich gerate sicher nicht in Schwierigkeiten, während ich hier sitze und mein Sandwich esse. Wenn es Sie beruhigt: Ich lasse mich von einem bewaffneten Wächter zur Krankenstation eskortieren.«

»Das ist nicht notwendig«, sagte eine präzise artikulierte Stimme hinter dem Arzt. »Ich übernehme die Verantwortung für das Wohlergehen des Doktors.« McCoy drehte sich halb um und sah den vulkanischen Ersten Offizier.

»Danke, Sir«, antwortete Uhura. Sie verabschiedete sich mit einem Lächeln von Leonard, griff nach ihrem Tablett und stand auf. Spock — die Schüssel in seinen Händen enthielt einen Berg aus grünem Salat — setzte sich.

»Guten Tag, Mr. Spock. Oder sollte ich Sie mit Ihrem militärischen Rang ansprechen?« Die straffe Haltung des Vulkaniers schien zu verlangen, daß McCoy vor ihm salutierte.

»An Bord der *Enterprise* erfülle ich die Pflichten des Ersten und wissenschaftlichen Offiziers«, erläuterte Spock mit einem Ernst, der McCoys Unsicherheit verstärkte. »Ich bekleide den Rang eines Commanders, aber man spricht mich nur selten mit dieser Rangbezeichnung an. Diese Anrede wird überwiegend von unerfahrenen Junior-Offizieren oder bei von Förmlichkeit geprägten Situationen verwendet.« Das Gesicht des Arztes brachte vage Besorgnis zum Ausdruck. »›Mr. Spock‹ ist durchaus angemessen«, fügte der Vulkanier hinzu.

McCoy entspannte sich ein wenig. »Es fällt mir schon schwer genug, mich an all die Namen zu erinnern — je weniger Ränge, desto besser. Heute morgen habe ich ein einfaches Besatzungsmitglied zum Lieutenant befördert.« Er legte eine kurze Pause ein, erstaunt von Menge und Vielfalt der vielen Blätter, die rasch aus Spocks Schüssel verschwanden. »Um ganz ehrlich zu sein: Ich erlebe an Bord der *Enterprise* einen regelrechten Kulturschock. Mein Wissen über Starfleet ist minimal und fünfundzwanzig Jahre alt...«

»In der Tat«, erwiderte Spock ruhig. »Starfleet stellt eine eigene Welt dar — wer sie nicht kennt, reagiert leicht mit Verblüffung und Desorientierung. Mir ging es ebenso, als ich Vulkan verließ.« Der grüne Berg schrumpfte, und ein Glas kam zum Vorschein. Spock trank einen Schluck von der rotbraunen Flüssigkeit darin.

»Karottensaft?« vermutete McCoy. Das Schweigen des

Vulkaniers veranlaßte ihn, die Frage hastig zurückzunehmen. »Entschuldigen Sie meine Neugier.«

»Wie ich schon sagte: Das soziale Gebaren der Menschen enthält keine Beleidigungen für mich.« Spock hob das Glas so, als handele es sich um ein Analyseobjekt. »Beta-Carotin ist nur eine von vielen Komponenten dieser chemischen Struktur.« Er zitierte aus einer langen Liste organischer Vitamine, und einige Bezeichnungen hörte der Arzt nun zum erstenmal. »Ich bin kein reinblütiger Vulkanier, sondern zur Hälfte Mensch. Diese Mischung ist eine notwendige Erweiterung der für mich erforderlichen Bord-Diät, denn meine besondere Biochemie benötigt spezielle Nährstoffe.« McCoy akzeptierte diesen Hinweis mit höflichem Interesse. »Wir haben dieses Getränk kurz nach Ihrer Versetzung zur *Enterprise* entwickelt«, fuhr Spock fort. »Sie nannten es ›orangefarbene Brühe‹ und gaben mir den Rat, es mindestens einmal pro Woche zu trinken.«

»Nun, ich hoffe, das Zeug schmeckt besser als es aussieht«, murmelte McCoy voller Mitgefühl.

»Sie hielten die Substanz zunächst für schädlich, aber nach einigen Experimenten gelang es Ihnen, eine Mischung zu finden, die meinen Geschmacksansprüchen und metabolischen Bedürfnissen gerecht wird.« Der Vulkanier leerte das Glas.

McCoy betrachtete die Reste seines Sandwiches und runzelte die Stirn. »Die eigene Gesundheit scheine ich eher zu vernachlässigen.« Spock hob die Brauen, als er den Selbstvorwurf in der Stimme des Arztes hörte. »Mein Krankenbericht deutet darauf hin, daß ich vor der Kopfverletzung recht große Mengen einer anderen ›schädlichen Substanz‹ zu mir nahm.« Leonard starrte über den Tisch. »Sie haben alles beobachtet. Ich war völlig blau, nicht wahr? Deshalb der Sturz.«

Spock wandte den Blick von ihm ab. »Ja, Sie hatten getrunken.« Er entsann sich an die Ereignisse in McCoys Kabine. »Aber das erklärt nicht alles«, sagte er nach kurzem Nachdenken. Langsam sortierte er die Erinnerungen und durchdrang dabei den Nebel aus Sorge und Verstimmung, der seine Wahrnehmungen an jenem Tag beeinträchtigt hatte. »Physische Erschöpfung... und Anspannung.« Spocks Sensibilität in Hinsicht auf Emotionen war größer, als er dies eingestand, aber diesmal verzichtete McCoy auf Sticheleien.

»Zorn beherrschte Ihr Empfinden«, sagte der Vulkanier. »Und dieser Umstand trug weitaus mehr als der Alkohol zu Ihrer Unaufmerksamkeit bei. Menschen neigen dazu, sich von Gefühlen ablenken zu lassen — ein Charakteristikum Ihrer Spezies.«

»Bin ich zornig genug gewesen, um zweieinhalb Jahrzehnte meines Lebens zu verlegen?« erkundigte sich McCoy niedergeschlagen. Diese Frage schien Spock zu verwundern.

»Vielleicht haben Sie es noch nicht gehört. Meine Amnesie ist psychologischer Natur. Es wurden keine Schädigungen des Hirngewebes festgestellt. Mein Bewußtsein ist nur zu schwach, um mit Streß fertig zu werden. Anders ausgedrückt: Die Kopfverletzung bot mir einen Vorwand, aus der Realität zu fliehen.«

Spock ließ die Gabel sinken. »Eine Flucht wovor?«

»Dem Leben? Schwester Chapel meint, die langen Stunden im Operationssaal hätten mich erschöpft, und außerdem sei ich aufgrund der vielen Todesfälle deprimiert gewesen.«

»Das genügt wohl kaum als Rechtfertigung für eine derart extreme Reaktion.« Spock hob beide Hände und preßte die Fingerspitzen aneinander.

»Ich kenne Sie gut, Dr. McCoy, und daher weiß ich: Sie erliegen keinen Neurosen. Etwas Außergewöhnliches muß geschehen sein.«

»Dafür genügte die Zeit überhaupt nicht. Nach dem Verlassen der Krankenstation habe ich auf direktem Wege mein Quartier aufgesucht.«

»Und dort hätten Sie logischerweise schlafen sollen«, sagte Spock. »Statt dessen waren Sie schon eine Zeitlang wach, als ich eintrat. Vielleicht enthält Ihre Kabine einen Hinweis auf den Grund für die Amnesie.«

Der Erste Offizier schob sich das letzte grüne Blatt in den Mund, stand auf und trug die Schüssel zur Recyclingstation an der Wand. McCoy folgte seinem Beispiel und mußte sich dann beeilen, um mit dem Vulkanier Schritt zu halten, als er durch den Korridor zum Turbolift marschierte.

»Deck Fünf«, sagte Spock. Die beiden Männer schwiegen, bis die Transportkapsel das genannte Ziel erreichte.

»Ich weiß nicht einmal, wonach es Ausschau zu halten gilt«, meinte McCoy, als sie zu seinem Quartier gingen.

»Ich auch nicht, Doktor. Aber selbst Ihr offen emotionales Gebaren basiert auf einer persönlichen Logik der Kausalität. Die Wirkung kennen wir. Vielleicht führt eine Rekonstruktion Ihres Verhaltens zur Entdeckung der Ursache.«

Beim dritten Versuch gab McCoy den richtigen Code ein, und das Schott glitt auf. Die Kabine bot einen unveränderten Anblick. »Ich habe nicht aufgeräumt«, entschuldigte er sich. *Himmel, es ist nicht einmal meine Unordnung.*

»Zweifellos ein günstiger Umstand«, entgegnete der Vulkanier anerkennend. »Sie hätten wichtige Anhaltspunkte entfernen können.« Er blieb auf der Schwelle stehen und beobachtete das Zimmer.

»Das klingt fast so, als begännen Sie jetzt mit Ermittlungen in einem Mordfall, Mr. Spock. Allerdings bin ich die Leiche.«

»Für einen Toten sind Sie erstaunlich gesprächig.« Er trat vor und wich einigen Kleidungsstücken auf dem Boden aus. »Ein Medo-Kittel. Normalerweise ziehen Sie sich in der Krankenstation um, aber vermutlich waren Sie zu müde. Nach einigen langen Operationen duschen Sie zunächst und wählen dann frische Kleidung.«

»Welche Farbe, Mr. Holmes?« fragte McCoy leise.

»Grau«, antwortete Spock. Er begegnete dem verblüfften Blick des Arztes mit ruhiger Gelassenheit und fuhr fort: »Zumindest trugen Sie eine graue Uniform, als ich hereinkam. Ich stand hier.« Er verharrte in der Mitte des

Zimmers, das als Aufenthaltsraum und Büro diente, blickte von dort aus zum Gitterschirm der Nebenkammer. »Die Laken des Bettes waren zerknittert, woraus ich schließe, daß Sie einige Stunden lang geschlafen haben. Doch als ich eintraf, standen Sie am Schreibtisch.« Er winkte McCoy zur entsprechenden Stelle. »Mit einem Drink in der Hand.«

Der Vulkanier schloß die Augen und überlegte konzentriert. »Ich erinnere mich an den Geruch von Alkohol und... Rauch.« Er hob die Lider. »Ja, Rauch. Sonderbar. Auf diesem Deck war nach dem Angriff kein Feuer ausgebrochen.«

»Ich habe Asche im Schlafzimmer gesehen«, entsann sich McCoy und ging zur kleinen Metallschale neben dem Bett.

»Das widerspricht eindeutig den Vorschriften«, sagte Spock ernst, als sie die schwarzen Flocken betrachteten.

»Sehen Sie mich nicht so vorwurfsvoll an«, protestierte der Arzt. »Dieses Quartier gehört einem anderen Dr. McCoy.«

Der Erste Offizier zerrieb die Asche zwischen Daumen und Zeigefinger. »Wahrscheinlich stammt sie von Datenpapier. Nicht mehr als ein einzelnes Blatt.« Er kehrte zum Schreibtisch zurück und befaßte sich mit den Unterlagen. »Trotz Ihrer völlig unlogischen Vorliebe für Ausdrucke lassen Sie bei derartigen Arbeiten große Sorgfalt walten. Sie bringen Ihren Schreibtisch häufig in Ordnung. Deshalb nehme ich an, daß Sie sich erst vor kurzer Zeit mit diesen Dingen beschäftigt haben.«

McCoy griff nach einem Manuskript und starrte auf die erste Seite. »Sieht völlig harmlos aus.«

Spock nickte. »Darüber hinaus sind die Papiere vollständig.«

»Nun, offenbar habe ich die Brücke zu meiner Vergangenheit verbrannt.« Leonard seufzte. »Wahrscheinlich erfahren wir nie, was auf jenem Blatt stand.«

»Kommt ganz darauf an, Doktor.« Spock nahm am

Computerterminal Platz. Als der Schirm aufleuchtete, mied er die Auswahlmenüs und erreichte mit mehreren Anweisungen die Betriebssystemebene. Einige Tastendrucke riefen seltsame Symbole ins Projektionsfeld. »Glücklicherweise speichert der Computer auch Hinweise auf geöffnete Dateien und dergleichen. Nach diesen Aufzeichnungen zu urteilen haben Sie Lieutenant Frazers Autopsiebericht über die Angreifer gelesen, ohne eine Hardcopy anzufordern.« Spocks Finger huschten erneut über die Tastatur. »Die letzten Ausdrucke betreffen einen Kommunikationskontakt mit Starbase 11.«

»Gehörte dazu auch das verbrannte Blatt?«

»Möglich«, erwiderte der Vulkanier. »Computer, zeige mir die Korrespondenzdateien des Ersten Medo-Offiziers Dr. Leonard McCoy. Projiziere alle Dokumente der letzten Kom-Sendung, Sternzeit 5289.1. Autorisierungscode 23 10 B.« Er sah zu McCoy auf. »Da Sie sich nicht an Ihren Computercode erinnern, habe ich mir die Freiheit genommen, ihn selbst zu nennen. Doch ethische Erwägungen hindern mich daran, mir den Inhalt der Datei anzusehen.«

»Hiermit gebe ich Ihnen meine ausdrückliche Erlaubnis«, sagte McCoy. »Immerhin kennen Sie mich gut, während ich mir selbst ein Fremder bin.«

»Unter den gegenwärtigen Umständen zweifle ich daran, ob Ihre Genehmigung genügt.« Spock verschränkte die Arme. »Sie sind nicht im Vollbesitz Ihrer geistigen Kräfte.«

»Andererseits kann ich sie nur zurückgewinnen, wenn wir den Grund für das Fluchtsyndrom herausfinden.«

»Ein interessantes philosophisches Dilemma«, kommentierte der Vulkanier nachdenklich. Ein oder zwei Sekunden lang fürchtete McCoy, daß sich Spock in allen Einzelheiten über die verzwickte Situation ausließ, doch der Erste Offizier wandte sich dem Monitor zu. »Leider zwingt mich die Starfleet-Pflicht häufig dazu, meinen ethischen Prinzipien eine untergeordnete Bedeutung zuzuweisen. Um der Zweckdienlichkeit willen akzeptiere ich Ihre Autorisierung.«

Spock blätterte durch die elektronische Akte, und

McCoy sah ihm dabei über die Schulter. Als der Kom-Brief erschien, weckte er sofort ihre Aufmerksamkeit.

Leonard las die wenigen Sätze. »Nun, Sie hatten recht, als Sie von außergewöhnlichen Ereignissen sprachen. Eine Mitteilung meiner Ex-Frau. Sie kündigt darin an, bald wieder zu heiraten.«

KAPITEL 13

McCoy versuchte, den Ursprung des Summens zu identifizieren, das er gerade gehört hatte — entweder der Türmelder oder das Interkom. Er streckte die Hand nach dem Kommunikationsanschluß aus und drückte eine Taste. Im Lautsprecher knisterte es leise.

»Hydroponische Abteilung.«

»Hier spricht Dr. McCoy«, sagte er unsicher.

»Ja, Sir. Hier ist Nelson.«

Das leise Summen wiederholte sich. »Schon gut, Nelson.« McCoy schloß den Kom-Kanal. »Herein!«

Die Tür öffnete sich, und Diana Dyson betrat die Kabine. Hinter ihr glitt das Schott zu. »Hier ist alles aufgeräumt!« entfuhr es ihr erstaunt, als sie sich im Quartier des Ersten Medo-Offiziers umsah. Nichts deutete mehr auf die frühere Unordnung hin, und die verwelkenden Topfpflanzen waren aus den Regalen verschwunden. Auf dem Schreibtisch fehlten hohe Papierstapel; nur ein aufgeschlagenes Buch lag dort.

»Sie brauchen nicht so überrascht zu klingen«, brummte McCoy. »Ich übernehme keine Verantwortung für die Schlampigkeit meines älteren Selbst. Zufälligerweise bin ich jemand, der großen Wert auf Ordnung legt.«

»Und Sie sind fleißig gewesen«, bemerkte Dyson. Sie näherte sich dem Schreibtisch und las den Titel des dicken Bandes — es handelte sich um ein medizinisches Lehrbuch. Der Computerschirm zeigte eine anatomische Illustration. »Ich kehre später zurück.« Die Neurologin ging zur Tür.

»Nein, warten Sie. Bitte.« McCoy schaltete den Bildschirm aus, klappte das Buch zu und streckte sich. »Schon seit Stunden versuche ich, möglichst viele Informationen aufzunehmen. Sehen Sie den Rauch, der mir aus den

Ohren quillt? Mein Gehirn hat bereits eine kritische Temperatur erreicht. Außerdem habe ich gerade den Hilfsarzt-Kurs hinter mich gebracht. Das sollte gefeiert werden.« Er lächelte, aber in seiner Stimme ließ sich eine Spur Bitterkeit vernehmen.

»Dr. McCoy...«

Er unterbrach die Besucherin sofort. »Bitte nennen Sie mich Len oder Leonard. Das dauernde Katzbuckeln mir gegenüber kann ich einfach nicht mehr ausstehen.«

»Wie bitte?« brachte Dyson ungläubig hervor.

»Es ist kaum übertrieben.« McCoy stöhnte und rollte mit den Augen. »Sie sind ein gutes Beispiel für dieses Syndrom. Sie stehen praktisch stramm, bereit dazu, sofort in den Korridor zu fliehen, sobald sie eine Gelegenheit dazu finden — und das alles nur, weil ich ein Senior-Offizier bin. Entweder liegt es daran, oder Sie mögen mich nicht.«

»Sie haben es sehr schwer«, erwiderte die Neurologin mit gelindem Spott.

»Und ob. Setzen Sie sich und trinken Sie was mit mir, während ich Ihnen die traurige Geschichte eines Senior-Offiziers erzähle — aus der Perspektive eines jungen Zivilisten.« Zwar sprach McCoy in einem scherzhaften Tonfall, aber die stumme Bitte in seinen Augen wirkte ernst.

»Einverstanden... Leonard.« Dyson nahm Platz.

Der Arzt stand auf und verbeugte sich tief. »Was darf ich der verehrten Dame anbieten?«

»Wein«, sagte sie und winkte gespielt herablassend. »Die beste Flasche des Hauses.«

»Nicht nur die beste«, sagte McCoy und ging zum Wandschrank. »Auch die *einzige*. Ich habe nur selten Gelegenheit, Partys in meiner Kabine zu veranstalten. Wie ich schon sagte: Wer in der Kommandohierarchie ganz oben steht, ist sehr einsam.«

»Das höre ich jetzt zum erstenmal.«

»Nun, ich wollte Sie in jedem Fall darauf hinweisen.« Leonard nahm die Flasche und sah aufs Etikett. »An diesen besonderen Jahrgang erinnere ich mich nicht, aber was soll's — ich bin ohnehin kein Weinkenner.« Er zog den Korken und füllte zwei Gläser. »Nach den übrigen Flaschen zu urteilen hat der ältere McCoy härtere Sachen bevorzugt. Wenn dies medizinischen Zwecken dient, bin ich bereit, ein Auge zuzudrücken.« Er stellte die beiden Gläser auf ein Tablett und trug es durchs Zimmer.

»Sie sprechen dauernd in der dritten Person von sich selbst«, sagte Dyson.

McCoy nickte und setzte sich ebenfalls. »Wenn ich von mir selbst rede, meine ich Leonard McCoy, dreiundzwanzig, Assistenzarzt und Praktikant im ersten Jahr. Eine bedauerliche Verzerrung des Raum-Zeit-Kontinuums schleuderte mich in die Zukunft und an einen unbekannten Ort, von dem aus eine Rückkehr in meine geliebte Heimat unmöglich ist. Was den anderen McCoy betrifft, der an Bord des Starfleet-Schiffes *Enterprise* den Rang des Ersten Medo-Offiziers bekleidet... Nun, ich stelle mir ihn als nahen Verwandten vor, eine Art Onkel.«

Er hob sein Glas. »Auf Onkel ›Pille‹ McCoy — möge er in Frieden ruhen!«

Als er sah, wie Dyson eine Grimasse schnitt, fluchte er. »Verdammt! Kein Wunder, daß mir alle Leute aus dem Weg gehen. Tut mir leid, ich wollte nicht zynisch sein. In gewisser Weise fällt es anderen Leuten schwerer, sich mit meinem Erinnerungsverlust abzufinden. Mit mir ist soweit alles in Ordnung. Die Welt um *mich* herum hat sich verändert, während *Sie* jemand anders in mir sehen. Bitte entschuldigen Sie meinen unangebrachten Humor; damit zeige ich nur schlechten Geschmack.«

»Sie brauchen sich nicht zu entschuldigen.« Die Neurologin lächelte schief. »Höchstens für den Wein. Er schmeckt gräßlich.« Voller Abscheu sah sie in ihr Glas.

McCoy schmunzelte. »Dr. Dyson...«

Diesmal kam sie ihm zuvor. »Wenn ich Sie Leonard nennen soll, so erscheint mir ›Dr. Dyson‹ unangemessen. Dadurch fühle ich mich wie eine Greisin. Ich heiße Diana.«

Überrascht sah sie, wie McCoy errötete. »Eine Greisin

sind Sie gewiß nicht.« Er überwand seine Verlegenheit, indem er den Wein fortschüttete. »Eindeutig ein schlechter Jahrgang. Kein Wunder, daß ich ihn vergessen habe.«

Er zog eine Schublade unter dem Barfach auf. »Ich bin nicht sicher, was es hiermit auf sich hat.« Er griff nach einem Beutel und betrachtete verwirrt die seltsamen Symbole darauf.

»*Stiegel*«, erklärte Dyson. »Eine Delikatesse von Brellion IV.«

McCoy brach das Siegel, öffnete den Beutel und sah einige weiße Kekse. Den ersten reichte er Dyson und nahm dann einen zweiten. »Ich würde gern glauben, daß Sie nur hier sind, weil Ihnen meine Gesellschaft angenehm ist. Aber ich vermute, daß Sie ein offizieller medizinischer Anlaß zu mir geführt hat.« Er drehte den Keks skeptisch hin und her.

»Eher ein inoffizieller medizinischer Anlaß.« Dyson biß ohne zu zögern von ihrem eigenen Kräcker ab. »An Ihrem physischen Zustand gibt es nichts auszusetzen und deshalb benötigen Sie keine unmittelbare Behandlung. Was die Amnesie angeht: Ich bin keine Psychologin, und deshalb habe ich kaum die Möglichkeit, Ihnen zu helfen. Aber Captain Kirk glaubt, ich kann besser mit Patienten umgehen als Dr. Cortejo.«

»Hat er das wirklich gesagt?« fragte McCoy und knabberte vorsichtig an dem Keks.

Dyson lächelte. »Nicht mit so vielen Worten. Immerhin wäre es alles andere als höflich, die Fähigkeiten des stellvertretenden Ersten Medo-Offiziers ganz offen in Zweifel zu ziehen.«

»Was sich nicht sehr von der typischen Krankenhauspolitik unterscheidet.« Leonard seufzte. »Auch aus diesem Grund wünschte ich mir eine eigene Praxis. Bürokratie geht mir entschieden gegen den Strich. Meine Vorgesetzten hielten diese Einstellung für ›Mangel an Respekt gegenüber der Autorität‹. Ich nannte sie... Nun, die Bezeichnung spielt keine Rolle. Wichtig ist nur, daß die beruflichen Beziehungen darunter litten.« Er bemerkte die amüsierte Miene der Neurologin. »Während der vergangenen fünfundzwanzig Jahre habe ich mich nicht gebessert, oder?«

»Nein.« Dyson leckte sich einige *Stiegel*-Krümel von den Fingern. »Sie gehören zu den wenigen Personen an Bord der *Enterprise*, die Captain Kirk nicht mit Ehrfurcht begegnen. Sie nehmen kein Blatt vor den Mund, wenn Sie in gewissen Dingen einen anderen Standpunkt vertreten. Sie schrecken nicht einmal davor zurück, Mr. Spock die Meinung zu sagen, und das wagt *niemand* außer Ihnen.«

McCoy kaute nicht mehr. »Soll das ein Witz sein?«

»Die verbalen Auseinandersetzungen zwischen Ihnen und dem Vulkanier sind bereits legendär«, fuhr Dyson schelmisch fort. »Die Besatzung führt eine immer länger werdende Liste aller Ausdrücke, mit denen Sie ihn im Laufe der Jahre beleidigt haben. Niemand bringt den Mut auf, jene Worte zu verwenden, aber manchmal genügt es, einige von ihnen vorzulesen, um die Stimmung in der wissenschaftlichen Abteilung beträchtlich zu verbessern. Chekov benutzt sie manchmal, um zu fluchen.«

»Chekov?«

Dysons Lächeln verblaßte. »Sie erinnern sich noch immer an nichts, oder?«

»Nein«, erwiderte McCoy ruhig und schob sich den letzten *Stiegel*-Brocken in den Mund. »Als Mr. Spock und ich den Brief fanden, dachte ich: ›Das ist es. Gleich fällt mir alles ein.‹ Aber nichts dergleichen geschah.« Er griff nach einem anderen Keks. »He, die Dinger schmecken wirklich gut. Woraus bestehen sie?«

Die Neurologin schüttelte den Kopf. »Fragen Sie nicht — dann finden Sie weitaus mehr Gefallen daran.« McCoy ließ den Kräcker rasch wieder sinken, stand auf und kramte erneut in der Schublade.

Dyson überlegte kurz und konzentrierte sich auf das Gespräch. »Wie dem auch sei: Die Nachricht, daß Ihre Frau bald wieder heiratet, muß ein Schock für Sie gewesen sein.«

»Eigentlich nicht.« McCoy fand ein Päckchen und schnupperte am Siegel. »Um ganz ehrlich zu sein: Die Mitteilung führte bei mir zu keiner Reaktion. Jocelyn ist eine Fremde für mich.«

»Sie wirken erstaunlich unbekümmert, obwohl Sie eine sehr beunruhigende Mitteilung erhalten haben.«

»Beunruhigend für den älteren McCoy, aber nicht für mich. Ich kann keine Ehe bedauern, an die ich mich nicht einmal erinnere. Selbst wenn jener Brief die Ursache für mein Fluchtsyndrom darstellte — offenbar brauche ich etwas anderes, um die Lücken in meinem Gedächtnis zu schließen.«

McCoy schüttelte den Kopf. »Der Name jener Frau bedeutete mir nichts, als ich ihn zum erstenmal sah, und daß sie bald wieder heiratet, läßt mich ebenfalls kalt. Es erscheint mir sonderbar, daß der Brief meine geistige Flucht in die Vergangenheit ausgelöst haben soll.« Mit leeren Händen nahm er am Tisch Platz.

»Soweit es mich betrifft, habe ich das vergangene Jahr in der Hektik des zentralen Krankenhauses von Atlanta verbracht.«

»Was führte Sie nach Texas?« fragte Dyson.

McCoys Lippen verzogen sich zu einem breiten Lächeln. »Der Ausflug war mein erster Urlaub seit Jahren. Zwei Wochen durfte ich damit verbringen, Pferde zu reiten und Ställe auszumisten. Mir blieben noch zwei Tage, aber ich hätte bleiben können...« Er unterbrach sich.

»Für immer?« erkundigte sich Dyson. »Aber dazu kam es nicht. Ein Pferd warf Sie ab, und Sie verbrachten die Nacht im nächsten Hospital. Dann kehrten Sie nach Georgia zurück und...« Sie wartete darauf, daß Leonard den Bericht fortsetzte.

Einmal mehr schüttelte McCoy den Kopf. »Ich bin hier erwacht, an Bord der *Enterprise*.«

»Und Sie sind noch immer in Urlaub«, spöttelte die Neurologin.

»Von wegen Urlaub!« ereiferte sich McCoy. Aber er

verdrängte den Ärger sofort und holte tief Luft. »Ich weiß genau, was Sie beabsichtigen, Diana.«

Der Sarkasmus verschwand aus Dysons Stimme. »Ich habe nie behauptet, ein Psychiater zu sein, Leonard, aber ich gebe mir Mühe. Lieber Himmel, es ist nicht einfach, Sie in einen Patienten zu verwandeln.«

»Na schön, meinetwegen. Ich füge mich.« McCoy lehnte sich zurück, streckte die langen Beine und verschränkte die Arme. »Trotzdem: Ich meine es ernst — nach dem Sturz vom Pferd erinnere ich mich nur daran, was ich nach dem Erwachen an Bord dieses Raumschiffs beobachtet und erlebt habe.«

»Versuchen Sie es mit einigen einfachen Extrapolationen«, sagte Dyson und beugte sich ganz bewußt vor, um die vom Arzt geschaffene Distanz zu verringern. »Was *hätte* geschehen sollen, als sie in der Waco-Klinik zu sich kamen?«

»Nun, vermutlich bin ich nach Atlanta zurückgekehrt. Um in der Notaufnahme sechsunddreißig Stunden am Tag zu arbeiten. Die übliche Schinderei.«

»Ihre Personalakte behauptet, daß Sie einige Monate später geheiratet haben.«

»So bald?« platzte es aus McCoy heraus.

»Ich dachte, Sie hätten sich die Datei zusammen mit Captain Kirk angesehen.«

»Nur in groben Zügen. Über die Einzelheiten wollte ich gar nicht Bescheid wissen.« Er zuckte mit den Achseln. »Was hat das für einen Sinn?«

»Wenn Sie sich jetzt mit den Details befassen...«

»Nein.« McCoy sprang auf und ballte die Fäuste. »Sie haben nichts mit mir zu tun.«

»Es muß Liebe auf den ersten Blick gewesen sein«, beharrte Dyson.

»Und wir kennen die Konsequenzen«, fügte McCoy grimmig hinzu. Er ließ sich wieder auf den Stuhl sinken. »Als ich meine Akte las, hatte ich das Gefühl, einen Fremden kennenzulernen...« Er schwieg eine Zeitlang, und die

Neurologin wartete geduldig. Schließlich fuhr der Arzt zögernd fort: »Ich kann mir einfach nicht vorstellen, daß die letzten fünfundzwanzig Jahre von ›Pille‹ McCoy mit meiner eigenen Vergangenheit identisch sind. Er hat mein ganzes Leben ruiniert. Die überstürzte Ehe, der eine traumatische Scheidung folgte, die närrische Entscheidung, eine Starfleet-Uniform anzuziehen...«

»Es gibt auch positive Aspekte. Zum Beispiel Ihre Tochter.«

»Und Ihr McCoy ist ein wirklich liebevoller Vater gewesen, nicht wahr?« murmelte McCoy verächtlich. »Jahrelang hat er sich nicht um sein eigenes Kind gekümmert. Ich habe einige der Briefe gelesen — Joanna ist jetzt eine junge Frau. Aber zum Teufel auch: Nach der Lektüre ihrer Korrespondenz glaube ich, seine Tochter ebensogut zu kennen wie er selbst. Obwohl ich ihr nie begegnet bin! *Ich* hätte mich anders verhalten. Ich würde mich nicht einfach aus dem Staub machen und meine Familie im Stich lassen.« Die Stimme des Arztes klang nun heiser.

»Dazu wäre ich nicht fähig — und doch ist genau das geschehen.«

»Sie urteilen, ohne die Umstände zu kennen«, wandte Dyson ein.

»Mir scheint, Ihr Dr. McCoy hat sein Leben aufgegeben, ohne auch nur zu versuchen, es in die von ihm gewünschten Bahnen zu lenken.« Leonard zog nachdenklich die Brauen zusammen. »Vielleicht kam er zu den gleichen Schlußfolgerungen wie ich. Vielleicht erklärt das die Symptome — eine Flucht vor dem eigenen Versagen.«

Dyson setzte zu einer Antwort an, doch in diesem Augenblick summte der Türmelder.

»Offenbar bin ich heute sehr gefragt.« McCoy lachte humorlos und spürte, wie das emotionale Band zwischen ihm und der Neurologin zerriß. »Herein!«

Als Kirk den Dienst auf der Brücke beendete, hatte er sein Quartier aufsuchen wollen. Statt dessen schlug er den vertrauten Weg zu McCoys Kabine ein. Er trat nun durch die Tür, und eine Sekunde später bedauerte er seine alte Angewohnheit.

»Guten Abend, Dr. Dyson«, grüßte er freundlich und verstand sowohl ihren eisigen Blick als auch das kühle Nikken. Er hatte sie bei einem Gespräch mit ihrem Patienten unterbrochen — bei einer Diskussion, die auf seinen eigenen Wunsch zurückging.

McCoy stand ruckartig auf und wußte nicht recht, welche Haltung er dem Captain gegenüber annehmen sollte. Ebenso unklar blieben ihm die Pflichten seines Rangs als Erster Medo-Offizier.

Dyson versuchte, ihn von dem Unbehagen zu befreien. »Danke für Ihre Gastfreundschaft, Dr. McCoy.« Sie erhob sich ebenfalls.

»Was?« erwiderte Leonard verwirrt. »Oh, nichts zu danken, Dr. Dyson.« Er führte sie zur Tür.

Kirk wich beiseite, um die Ärztin passieren zu lassen. Irgend etwas in ihm versteifte sich, als er ihr höfliches Lächeln sah, das Zorn und Ärger tarnte. Die beiden Mediziner verabschiedeten sich voneinander, und Jim erkannte eine Farce, die nur für ihn stattfand. Er ließ sich auch nicht täuschen, als McCoy versuchte, seinen neuen Gast zu unterhalten.

Der Gentleman aus den Südstaaten war viel zu fest in ihm verwurzelt, um zu zeigen, daß er die Gesellschaft Dr. Dysons der des Captains vorzog.

Der Arzt trat an seinen Schreibtisch heran - Kirk entdeckte Gläser sowie einige geöffnete Nahrungspakete — und spielte auch weiterhin die Rolle des Gastgebers. »Etwas *Stiegel*, Captain?«

»Nein, danke«, erwiderte Jim und beherrschte sich gerade noch rechtzeitig, um nicht das Gesicht zu verziehen. »Ich weiß, woraus das Zeug besteht.«

McCoy schob die Reste des Beutels in den Abfallbeseitiger.

Kirk fragte sich nun, was ihn überhaupt zu McCoy geführt hatte. »Pille...«

»Es wäre mir lieber, wenn Sie mich Leonard nennen, Captain.«

»Na schön. Leonard. Ich heiße Jim.«

Der Arzt nickte unverbindlich — ein guter Gastgeber widersprach niemals den Wünschen der Besucher. Unangenehme Stille folgte.

Kirk beschloß, ohne Umschweife das für ihn wichtigste Thema anzuschneiden. »Ich habe von Jocelyns Brief gehört. Es tut mir leid...«

»Die Sache belastet mich nicht«, entgegnete McCoy. Nach einer kurzen Pause fügte er hinzu: »Aber ich bin sicher, ›Pille‹ hätte Ihr Mitgefühl zu schätzen gewußt.«

Der Captain kämpfte gegen Emotionen an, die zu sehr Eifersucht ähnelten. Dr. Dyson war es offenbar gelungen, McCoy aus der Reserve zu locken, aber Kirk schaffte es nicht, ihn in ein Gespräch zu verwickeln. Er suchte nach einer Möglichkeit, die breite Schlucht des Schweigens zwischen ihnen zu überbrücken. Als er sich schließlich einige Worte zurechtlegte, kam er nicht mehr dazu, sie auszusprechen.

»Alarmstufe Rot, Alarmstufe Rot!« tönte es aus den Interkom-Lautsprechern. Scharlachfarbenes Licht pulsierte. »Gefechtsstationen besetzen. Captain Kirk zur Brücke.«

KAPITEL 14

Kirk befand sich noch im Turbolift, als die *Enterprise* von einer ersten Phasersalve getroffen wurde. Der Boden erzitterte unter seinen Füßen, und die Transportkapsel hielt mit einem dumpfen Knirschen an. Jim hämmerte mit den Fäusten an die geschlossene Tür und fluchte laut. Der Lift schien darauf zu reagieren, indem er sich wieder in Bewegung setzte, und einige Sekunden später erreichte Kirk die Brücke.

Sofort blickte er zum großen Wandschirm. Das normalerweise statische Bild von fernen Sternen auf schwarzem Samt bildete nun den Hintergrund für ein Gefecht. Einige kleine Schiffe umschwirrten die *Schwert* wie kosmische Fliegen. Weitere silberne Schemen huschten durchs Projektionsfeld und sausten der *Enterprise* entgegen. Ein Raumer verließ ihre Formation, feuerte und raste davon. Das Starfleet-Schiff erbebte, und Kirk hätte fast das Gleichgewicht verloren.

»Phaserbatterie Zwei aktivieren«, befahl Spock, der ruhig im Befehlsstand saß. Mehrere Strahlen zuckten durchs All, doch sie alle verfehlten das Ziel.

Kirk nutzte die kurze Stille, um den Vulkanier anzusprechen. »Bericht, Mr. Spock.«

»Fünfzehn Jäger der Klasse Fünf, für eine Besatzung von jeweils zwei Personen konstruiert«, sagte der Erste Offizier, und gab den Kommandosessel für Kirk frei. »Sie näherten sich im Ortungsschutz eines Asteroiden, und deshalb reagierten unsere Sensoren erst, als sie bereits heran waren.« Spock ging mit langen Schritten zur wissenschaftlichen Station und rief dort Daten ab. »Unser Waffenpotential beträgt dreiundvierzig Prozent. Die Schilde halten noch stand, aber angesichts der früheren Beschädigungen stellen sie keinen wirkungsvollen Schutz dar, obgleich der Gegner nur niederenergetische Phaser einsetzt.«

Eins der kleinen Schiffe schien den Hinweis des Vulkaniers bestätigen zu wollen, indem es direkt auf die *Enterprise* zuhielt. »Phaser abfeuern!« rief Kirk. Zwei lange Sekunden verstrichen, bevor die Strahlen durch den Weltraum tasteten. Der angreifende Raumer explodierte, und grelles Licht schimmerte vom Wandschirm. Bevor das Gleißen verblaßte, flog ein anderer Jäger heran, und die Entladungen seiner Bordkanonen trafen den unteren Bereich des Starfleet-Schiffes. »Ausweichmanöver, Mr. DePaul.«

Der Steuermann kam der Aufforderung nach, doch die *Enterprise* reagierte träge und viel zu langsam für die flinkeren Gegner. »Sie sind wesentlich schneller und können von allen Seiten vorstoßen, Sir.«

Kirk schlug mit der Faust auf die Armlehne des Kommandosessels und behielt den Wandschirm im Auge. »Benus, lassen Sie unser Phaserfeuer vom Zufallsgenerator steuern, in Abständen von jeweils zehn Sekunden.«

»Aye, Sir.« Mehrere Strahlbündel lösten sich vom stählernen Leib der *Enterprise.* Die Jäger wichen ihnen mühelos aus, kam jedoch nicht näher.

Spock sah von den Sensoranzeigen auf. »Captain, diese Taktik hält den Gegner zunächst von uns fern, aber sie beansprucht einen großen Teil unserer Energiereserven.«

Kirk ignorierte die Warnung. »Uhura, öffnen Sie einen abgeschirmten Kom-Kanal zur *Schwert.*«

Unmittelbar darauf drang Sulus Stimme aus dem Lautsprecher. »Die feindlichen Einheiten sind überall um uns herum, Captain... Bei Impulsgeschwindigkeit sind sie manövrierfähiger als wir. Unsere Deflektoren bleiben stabil, aber angesichts der geringen Entfernung können wir das Feuer nicht erwidern.«

»Leiten Sie ein Warpmanöver ein, Sulu«, sagte Kirk.

»Aber, Sir...«

»Ein Warpmanöver«, wiederholte der Captain und erläuterte seinen Plan. »Kehren Sie nach der Aktivierung der Tarnvorrichtung zurück.« Sulu schwieg, als er verstand, worauf Kirk hinauswollte. »Alle Schiffe werden sich uns zuwenden und ziemlich überrascht sein, wenn Sie plötzlich aus dem Nichts erscheinen und angreifen.,«

»Aber wenn wir auf sie feuern, treffen wir auch die *Enterprise*.«

»Ja«, gestand Kirk ernst ein. »Wir leiten volle Energie in die Schilde. Verwenden Sie Fächerstrahlen — dann gelingt es Ihnen vielleicht, die Jäger außer Gefecht zu setzen, ohne häßliche Löcher in unserer Außenhülle zu hinterlassen.«

»Aye, Captain.« Die Vorstellung, das Feuer auf die *Enterprise* zu eröffnen, erfreute den Lieutenant nicht sonderlich, aber er akzeptierte Kirks Befehle ohne weitere Einwände.

Kirk drehte den Sessel und sah zum Ersten Offizier. »Spock, berechnen Sie die zeitliche Logistik für das Warpmanöver und die Rückkehr der *Schwert*.« Der Vulkanier nickte nur, aber Jim spürte Anerkennung für seinen Plan. Wenn der Chefingenieur ebenso gelassen darauf reagierte...

Vom Wandschirm blitzendes Licht unterbrach seinen Gedankengang. »Ich habe noch einen erwischt!« entfuhr es dem Fähnrich an der Waffenkonsole.

»Ja, und jetzt bleiben ›nur‹ noch dreizehn übrig.« DePauls scharfe Antwort erstickte die Begeisterung der jungen Frau.

Kirk schaltete einen internen Kom-Kanal zum Maschinenraum, sprach mit Scotty und schilderte ihm seine Absichten.

»Wenn Sulu nicht vorsichtig ist, schneidet er uns mit den klingonischen Phasern in Stücke«, warnte der Chefingenieur. Das Schiff erbebte einmal mehr, als einer der Jäger die Strahlenbarriere durchdrang und auf die Unterseite des primären Rumpfs feuerte. »Aber wir können keine weiteren Treffer einstecken — uns bleibt also kaum eine Wahl.«

»Bereitschaft, Captain«, meldete Spock. »Ich habe der *Schwert* alle notwendigen Daten übermittelt.«

Uhura betätigte einige Tasten. »Frequenz offen, Sir.«

»Los, Sulu!« befahl Kirk.

Der imperiale Schlachtkreuzer rollte zur Seite, um sich für einige Sekunden von seinen Gegnern zu lösen, und dann beschleunigte er plötzlich. Er wurde zu einem langen Lichtstreifen und verschwand. Fünf Jäger hingen wie verwirrt im All, ihres Opfers beraubt.

Kirk lächelte grimmig. »Phaser Feuer.«

Drei der kleinen Schiffe platzten auseinander, und glühende Trümmerstücke segelten davon. Gleichzeitig näherte sich vier der acht übrigen Einheiten und warfen Energielanzen nach der *Enterprise*. Das wesentlich größere Raumschiff schüttelte sich, und der Wandschirm zeigte, wie die Jäger zum Gros der feindlichen Streitmacht zurückkehrten.

»Zufallsmuster beibehalten!« rief Kirk. Er schloß die Hände fest um die Armlehnen des Sessels, um von den heftigen Erschütterungen nicht zu Boden geworfen zu werden. »Wir müssen versuchen, die Raumer von uns fernzuhalten!«

»Captain«, erklang die kummervolle Stimme des Chefingenieurs. »Falls weitere Angriffe dieser Art erfolgen, haben wir keine Schilde mehr, um uns vor den Phasern der *Schwert* zu schützen.«

»Verstanden, Mr. Scott.« Kirk wischte sich Schweiß von der Stirn. »Benus, keine Zielerfassung. Das ist ein Befehl.« Er betonte die letzten Worte. Die junge Frau an der Waffenkonsole wollte in erster Linie Treffer erzielen, und sie hatte diesem Instinkt nachgegeben, um drei Jäger zu vernichten — wodurch die anderen Gelegenheit bekamen, erneut auf die *Enterprise* zu schießen.

»Die *Schwert* trifft in sechs Komma sieben Minuten ein«, verkündete Spock mit vulkanischer Gelassenheit.

Es waren lange Minuten für den Captain und die Brückenoffiziere. Die zehn kleinen Kampfschiffe sausten hin und her, wichen den Phaserstrahlen aus und wagten sich immer näher. Es wurde nicht nur im Kontrollraum dunkler, sondern auch in den anderen Sektionen der *Enterprise*, und das Summen des Lebenserhaltungssystems verwandelte sich in ein kaum mehr wahrnehmbares Flüstern, als Scotty immer mehr Energie für die Deflektoren brauchte.

»Noch eine Minute«, sagte Spock nach einer Ewigkeit.

»Mr. Scott, bereiten Sie sich darauf vor, alle zur Verfügung stehende Energie in die Backbordschilde zu leiten«, wies Kirk den Chefingenieur an.

»Aye, Captain.«

»Noch dreißig Sekunden.«

»Jetzt, Scotty.« Das Licht auf der Brücke flackerte, und der Steuermann verlor die Kontrolle über alle Bewegungen des Schiffes. Die Phaserbatterien entluden sich nicht mehr. Kirk hielt den Atem an, als die Jäger erst zögerten und dann mit dem letzten, entscheidenden Angriff begannen.

»Es ist soweit«, gab Spock bekannt.

Das Gefüge des Alls kräuselte sich und verschwamm, und die *Schwert* materialisierte in dem Wabern. Strahlen rasten aus ihren Bordkanonen, und ihr Vernichtungsfeuer tastete nach dem Bug der *Enterprise*. Es blieb Kirk nicht Zeit genug, die zerstörten Feindschiffe zu zählen — der Schlachtkreuzer glitt unter dem Starfleet-Schiff hinweg und kam auf der anderen Seite nach oben.

»Steuerbordschilde, Scotty!« stieß der Captain hervor, als sich das Deck hob und senkte.

Eine zweite Salve traf die andere Seite der *Enterprise*. Diesmal verlor Kirk den Halt und stürzte zu Boden. Dichter Rauch wallte, brannte ihm in Lungen und Augen.

Spock hatte sich mit bemerkenswerter Zähigkeit an der wissenschaftlichen Station festgeklammert und wandte sich den Sensoranzeigen zu. »Es sind noch zwei Jäger übrig, Captain.«

Kirk zog sich am Befehlsstand hoch und spähte durch die Dunstwolken zum Wandschirm: Zwei silbrige Schatten flohen durch den Weltraum, gefolgt vom dunkleren Schemen der *Schwert*.

»Sulu!« donnerte Kirk.

Uhura saß bereits wieder an ihrer Station und öffnete einen Kom-Kanal.

»Ich brauche die Piloten der beiden Schiffe lebend, um...« Der Captain beendete den Satz nicht, als die Jäger explodierten.

»Tut mir leid, Sir«, antwortete Sulu. »Sie haben sich selbst zerstört.«

»Verdammt.« Kirk drehte sich zum Ersten Offizier um. »Mr. Spock?«

Der Vulkanier überprüfte seine Instrumente. »Die Nahbereichssensoren registrieren keine anderen Raumschiffe.« Angesichts der jüngsten Fehlfunktionen kontrollierte er die wissenschaftlichen Daten noch sorgfältiger als sonst. Einige Sekunden verstrichen mit Korrelationen. »Die Fernbereichssensoren haben ein Objekt erfaßt, aber es ist gerade aus ihrer Reichweite verschwunden. Was auch immer es gewesen sein mag — wir entfernen uns davon.«

Kirk zuckte gleichmütig mit den Schultern. »Gute Arbeit, Lieutenant Sulu.« Er hustete leise; noch immer trieben Rauchschwaden über die Brücke. »Gefechtsbereitschaft aufheben.« Die roten Warnlichter pulsierten langsamer und erloschen. Kirk betätigte eine Taste in der Armlehne des Kommandosessels. »Maschinenraum, normalen Status der Bordsysteme wiederherstellen. Scotty, Schadensbericht.«

Er bekam keine Antwort. »Bericht, Scotty!« wiederholte er etwas lauter.

»Die Interkom-Verbindungen zum Maschinenraum sind unterbrochen, Captain«, sagte Uhura. Hastig führte sie einige Schaltungen durch, aber das erhoffte Resultat blieb aus — das Kommunikationssystem wies erneut Defekte auf.

Kirk unterdrückte einen Fluch und öffnete den allgemeinen Durchsage-Kanal. »Chefingenieur Scott, Schadensbericht für die Brücke.« Die Lampen leuchteten heller, und frische Luft zirkulierte, aber eine Meldung Scottys ließ noch immer auf sich warten.

Spocks monotone Stimme nannte die Schäden auf den unteren Decks, und Uhura übermittelte einen Bericht der Krankenstation: zehn Verletzte und ein Toter. Anschließend rang sie wieder mit dem Kommunikationspult.

»Verdammtes Interkom... Aye, Captain, hier Scott. Wir haben ein Leck aufgrund...« Neuerliche Stille.

»...kam es auf den Decks Sieben bis Zehn zu nur geringen Beschädigungen«, fuhr Spock fort.

Eine zweite Stimme erklang. »Hier Krankenpfleger Dorf, Captain. Mr. Scott muß zur Krankenstation.« Der dumpfe Protest im Hintergrund deutete darauf hin, daß der Chefingenieur lieber im Maschinenraum geblieben wäre.

»Bestätigung. Wir treffen uns dort.«

Kirk ging zur wissenschaftlichen Station. »Wer hat uns angegriffen? *Raben* oder Klingonen?«

Der Vulkanier ließ sich fast dazu hinreißen, die Stirn zu runzeln. »Das läßt sich nicht feststellen. Unter den besonderen Umständen waren keine exakten Sensorsondierungen möglich.«

Kirk seufzte enttäuscht und fügte seinem wortlosen Kommentar ein schiefes Lächeln hinzu. »Schicken Sie ein Shuttle zu den Trümmern der Jäger. Vielleicht können wir Frazer Gelegenheit geben, weitere Leichen zu untersuchen.« Der Erste Offizier nickte, und Jim sah sich noch einmal auf der Brücke um. »Sie haben das Kommando.«

Als Kirk die Krankenstation erreichte, stritt sich Scott noch immer mit den beiden Pflegern, die ihn zur medizinischen Sektion gebracht hatten. »Warum schleppt ihr mich nur wegen eines kleinen Kratzers hierher? Ein Haufen Arbeit wartet auf mich.« Sein Schutzanzug war vom Knie bis zur Mitte des Oberschenkels aufgerissen, und rote Flecken zeigten sich an den Rändern. Scott sah, wie der Captain eintrat, und daraufhin versuchte er aufzustehen — was McCoy daran hinderte, die blutende Wunde zu behandeln.

»Setzen Sie sich, Scotty«, sagte Kirk. »Sie bleiben hier, bis ich Ihren Schadensbericht bekommen habe.« Damit lenkte er den Chefingenieur ab und gab dem Arzt Gelegenheit, sich um die Verletzung zu kümmern.

»Wir haben sechs Schilde vollständig verloren, und noch einmal so viele können praktisch jeden Augenblick destabil werden. Einer der Deflektoren für das Diskussegment brach völlig zusammen, als Sulu das Feuer eröffnete. Der klingonische Phaserstrahl hat ein Loch durch die Hüllenplatten gebrannt und wäre fast bis zum Impulstriebwerk durchgeschlagen.« Scott unterbrach sich kurz und bedachte McCoy mit einem finsteren Blick — der Arzt entfernte Stoffetzen aus der Wunde. »Seien Sie vorsichtig. Sie ruinieren einen guten Schutzanzug.«

»Ist das Leck abgedichtet?« fragte Kirk.

»Aye, Captain. Aber es kam dabei zu einigen höchst unangenehmen Augenblicken.« Scottys Beinverletzung wies deutlich darauf hin.

»Wie lange dauern die Reparaturen?«

»Mindestens fünfzehn Stunden, Sir. Vorausgesetzt natürlich, ich verschwende meine Zeit nicht hier in der Krankenstation...« McCoy strich die letzten Stoffreste beiseite, und Scottys Sorglosigkeit wich betroffenem Interesse, als er den Knochen unter dem blutigen Gewebe sah. »Worauf warten Sie, McCoy? Wenn Sie sich nicht beeilen, verblute ich noch.«

»Ich arbeite so schnell wie möglich«, erwiderte der Arzt geduldig und hielt ein Sterilisierungsgerät dicht über die Wunde.

Kirk war so sehr auf Scottys Schadensbericht konzentriert gewesen, daß er den Doktor erst jetzt bemerkte. »Pille!«

»Nein, ich bin's nur, Leonard McCoy«, lautete die Antwort. »Schwester Chapel hat mir die Diensttauglichkeit als Hilfsarzt bescheinigt.« Mit geübtem Geschick fügte er die beiden Ränder von Scottys Wunde zu einem gezackten Striemen zusammen. Dann hob er den Kopf und sah die Skepsis in Scotts Zügen. »Keine Sorge, Sir. Seit dem Ende meines medizinischen Studiums haben sich die Notbehandlungsmethoden kaum geändert.« Er richtete den Strahl eines tragbaren Regenerators auf die Verletzung des Chefingenieurs.

Kirk dachte wieder an die *Enterprise*. »Scotty, ich brauche so schnell wie möglich stabile Schilde. Jäger der Klasse Fünf sind nie allein unterwegs, und wir können es uns nicht leisten, hilflos ihrer Eskorte zu begegnen.«

»Selbst wenn es mir gelingt, die Deflektorschäden in zwölf Stunden zu beheben — die Schilde halten nicht mehr viel aus«, warnte der Ingenieur. »Wir haben bereits zwei Gefechte hinter uns, und die Liste der notwendigen Reparaturen wird immer länger. Ein dritter Angriff verursacht vielleicht Löcher im Schiff, die ich nicht mehr zustopfen kann.«

»Ganz zu schweigen davon, daß hier allmählich der Platz knapp wird«, brummte McCoy und ließ den Blick durch die Krankenstation schweifen — die meisten Betten waren belegt. Er wandte sich wieder dem Captain zu. »Wer sind die fremden Wesen, die es auf uns abgesehen haben?«

»Genau das möchte ich herausf...« Kirk brach ab, als Spocks Stimme aus dem Interkom-Lautsprecher drang.

»Brücke an Captain.«

Jim trat an den Kommunikationsanschluß heran. »Hier Kirk.«

»Bericht vom Hangardeck, Captain. Die Besatzung des Shuttles hat die feindlichen Einheiten als Tennet Fünf-Modelle identifiziert und die Leiche eines Piloten geborgen.« Eine kurze Pause kündigte schlechte Nachrichten an. »Offenbar haben wir es mit einer zweiten unbekannten Spezies zu tun.«

KAPITEL 15

CAPTAINS LOGBUCH: STERNZEIT 5539.4

Nach neun Stunden verfügt die *Enterprise* wieder über funktionsfähige Schilde. Wir sind noch immer zur Wagner-Station unterwegs und fliegen mit Impulsgeschwindigkeit durch einen Raumsektor, in dem es von verrückten Aliens wimmelt, die mein Schiff zerstören wollen. Vielleicht gelingt ihnen das auch, wenn die Frage nach ihren Beweggründen unbeantwortet bleibt.

Mehrere Personen hielten sich im Autopsielabor auf und versuchten, den übelkeiterweckenden Geruch zu ignorieren. Einigen von ihnen fiel das nicht schwer. Der xenobiologische Fachmann Lieutenant Frazer stand am oberen Ende des Untersuchungstisches; seine Forschungskollegen Spock und Dyson flankierten ihn zu beiden Seiten. Der Beobachter und Laie namens Kirk begnügte sich mit einem Platz am unteren Ende. Sie alle betrachteten eine reglose Gestalt mit grüner Haut, die zwischen ihnen lag. Die Augen glänzten rosarot, und weißer Haarflaum bedeckte den Kopf.

»Nun, das Wesen ist mit den *Raben* verwandt«, sagte Frazer nach einer Weile. »Aber das genaue Ausmaß dieser Verwandtschaft muß erst noch festgestellt werden.«

Physische Erschöpfung dämpfte das sonst so überschwengliche Wesen des Xenobiologen. Kirk war in keiner besseren Stimmung: Er fühlte sich ebenso erschöpft wie Frazer, doch die Leiche auf dem Tisch verdrängte die Benommenheit aus ihm und ersetzte sie durch Sorge. Der widerwärtige Geruch erschien ihm ebenso unerträglich wie bei seinem ersten Besuch im Autopsielabor, aber er hörte aufmerksam zu, als der Lieutenant die Gemeinsamkeiten der beiden Spezies schilderte.

»Trotz der farblichen Unterschiede ähneln sich Knochenbau und Muskelstruktur. Dieses besondere Exemplar ist kleiner und weniger gut entwickelt als die blauhäutigen *Raben*. Ich weiß nicht, ob es sich dabei um ein typisches Merkmal für die grüne Gattung handelt oder eine individuelle Variation innerhalb derselben Spezies. Der gleiche Schnabel, die gleichen Klauen...«

»Und auch das gleiche Gift«, sagte Dyson. Sie sprach nun zum erstenmal. »Es wirkt fast sofort aufs Zentralnervensystem, lähmt alle motorischen Funktionen und blockiert die Schmerzrezeptoren. Ich bin noch immer damit beschäftigt, die genaue Kette der chemischen Reaktionen zu verifizieren.«

»Was ist mit einem Gegenmittel?« fragte Kirk.

Frazer deutete auf ein kleines Becherglas in der Nähe. Es enthielt rötliche Flüssigkeit. »Heute morgen habe ich eine vielversprechende Mischung synthetisiert. Wie wär's mit einem Test, Captain?« Er griff nach der Hand des Alien und hielt die Klauen an seinen bloßen Unterarm.

»Ich glaube, darauf sollten wir besser verzichten.«

Die Enttäuschung war dem Lieutenant deutlich anzusehen, aber schon wenige Sekunden später ließ sich sein lebhaftes Temperament von der speziellen Anatomie des fremden Wesens ablenken. »Außerdem enthält auch dieser Schädel zwei Gehirne.«

»Also stammen beide Spezies vom selben Planeten.«

Frazer wollte zustimmend nicken, überlegte es sich jedoch anders, als Spock die Schlußfolgerungen des Captains in Zweifel zog.

»Morphologische Ähnlichkeiten sind kein ausreichender Beweis für gemeinsamen Ursprung. Gleiche evolutionäre Bedingungen können zu einer parallelen Entwicklung führen. Da jedoch auch die Strukturen der grundlegenden Aminosäuren übereinstimmen, besteht tatsächlich eine hohe Wahrscheinlichkeit dafür, daß beide Gattungen von der gleichen Welt kommen.« Wenn Spock aufgrund des Aufenthalts im Autopsielabor physisches Unbehagen empfand, so ließ er sich nichts davon anmerken. Frazers Mangel an verbaler Präzision schien ihn weitaus mehr zu belasten. »Wie dem auch sei: Angesichts der umfassenden morphologischen Unterschiede halte ich es für angebracht, eine Klassifizierung in zwei Spezies vorzunehmen.«

Er gab dem jungen Xenobiologen ein Zeichen, und zusammen rollten sie den Leichnam zur Seite. Frazer zeigte auf einen großen, knollenartigen Sack am Nacken, dicht unterhalb des Kopfes.

»Wir wissen noch nicht, was es hiermit auf sich hat, aber wahrscheinlich steht dieses Etwas mit den Funktionen des Nervensystems in Zusammenhang. Einige Verbindungen führen in die linke Hirnkammer. Bei den *Raben* gibt es Hinweise auf ähnliche Organe, aber sie sind verkümmert.«

»Die Unterschiede könnten auf starken sexuellen Dimorphismus zurückzuführen sein«, vermutete Dyson.

»Möglich, aber unwahrscheinlich«, erwiderte Spock. »Bei der Zellenanalyse haben sich beträchtliche biochemische Differenzen ergeben.«

»Außerdem fehlen Anhaltspunkte für eine Unterteilung in zwei oder mehr Geschlechter«, fügte Frazer hinzu und deutete auf den gummiartigen grünen Körper. »Herz, Lunge, Magen — beide Spezies verfügen über solche Organe, aber bisher habe ich keinen Reproduktionstrakt gefunden.«

»Also kein vielversprechender Kandidat für asexuelle Fortpflanzung«, murmelte Dyson. »Ganz im Gegensatz zu den dummen Triefern.«

Frazers rote Wangen glühten. »He, passen Sie auf! Einige meiner besten Freunde sind Triefer.«

»Ich wollte niemanden beleidigen.«

»Außerdem kann man sie wohl kaum als dumm bezeichnen«, sagte Spock in einem neutralen Tonfall. »Zum Beispiel ist ihre Sprache so exakt strukturiert, daß sie die elementaren Konzepte der Vereinten Feldtheorie zum Ausdruck bringen.«

Kirk — er hatte nie einen Triefer kennengelernt — ließ sich seinen Ärger deutlich anmerken. »Derzeit sind mir andere Aliens völlig gleich!« sagte er scharf. »Ich möchte mehr über *dieses* fremde Wesen herausfinden, und zwar so schnell wie menschenmöglich.« Der Captain sah den Vulkanier an, und seine Stimme klang wieder normal. »Nichts für ungut, Mr. Spock.«

Der Vulkanier nickte kurz, und in seinen dunklen Augen funkelte es amüsiert. »Ich bin ganz Ihrer Meinung, Captain. Allerdings beabsichtige ich nicht, mich auf den gewöhnlichen Standard des menschlichen Leistungsvermögens zu beschränken.«

Dyson und Frazer wechselten einen verzweifelten Blick; offenbar neigte Spock dazu, die eigenen Maßstäbe auch bei seinen Untergebenen anzulegen, obgleich sie Menschen waren. Als Spock das Zeichen gab, bereiteten die Junior-Offiziere den Alien auf eine Sezierung vor, um weitere Gewebeproben für die Analyselaboratorien zu erhalten.

Der Gestank von Biostasis-Flüssigkeit folgte Kirk und Spock, und ein Teil davon blieb auch noch in der frischen Luft des Korridors an ihnen haften.

Der Captain atmete mehrmals tief durch, um den üblen Geruch aus seinen Lungen zu vertreiben. »Ich habe die Funkstille gebrochen.«

Spock wandte den Blick sofort von der Datentafel in seinen Händen ab, musterte Kirk und bemerkte die zusammengepreßten Lippen.

»Uhura bekam von mir den Befehl, der Wagner-Station eine kurze Kom-Mitteilung zu schicken und sich nach den Flugrouten aller registrierten Schiffe zu erkundigen. Vielleicht erfahren wir dadurch, woher unsere Gegner kamen.«

Spock nickte erneut. »Derartige Informationen sind tatsächlich das Risiko der Entdeckung wert.«

Diese Bemerkung des Ersten Offiziers verringerte Kirks

Unbehagen nicht. »Aber wenn die erhofften Angaben ausbleiben... Dann habe ich möglicherweise einen fatalen Angriff herausgefordert. Bisher kommt mir alles wie ein Glücksspiel vor, bei dem man sich keine Pechsträhne leisten kann.«

»Die dabei herrschenden Regeln lassen sich nicht ohne weiteres auf die objektive Realität übertragen.« Spock lehnte jedes Konzept ab, das auf Glück basierte. Nicht einmal der Umstand, daß Kirk häufig mit Erfolg dem Zufall vertraute, erschütterte seinen festen Glauben an die Gesetze der Wahrscheinlichkeit.

»Nun, es vergehen sicher einige Stunden, bis eine Antwort von Verwalterin Friel eintrifft«, sagte Kirk mit routinierter Ruhe. »Ich bin in meiner Kabine.«

Spock ging in die entgegengesetzte Richtung, verharrte jedoch, als er das Geräusch von Schritten vernahm. Er drehte sich um und sah den stellvertretenden Ersten Medo-Offizier. »Dr. Cortejo, ich habe Sie gebeten, an der Besprechung im Autopsielaboratorium teilzunehmen.«

»Ah, ja. Leider mußte ich mich um andere Dinge kümmern.« Der Arzt wandte sich ab und erstarrte, als er die kühle Antwort des Vulkaniers hörte.

»Vielleicht stellen sich Ihre neue Pflichten als zu große Belastung für Sie heraus.« Spocks Gesicht blieb eine steinerne Maske. »Wenn das der Fall ist, so kann ich dafür sorgen, daß Sie Ihren vorherigen Dienst fortsetzen.«

Cortejo schnitt eine grimmige Miene. »Meine Bemühungen gelten den Lebenden. Verfaulendes Fleisch interessiert mich nicht.«

»Ihre persönlichen Vorlieben sind irrelevant und außerdem falsch. Wenn wir den fremden Wesen nicht genügend Aufmerksamkeit schenken, verwandelt sich vielleicht die ganze Besatzung in ›verfaulendes Fleisch‹.« Spock drückte dem Arzt eine Datentafel in die Hände. »Aus diesem Grund bitte ich darum, die hier genannten Angehörigen der medizinischen Sektion dem Alien-Forschungsprojekt zuzuweisen.«

»Das ist ein Drittel meiner Abteilung!« entfuhr es Cortejo, als er die Liste las.

»Siebenundzwanzig Prozent, um ganz genau zu sein.«

»Aber...«

»Sie haben natürlich Recht, meine Anfrage zurückzuweisen«, sagte der Vulkanier eisig. Als der Doktor nicht antwortete, reichte er ihm einen elektronischen Stift.

Cortejo ignorierte ihn, holte den eigenen hervor, kritzelte seine Initialen auf die Tafel und gab sie dem wissenschaftlichen Offizier zurück. Seine Abscheu war weitaus offensichtlicher als Spocks Verachtung. Die beiden Männer trennten sich, ohne ein weiteres Wort zu verlieren.

Einige Sekunden später glitt das Schott des Autopsielabors beiseite, und wieder wehte der Gestank von Stasisflüssigkeit in den Korridor. Dyson spähte in den Gang und bemerkte Spock zwei Türen weiter vor der Forschungsbibliothek. Von Cortejo fehlte jede Spur. »Alles klar«, sagte die Neurologin zu Frazer. »Bis später.«

Sie war erst zehn Schritte weit gekommen, als McCoy hinter einer Ecke hervortrat. Er griff nach Dysons Ellenbogen und zog die junge Frau in eine Nische. »Wir sind zum Abendessen verabredet, erinnern Sie sich?«

Sie schüttelte den Kopf. »Tut mir leid, Len. Es wartet Arbeit auf mich.«

»Diana, Sie haben den ganzen Tag lang nichts gegessen«, protestierte McCoy.

Die Ärztin zuckte mit den Schultern. »Ich stecke bis zum Hals in Autopsieberichten. Spock läßt die Sektionen Wissenschaft und Medizin praktisch rund um die Uhr arbeiten.«

McCoy lächelte plötzlich. »Einen Augenblick. Sie gehören doch zu *meiner* Abteilung, nicht wahr? Als Erster Medo-Offizier könnte ich Ihnen die Anweisung geben...«

»Versuchen Sie bloß nicht, den Vorgesetzten herauszukehren«, mahnte Dyson. »Dr. Cortejo ist jetzt mein Chef.« Sie schmunzelte hintergründig. »Aber im Gegensatz zu Ihnen bringt er es nicht fertig, Spock die Stirn zu bieten.«

Sie biß sich auf die Lippe, blickte besorgt durch den Korridor und seufzte erleichtert — sie waren allein.

»Cortejo und Spock können sich nicht ausstehen«, erklärte Dyson fröhlich. »Der Vulkanier läßt keine Gelegenheit ungenutzt, dem Selbstbewußtsein Ihres Stellvertreters empfindliche Schläge zu versetzen.«

»Ja«, brummte McCoy. »Das habe ich eben gehört.« Er dachte an den kurzen Wortwechsel zwischen den beiden Senior-Offizieren. »Ich möchte auf keinen Fall Spocks Unwillen erregen.«

»Mir ergeht es ebenso«, betonte Dyson. »Und deshalb muß ich jetzt an die Arbeit zurück.«

McCoy schnaufte leise und ließ den Arm der jungen Frau los. »Zum Teufel mit den verdammten Aliens — sie ruinieren mein Privatleben. He, kann ich Ihnen vielleicht über die Schulter sehen, während Sie die Untersuchungen vornehmen?« fragte er sehnsüchtig. »Ich schreibe Notizen für Sie, wasche Petrischalen und dergleichen...«

»Nein«, erwiderte Dyson streng. »Ich brächte überhaupt nichts zustande, wenn ich Ihren Atem am Hals spüre.« Sie lachte über McCoys betont lüsternen Blick. »Verschwinden Sie jetzt!« Die Neurologin hielt nach einem Wandchronometer Ausschau, las die digitale Anzeige und erschrak. »Oh, Himmel! Spock dreht mich bestimmt durch die Mangel...«

»Schon gut, schon gut«, grummelte McCoy und gestand seine Niederlage ein. »Aufgeschoben ist nicht aufgehoben!« rief er Dyson nach, als sie zur Forschungssektion eilte. »Wir sehen uns später.« Und etwas leiser: »Wenn mir mein eigener Dienstplan Zeit genug läßt. Ich bin ja *so* beschäftigt...«

Einige Sekunden lang spielte er mit dem Gedanken, allein die Messe aufzusuchen, doch er verspürte plötzlich keinen Appetit mehr. In seiner eigenen Kabine fiel ihm die Decke auf den Kopf, und das Freizeitdeck bot ihm nur Einsamkeit. Aus reiner Angewohnheit beschloß Leonard, sein medizinisches Wissen zu erweitern.

Er ging durch den Korridor und warf einen vorsichtigen Blick in die Forschungsbibliothek. Spock saß am nächsten Schreibtisch und blickte konzentriert auf den Bildschirm eines Computerterminals. McCoy wollte den Ersten Offizier nicht stören und schlich auf leisen Sohlen ins Zimmer, doch das Gehör des Vulkaniers war weitaus besser, als er vermutet hatte. Er blieb stehen, als ihn zwei dunkle Augen ansahen.

»Bitte entschuldigen Sie, Sir. Ich wollte Sie nicht bei Ihrer Arbeit unterbrechen.«

»Das ist auch nicht der Fall. Ich habe der Fachliteratur alle notwendigen Daten entnommen.« Spock wölbte eine Braue und wandte sich wieder dem Monitor zu. »Die entsprechenden Texte stammen übrigens von Ihnen.«

»Wie bitte?«

»Der xenobiologische Index verwies mich auf einen Ihrer Artikel.«

»Auf *einen* meiner Artikel?« vergewisserte sich McCoy. »Wie viele habe ich geschrieben?«

Spock drückte einige Tasten und winkte den Arzt zum Bildschirm. Überrascht las McCoy seinen Namen: Er wiederholte sich auf der linken Seite des Monitors, und die Kolonne reichte über den ganzen Schirm. Die meisten Datumsangaben der Publikationen betrafen die letzten drei Jahre.

»Und all das stammt aus meiner Feder?« fragte er. »So viele Artikel habe ich während meiner Zeit an Bord dieses Schiffes veröffentlicht?«

»Dank der Starfleet-Ressourcen sind die Forschungslaboratorien der *Enterprise* mit moderneren Anlagen ausgestattet als die meisten zivilen Einrichtungen. Darüber hinaus besteht unsere Mission in erster Linie darin, neue Raumsektoren zu erforschen. Dabei bekamen wir es mit zahlreichen Phänomenen zu tun, die viele neue wissenschaftliche Erkenntnisse ermöglichten. Es ist nur logisch, von diesen Daten Gebrauch zu machen.«

McCoy betrachtete die vielen Titel. »Nun, das alles

wirkt recht beeindruckend, aber ich kann nicht sagen, ob jene Artikel den von ihnen beanspruchten elektronischen Speicherplatz wert sind.« Er zuckte gleichgültig mit den Schultern.

Spocks Gesichtsausdruck verhärtete sich ein wenig. »Ihre Arbeit ist die eines Profis: immer kompetent, häufig voller Inspirationen, gelegentlich brillant. Auf der Basis dieser Studien haben Sie einen ausgezeichneten Ruf als Arzt und Wissenschaftler erworben.«

»Danke, aber Sie sprechen nicht von *meiner* Arbeit. Ich bin ein unbedeutender Provinzler, der sich irgendwo auf dem Land eine schlichte Praxis wünscht. Jener Leonard McCoy, der diese Artikel schrieb...« — er deutete auf den Bildschirm — »...existiert nicht mehr. Vielleicht kehrt er nie zurück.«

»Bei Ihrer Spezies sind emotionale Reaktionen auf traumatische Erlebnisse durchaus verständlich.« Spock preßte die Fingerspitzen aneinander, als er über die menschlichen Schwächen nachdachte. »Allerdings sollten Sie sich davor hüten, Ihre Wahrnehmungen von den Emotionen zu sehr beeinträchtigen zu lassen. Ob sich die Lücken in Ihrem Gedächtnis schließen oder nicht: Tatsache bleibt, daß Sie Leonard McCoy sind. Sie haben diese Artikel verfaßt.«

»Ich erlaube mir, anderer Meinung zu sein.« Der Arzt verschluckte seine nächste Bemerkung und dachte an die Szene im Korridor. »Vielleicht sollte ich besser schweigen. Sonst laufe ich Gefahr, einem vorgesetzten Offizier zu widersprechen.«

Dieser Hinweis schien den Vulkanier zu überraschen. »Ich versichere Ihnen, daß derartige Überlegungen Ihrerseits nie auch nur den geringsten Einfluß auf unsere früheren Diskussionen ausübten.« Nach kurzem Zögern fügte er hinzu: »Ich habe den freien Austausch unserer Ideen immer zu schätzen gewußt.«

McCoy wirkte skeptisch, nahm jedoch auf der Schreibtischkante Platz und sagte: »Dann sind Sie vielleicht bereit, mich mit vulkanischer Objektivität anzuhören. Sie verbinden keine persönlichen Interessen mit dem Chefarzt dieses Schiffes.

Sie behaupten, ich sei der gleiche Leonard McCoy, der sich vor über zwanzig Jahren für den Starfleet-Dienst entschied.« Er klopfte sich auf die Brust.

»Nun, dieser Körper gehört zweifellos einem alten Mann. Er ist in keinem schlechten Zustand, aber er fühlt sich steif und träge an. Doch Identität geht übers Körperliche hinaus. Das individuelle Selbst wird vor allen Dingen von der Persönlichkeit bestimmt, und die Persönlichkeit wiederum besteht aus Erinnerungen und Erfahrungen. Stimmen Sie mir da zu, Mr. Spock?«

Der Erste Offizier nickte stumm.

»Nun, daraus folgt: Mein Körper hat eine achtundvierzig Jahre dauernde Existenz hinter sich, doch mein Bewußtsein ist gewissermaßen entgleist. Als ich an Bord der *Enterprise* zu mir kam, hatte ich die Persönlichkeit eines jungen Mannes, der innerhalb von fünfundzwanzig Jahren zu ›Pille‹ McCoy werden sollte, doch schon wenige Sekunden nach dem Erwachen begann ich damit, völlig andere Erfahrungen zu sammeln. Wir teilen eine gemeinsame Vergangenheit, aber mir fehlen die Ereignisse, die seinen endgültigen Charakter formten. Ich entwickle mich zu einer völlig anderen Person.«

»Logisch argumentiert.« Spock lehnte sich im Sessel zurück und verschränkte die Arme. »Aber was geschieht, wenn die verlorenen Erinnerungen — Ihre alte Persönlichkeit — zurückkehren?«

»Wenn?« wiederholte der Arzt herausfordernd. »Sie meinen ›falls‹, nicht wahr?« Er sprang auf und wanderte unruhig umher.

»Dr. Dyson glaubt, meine Gedächtnislücken schlössen sich ganz langsam. Ihrer Ansicht nach wird die psychische Rekonvaleszenz von einzelnen Erinnerungsfragmenten eingeleitet, bis die beiden verschiedenen Persönlichkeiten schließlich zu einer verschmelzen.« Die Falten in Leonards Stirn vertieften sich.

»Aber in manchen Fällen hört die Amnesie schlagartig auf, und dann geht die dazwischenliegende Zeit verloren.«

»Eine Möglichkeit, die Sie beunruhigt«, stellte Spock fest.

McCoy klappte verblüfft den Mund zu und nickte langsam. »Sie bedeutet *meinen* Tod.«

»Doch wenn die Erinnerungen für immer verloren bleiben, so stirbt der... andere Dr. McCoy.«

»Perfekter Mord, Mr. Holmes«, kommentierte Leonard mit einem humorlosen Lachen. »Keine Leiche, die man verschwinden lassen muß, nur ein körperloses Ich, das niemanden interessiert.«

Beide Brauen des Vulkaniers kamen nach oben. »Da irren Sie sich. Dr. McCoy genießt den uneingeschränkten Respekt der Besatzung. Und Captain Kirk vermißt ihn sehr.«

»Ihr Captain hat also einen Saufkumpan verloren.« Der Arzt schnaufte abfällig. »Wenn man genau darüber nachdenkt, so ist es ein geringer Preis dafür, mein Leben wieder in Ordnung zu bringen. Eigentlich habe ich Glück. Fünfundzwanzig Jahre voller Fehler sind von meinem Gewissen genommen.«

»Aber man lernt daraus — Sie haben auch Reife und Weisheit verloren.«

Eine ungewöhnliche Intensität erklang in Spocks Stimme. »Sie müssen damit rechnen, die alten Fehler zu wiederholen.«

McCoy schüttelte den Kopf. »Diesmal nicht«, beharrte er.

»Nein, diesmal führe ich ein glückliches und erfülltes Leben. Derartige menschliche Bestrebungen spielen sicher keine Rolle für Sie, aber ich glaube, ›Pille‹ McCoy haben sie viel bedeutet. Zumindest genug, um einfach abzuschalten.«

»Was meinen Sie damit?« fragte Spock.

»Dies alles.« Leonard vollführte eine Geste, die der ganzen *Enterprise* galt. »Wir haben den Auslöser für seine Amnesie gefunden, aber er brachte die Erinnerungen nicht zurück. Die einzige Erklärung dafür lautet: Er *wollte* in die Vergangenheit fliehen.«

Der Arzt streckte die Hand aus und desaktivierte das Computerterminal. »Ich glaube, Pille ist tot.«

KAPITEL 16

»Die Wagner-Station meldet keine Autorisierungen für lokale militärische oder Starfleet-Trägerschiffe in diesem Raumsektor.« Spock stand in der Kabine des Captains und sprach mit der für ihn typischen Gelassenheit.

»Verdammt.« Kirk ballte die Faust um einen weißen Turm. Die Schachpartie hatte vor einigen Wochen begonnen und ruhte seit dem Angriff der *Raben.* Manchmal fragte er sich deprimiert, ob sie jemals beendet werden konnte.

Der Erste Offizier trat an den Tisch heran und betrachtete die kunstvoll geschnitzten Figuren auf den kristallenen Spielebenen. »Tennet Fünf-Jäger haben eine nur kurze Reichweite und sind nicht imstande, aus eigener Kraft große Strecken zurückzulegen.«

»Woraus wir den Schluß ziehen können: ob Autorisierung oder nicht — wahrscheinlich befindet sich ein Subwarp-Träger in der Nähe. Das geheimnisvolle Objekt, das kurz von den Fernbereichssensoren erfaßt wurde...« Kirk setzte den Turm auf eine andere Ebene und schlug damit einen Springer. »Außerdem habe ich der Besatzung des Trägerschiffes mit meiner Kom-Anfrage verraten, daß wir dem Angriff nicht zum Opfer gefallen sind.« Er überließ das Schachspiel dem Vulkanier, ging ins Schlafzimmer, setzte sich auf die Bettkante und zog einen Stiefel vom Fuß.

Spock beobachtete den schwarzen Läufer, der nun in Gefahr geraten war. »Die maximale Flugautonomie der Jäger ist etwas größer als die Reichweite unserer voll einsatzfähigen Sensoren, aber leider steht uns nicht ihr ganzes Leistungspotential zur Verfügung. Was zusammen mit der reduzierten Geschwindigkeit bedeutet, daß es dem Träger nicht besonders schwer fiele, unserer Aufmerksamkeit zu entgehen.«

»Ich *hoffe*, daß er uns fernbleibt, Spock.« Kirk befreite sich auch von dem anderen Stiefel, stand auf und streifte den Uniformpulli ab. »Unter den gegenwärtigen Umständen fürchte ich nicht etwa, daß wir ihn verlieren. Die Vorstellung, daß wir vielleicht zu ihm aufholen, macht mir weitaus mehr Sorgen.«

Der Erste Offizier dachte über diese Bemerkung nach. »Phaserkanonen, dreifach gestaffelte Deflektoren, Photonenminen...«

»Mit Warpkapazität wären wir überhaupt nicht in Gefahr«, sagte Kirk und trat nackt unter die Ultraschalldusche.

»Aber solange wir nur mit Impulsgeschwindigkeit fliegen, befinden wir uns in einer schwierigen Lage.« Spock schätzte die Vor- und Nachteile der beiden Seiten so gegeneinander ab, als handele es sich um eine andere Schachpartie.

»Mit unseren Phasern könnten wir die Deflektoren kaum durchdringen, und unsere eigenen Schilde halten nur *einem* direkten Treffer stand. Der *Schwert* erginge es kaum anders. Selbst eine gemeinsame Verteidigung böte keine Garantie für unser Überleben.«

»Und die Aliens scheinen entschlossen zu sein, uns ins Jenseits zu schicken!« rief Kirk aus der Hygienezelle.

»In der Tat.« Spocks Finger berührten den Läufer, veränderten seine Position jedoch nicht. Erneut betrachtete er die Konstellation und zog seine Hand zurück.

Kirk kam wieder in den Aufenthaltsraum.

»Es ist kühl hier drin«, klagte er und entfaltete eine frische Uniform.

»Ja«, bestätigte der Vulkanier. »Mr. Scott erwägt, die Temperatur um weitere fünf Grad zu senken – er will Energie sparen.«

»Vielleicht sollten wir unser Gespräch in Ihrer Kabine

fortsetzen. Ich verspreche Ihnen, mich nicht über die Hitze zu beschweren.«

»Aus Rücksicht auf unsere geschrumpften energetischen Reserven habe ich die Temperatur in meinem Quartier drastisch herabgesetzt«, erklärte Spock. »Das Versorgungsdepot hat mir Thermodecken geliefert — eine primitive, aber durchaus wirkungsvolle Methode, um die Körperwärme zu erhalten.«

Kirk lächelte voller Mitgefühl und konzentrierte sich sofort wieder auf die Lage der *Enterprise*. »Ich muß wissen, woher die Jäger kamen.«

»Sie stammen eindeutig von der Föderation. Das Tennet Fünf-Modell wird normalerweise für die planetare Verteidigung der Randwelten eingesetzt, und strenge Sicherheitsmaßnahmen sorgen dafür, daß sie nur an Föderationsplaneten verkauft werden.«

»Dem Schwarzmarkt für militärische Ausrüstungsgegenstände mangelt es nie an Nachschub«, meinte Kirk. Er setzte sich und zog die Stiefel an.

»Tennet Fünf-Jäger werden schon seit vielen Jahren gebaut — lange genug, um einige Exemplare so oft zu verkaufen, daß die Kontrollbehörden der Föderation die Übersicht verlieren. Darüber hinaus können Lieferscheine leicht gefälscht werden. Ich frage mich in erster Linie, aus welcher Richtung sie kamen. Unsere Gegner benutzten keine der üblichen Transferrouten, denn sonst wären sie von den Sensoren der Wagner-Station erfaßt worden — oder die Basis hätte eine entsprechende Meldung von den nächsten Außenposten der Föderation erhalten.« Er erhob sich und stampfte mehrmals mit dem Fuß auf. »Also bleiben nur klingonisches Territorium oder unerforschte Raumsektoren.«

Spock hob eine Braue. »In jedem Fall ein sehr unwahrscheinlicher Ursprung für einen Subwarp-Träger.«

»Bei dieser Sache scheint nichts einen Sinn zu ergeben«, sagte Kirk müde.

»Aliens, die plötzlich aus dem Nichts erscheinen. Klingonen und Frenni, die ebenso plötzlich verschwinden.« Er schlug sich mit der Faust auf die offene Hand. »Immer wieder nehmen wir uns die Details vor, ohne ein einheitliches Bild daraus formen zu können. Irgendwo verbirgt sich ein fehlendes Element.« Er sah den Ersten Offizier an. »Offenbar kommen wir nicht einmal mit Logik weiter.«

Spock reagierte auf die Enttäuschung des Captains, indem er stumm den Kopf neigte.

Kirk marschierte nervös durch Aufenthaltsraum und Büro – die kurze Ultraschalldusche hatte die Anspannung nicht aus ihm vertrieben.

»Verdammt, es muß doch eine Erklärung für die Angriffe geben. Ich will endlich wissen, gegen wen wir kämpfen, und warum. Ohne derartige Informationen kann ich das Schiff und seine Besatzung nicht richtig vertei...« Er unterbrach sich, als er leises Klirren hörte, gefolgt von Gluckern.

»Ich glaube, dies ist der von Ihnen bevorzugte Drink, Captain.« Spock reichte ihm ein mit dunklem Brandy gefülltes Glas.

»He, Pille!« Kirk lachte erstaunt. »Dir sind spitze Ohren gewachsen.«

Spock erlaubte sich kein Lächeln.

»Haben Sie in der letzten Zeit mit Dr. McCoy gesprochen?« fragte er.

Kirk runzelte die Stirn und trank einen Schluck, bevor er antwortete: »Nein. Nicht seit dem letzten Angriff.« Widerstrebend gab er zu: »Offenbar haben wir uns kaum etwas zu sagen.«

»Interessant«, entgegnete der Vulkanier in einem neutralen Tonfall.

»Ich hingegen habe gerade eine höchst faszinierende Diskussion mit dem Doktor geführt. Wir unterhielten uns über diskontinuierliche Persönlichkeitsentwicklungen in einer kontinuierlichen physischen Entität.«

Kirk starrte den Ersten Offizier groß an. »Ich verstehe kein Wort.«

»Dr. McCoy kann Ihnen die Einzelheiten erklären«, erwiderte Spock. »Sie sollten ihn so bald wie möglich darauf ansprechen.«

»Aber...«

»Bitte entschuldigen Sie mich jetzt«, fügte Spock förmlich hinzu.

»In zwei Minuten erwartet man mich auf der Brücke.« Er verließ die Kabine ohne einen weiteren Kommentar, und ein verwunderter Kirk blieb zurück.

McCoys Quartier hatte sich verändert. Kirk spürte den Unterschied sofort, als er eintrat. Er betrachtete kahle Wände, an denen nun keine Kunstgegenstände mehr hingen. Die medizinischen Bücher und Datenbänder waren sorgfältig sortiert, standen in den Regalen und beanspruchten dort den Platz von Leonards persönlichen Objekten. Der Captain wanderte zum rückwärtigen Teil der Kabine.

McCoy lag im Bett und setzte sich nun auf — er wirkte noch immer schläfrig, obwohl er gerade mit einer verbalen Anweisung das elektronische Schloß der Tür entriegelt hatte.

»Es tut mir leid. Ich wollte Sie nicht wecken.«

»Dafür bin ich Ihnen sogar dankbar. Ich hatte einen seltsamen Alptraum...«

McCoy rieb sich den Schlaf aus den Augen und sah zum Captain auf. »Lassen Sie mich raten — Spock schickt Sie.«

»Nicht unbedingt.« In einer Ecke des Schlafraums bemerkte Kirk einen Haufen aus steinernen und hölzernen Gegenständen.

»Er erwähnte nur eine ›faszinierende‹ Diskussion zwischen Ihnen beiden.«

»Und deshalb sind Sie hier?« McCoy streckte sich und schwang die Beine aus dem Bett.

Er trug die Hose eines normalen Starfleet-Schlafanzugs, doch der leichte Pulli darüber stammte noch aus seiner zivilen Zeit. Mit der rechten Hand tastete er nach den Stiefeln.

»Er macht sich Sorgen um Sie.« Kirk zweifelte nicht daran, daß der Erste Offizier mit seinem knappen Hinweis Beunruhigung in bezug auf McCoys Wohlergehen zum Ausdruck gebracht hatte.

»Sorgen?« wiederholte Leonard. »Soll das ein Witz sein? Er ist Vulkanier.«

»Und zur Hälfte Mensch.« Kirk sprach nun etwas laut aus, das seine beiden Freunde nicht einmal sich selbst eingestanden.

»Jene menschliche Hälfte mag Sie sehr, obgleich der Vulkanier das immer abstreiten würde.«

»Ich nehme an, das ist ein Kompliment für ›Pille‹ McCoy«, brummte der Arzt, als er aufstand. »Ich kann damit nichts anfangen.«

Kirk ließ seinen Blick einmal mehr durch die veränderte Kabine schweifen, und daraufhin verstand er Spocks Unbehagen besser. Er schlenderte zu dem Haufen aus beiseite gelegten Artefakten und griff nach einem steinernen Kopf.

»Ein Geschenk vom Hohen Tehr Akaar von Capella IV. Sie haben einige Monate bei seinem Volk verbracht. Der gegenwärtige Tehr heißt ›Leonard James Akaar‹ — er verwendet sowohl Ihren als auch meinen Vornamen, um uns zu ehren. Sie halfen bei der Entbindung, bewahrten dabei sowohl ihn als auch seine Mutter vor dem Tod.« Er bot die Statue McCoy an, aber als der Arzt sie nicht entgegennahm, legte Kirk den Kopf an seinen ursprünglichen Platz in einem hohen Regal.

Dann streckte er die Hand nach einem kleinen Stein aus. »Als Souvenir taugt dieses Ding nicht viel, doch Vulkan gibt sich ohnehin kaum Mühe, den Tourismus zu fördern.«

Er hielt den mattroten Stein ins Licht. »Sie haben mir auf Vulkan das Leben gerettet — und dies nicht zum erstenmal.« Kirk warf den Stein.

McCoy handelte aus einem Reflex heraus und fing ihn auf, bevor er zu Boden fallen konnte. Sofort warf er ihn zurück.

»Hören Sie, Captain, ich habe nicht um die Amnesie gebeten.« Leonard tippte sich an die Schläfe. »›Pille‹ traf die Entscheidung, Sie zu verlassen, und allem Anschein nach will er für immer fortbleiben.«

»Das glaube ich nicht.« Kirk schüttelte den Kopf. »Ich kenne Sie, McCoy...« Wieder bereitete ihm das ›Sie‹ erhebliche Schwierigkeiten.

»Dann erklären Sie mir bitte, warum ich beschloß, Sie und das Schiff zu vergessen«, verlangte der Arzt herausfordernd.

Kirk zuckte hilflos mit den Achseln. »Keine Ahnung.« Er musterte den vor ihm stehenden Mann und sah ein vertrautes Gesicht, das nun einem Fremden gehörte. »Früher oder später fällt Ihnen wieder alles ein. Sie bleiben nicht fort.«

»Hier gibt es keinen Platz für mich«, sagte McCoy fest. »*Ich* kehre in meine Heimat zurück, und die heißt Georgia...«

»Verdammt, McCoy, Sie können weder Starfleet noch die *Enterprise* verlassen.« *Du darfst mich nicht verlassen.*

Leonard schob verärgert das Kinn vor. »Captain, sobald wir eine Starbase erreichen, sehen Sie mich nie wieder.«

Das heulen der Sirenen hinderte Kirk an einer Antwort. Rotes Licht pulsierte, und Uhuras Stimme drang aus den Kom-Lautsprechern. »Alarmstufe Rot, Alarmstufe Rot. Captain Kirk zur Brücke.«

McCoy hob erstaunt den Kopf. »Schon wieder? Haben Sie das nicht langsam satt?«

»Und ob«, erwiderte Kirk bitter und lief los.

Das Bild auf dem großen Wandschirm wirkte trügerisch friedlich, doch die Fernbereichssensoren hatten ein Objekt geortet, das sich für die visuelle Erfassung noch immer irgendwo in der Weite des Alls verbarg.

»Ein fremdes Raumschiff«, sagte Spock und überließ Kirk den Kommandosessel. Er blieb neben dem Befehlsstand stehen, als Jim Platz nahm.

Der Captain ärgerte sich noch immer darüber, daß er auch diesmal nicht auf der Brücke gewesen war, als die Alarmstufe Rot begann.

»Der Tennet Fünf-Träger?«

»Möglich«, antwortete Spock. »Das Schiff befindet sich am äußeren Rand unserer Sensorreichweite und fliegt mit der Geschwindigkeit eines Subwarp-Trägers. Die Masse entspricht ebenfalls der zu erwartenden Konfiguration. Visueller Kontakt in zwanzig Minuten. Kurskonvergenz in einer Stunde und zwölf Minuten.«

»Und wir können dem Ding nicht entkommen.« Scotty wandte sich von der technischen Station ab. »Unsere Energiereserven sind viel zu gering.«

»Also kämpfen wir.« Kirk sah die Reaktionen der beiden Offiziere und seufzte. »Irgendwelche Vorschläge dafür, wie wir den Sieg erringen sollen?«

»Uns stehen die zusätzlichen Ressourcen der *Schwert* zur Verfügung.«

Spock blickte nicht zum Wandschirm, um nach dem Kriegsschiff Ausschau zu halten: Wenige Sekunden nach dem Alarm hatte der Schlachtkreuzer die Tarnvorrichtung aktiviert.

»Aye«, pflichtete Scotty dem Vulkanier bei. »Und mit einem dritten Schiff wären wir vielleicht imstande, etwas gegen den Träger auszurichten.«

»Wenn wir bei einem fairen Kampf keine Chance haben, müssen wir es mit einem Trick versuchen.« Kirk lächelte breit. »Wir lassen unsere Gegner ihre eigene Medizin kosten.

»Was planen Sie?« erkundigte sich der Chefingenieur.

Der Captain beugte sich vor und betrachtete die Darstellungen des Projektionsfelds, doch vor seinem inneren Auge ließ er vergangene Ereignisse Revue passieren. »Die *Raben* im Frenni-Schiff griffen uns nicht sofort an, als wir die Schilde senkten. Statt dessen warteten sie — bis wir eine Falle argwöhnten und die Shuttles zurückbeorderten. Was wäre geschehen, wenn wir keinen Verdacht geschöpft hätten?«

Kirk beantwortete die Frage selbst. »Vermutlich beabsichtigten sie, die Raumfähren zu übernehmen und damit an Bord der *Enterprise* zu gelangen. Mit anderen Worten: Sie wollten unser Schiff nicht vernichten, sondern es unter ihre Kontrolle bringen. Nun, vielleicht verzichtet die Besatzung des Trägers auf einen Angriff — wenn sie glaubt, uns entern zu können.«

Diese Vorstellung entsetzte Scotty, aber Spock schien nicht überrascht zu sein. Er kannte den Captain so gut, daß er seine Gedanken erriet.

»Und um an Bord zu kommen, müßten die *Raben* ihre Schilde senken.«

»Aye, das stimmt!« Die Miene des Chefingenieurs erhellte sich, und er grinste ebenfalls.

Spock sprach keine Anerkennung aus, sondern schlüpfte in die Rolle des Advocatus Diaboli. »Wenn die Crew der Tennet Fünf-Jäger nur aus Individuen der zweiten fremden Spezies bestand, so könnten ihre Motive ganz anders beschaffen sein.«

Kirk kaute am Fingernagel des Daumens und überlegte. Nach einigen Sekunden schüttelte er den Kopf. »Nein, ich glaube nicht.« Er sah zu dem Vulkanier auf. »Ich habe keinen Beweis für diese Annahme, aber ich bin sicher, die beiden *Raben*-Gattungen verfolgen das gleiche Ziel. Ein weiteres Glücksspiel, Mr. Spock.«

»Dann hoffe ich, daß wir die benötigten Trümpfe bekommen«, sagte Scotty.

»Oder eine Sieben würfeln, Mr. Scott.« Spock wölbte eine Braue, als er die Verwirrung des Chefingenieurs bemerkte. »Wenn Sie mir gestatten, das Würfelspiel als Metapher zu benutzen.«

»Auf das Spiel selbst kommt es nicht an — nur auf den Faktor Glück.«

»Mayday, Mayday. Hier ist die USS *Enterprise*. Wir brauchen dringend Hilfe.« Uhura wiederholte den Notruf immer wieder, und die Furcht in ihrer Stimme erforderte keine besonderen schauspielerischen Fähigkeiten.

Kirk lauschte dem statischen Knistern, das aus den Lautsprechern drang, und sein Blick galt dem roten, torpedoförmigen Träger, der wie ein großer Blutfleck auf dem Wandschirm wirkte.

Wenn die Fremden nicht bald antworteten, nahmen sie den Köder, ohne daß die Falle zuschnappen könnte. Die im Raum treibende *Enterprise* war tatsächlich wehrlos. Das abgeschaltete Impulstriebwerk ließ Waffensysteme und Deflektoren ohne Energie.

»Die Rumpfembleme entsprechen den Zeichen einer orionischen Söldnergruppe«, flüsterte Spock.

»Noch mehr Verbündete?« Schweißperlen glänzten auf Kirks Stirn. Die Neutralität der Orioner basierte nicht auf gutem Willen, sondern auf egoistischen Interessen.

Der Vulkanier zuckte mit den Schultern. »Oder weitere Opfer der Bündnisse zwischen *Raben* und Klingonen.«

»Eins steht fest: Dies ist der Tennet Fünf-Träger«, sagte Scott. »Sehen Sie sich die leeren Jäger-Rampen an.«

Das statische Rauschen wich anderen Geräuschen, und Uhura unterbrach den Notruf. Sofort justierte sie die Frequenz. »*Enterprise*, hier spricht Aeloran, Captain der *Sonnensturm*. Wir empfangen Sie.«

Die Stimme sprach Federation Basic mit einem starken orionischen Akzent.

Kirk winkte, woraufhin die Brückenoffiziere jubelten. Dann sagte er laut: »*Sonnensturm*, hier ist Captain Kirk. Wir freuen uns sehr, Sie zu sehen!« Er verließ den Befehlsstand, um seine Anspannung durch Bewegung zu verringern. Gleichzeitig achtete er darauf, erschöpft und erleichtert zu klingen.

»Was ist geschehen, Captain Kirk? Ihr Schiff scheint ein Wrack zu sein.«

Noch nicht ganz, dachte Jim. *Aber wenn diese Sache*

schiefgeht, sind wir erledigt. »Klingonen griffen mit einer Flotte aus kleinen Kampfschiffen an, die vermutlich aus dem Belennii-System kamen. Wir haben sie zerstört, aber vorher hätten sie uns fast erwischt. Unsere Triebwerke sind nicht mehr funktionsfähig, und uns fehlt Energie für Waffen und Schilde.« Kirk deutete über die dunkle Brücke, um den Zustand der *Enterprise* zu demonstrieren. »Unser Lebenserhaltungssystem ist völlig von den Batterien abhängig.«

»Wie können wir Ihnen helfen?« erkundigte sich die körperlose Stimme.

Kirk lachte. »Diese Frage wird Ihnen gleich leid tun. Ich habe hier eine endlose Liste der Ersatzteile und Versorgungsmaterialien, die wir brauchen, um den Flug zum nächsten Raumdock fortzusetzen. Als Bezahlung kann ich Ihnen nur einen Starfleet-Kreditbrief anbieten.«

»Einverstanden«, erwiderte der orionische Kommandant zufrieden. »Der Föderationskredit ist Gold wert.«

Kirk zögerte.

Die Stimme klang echt genug, um dort Zweifel zu säen, wo bisher Gewißheit gewesen war. *Der gleiche Zweifel hat meine Reaktion auf den falschen Frenni-Händler um fatale Sekunden verzögert,* dachte er.

»Uhura?«

Der weibliche Kommunikationsoffizier unterbrach die Schiff-zu-Schiff-Verbindung. »Die angeblichen Orioner empfangen unsere visuellen Signale, haben jedoch nur einen akustischen Kanal geöffnet.«

Wie bei der *Selessan*. Ein weiteres Zeichen dafür, daß die Besatzung der *Sonnensturm* aus *Raben* bestand, aber noch kein eindeutiger Beweis.

Als Kirk den Daumen hob, stellte Uhura einen neuerlichen Kontakt mit dem Trägerschiff her.

»Ich habe gelogen«, teilte Kirk dem Kommandanten der *Sonnensturm* mit. »Es befindet sich doch etwas an Bord der *Enterprise,* das Sie interessieren könnte: saurianischer Brandy. Wenn Sie sich an Bord beamen, genehmigen wir uns eine Flasche, während ich Ihnen unsere Situation erkläre.«

»Ein so gutes Angebot habe ich nicht mehr gehört, seit ich meine Heimat verließ!« tönte es aus dem Lautsprecher. »Geben Sie mir Ihre Koordinaten — ich bin gleich bei Ihnen.« Kurze Stille folgte, und dann fügte Aeloran hinzu: »Wenn Sie gestatten, bringe ich einige meiner Besatzungsmitglieder mit.«

»Einverstanden«, sagte Kirk. »Wir erwarten Sie.«

Uhura schloß den Kom-Kanal.

»Gefechtsstationen besetzen.« Kirks sanfter Tonfall stand in einem auffallenden Kontrast zum Ernst der Worte. »Spock, nehmen Sie eine umfassende Sensorsondierung vor, sobald der Träger die Schilde senkt.«

Der Erste Offizier wandte sich kurz von den Konsolen der wissenschaftlichen Station ab.

»Wenn die Crew des anderen Schiffes unsere Scanner-Aktivität bemerkt, Captain...«

»Dann wittert sie die Falle und zerstört die *Enterprise*«, beendete Kirk den Satz. Er nickte ernst. »Uhura, senden Sie die Transporterkoordinaten und stellen Sie anschließend eine Verbindung zur *Schwert* her.«

»Aye, Sir.« Sie kam der Aufforderung ohne zu zögern nach.

Scotty sah auf einige Instrumentenanzeigen. »Das Trägerschiff senkt die Schilde.«

Stille herrschte auf der Brücke. Die einzigen Geräusche stammten von den Computern der wissenschaftlichen Station. Die Hände des Vulkaniers bewegten sich mit sicherem Geschick — und *sehr* schnell.

Scotty hob besorgt den Kopf. »Der Transporterraum meldet Aktivierung der Transferfelder. Captain, wenn es den Fremden gelingt, sich an Bord zu beamen...«

Kirk hielt den Blick auf Spock gerichtet, während immer mehr kritische Sekunden verstrichen.

Dann formulierte der Vulkanier jenes eine Wort, auf das Jim gewartet hatte: »*Raben.*«

»Jetzt, Sulu!« rief der Captain.

Die *Schwert* materialisierte plötzlich direkt vor der *Enterprise* und schirmte sie mit ihren eigenen Deflektoren vor der *Sonnensturm* ab. Der klingonische Schlachtkreuzer eröffnete das Feuer aus den Phasern — mehrere Strahlen bohrten sich durch die Außenhülle des Trägerschiffes und kochten bis zum Impulstriebwerk.

Wenige Sekunden später existierte die *Sonnensturm* nicht mehr.

KAPITEL 17

»Die Sensoren stellen keine organischen Reste fest, Captain.«

Kirk starrte an dem Vulkanier vorbei und beobachtete die Anzeigen der wissenschaftlichen Station. Ihre Farben bestätigten den verbalen Bericht. »Wiederholen Sie die Sondierung, Mr. Spock.«

Der Erste Offizier zögerte nur für einen Sekundenbruchteil und verriet damit verschiedene Überlegungen. Eine neuerliche Ortung erübrigte sich und vergeudete nur wertvolle Energie. Logik verlangte, daß er den Captain auf diese Tatsache hinwies, doch Spock wußte aus Erfahrung, daß Kirk derzeit nicht in der richtigen Stimmung war, um auf Logik zu hören. Stumm aktivierte er die Sensoren und Scanner.

Jim überließ den Vulkanier seiner Arbeit und kehrte zum Befehlsstand zurück. Steuermann und Navigator warteten ungeduldig an ihren Pulten, bereit dazu, die *Enterprise* wieder auf ihren ursprünglichen Kurs zu bringen. Uhura saß nach wie vor an der Kommunikationsstation und horchte konzentriert nach Kom-Signalen — sie hatte gar nicht bemerkt, daß Spock mit einer zweiten Sensorerfassung begann.

Der Wandschirm zeigte leeren, friedlichen Weltraum. Von der *Sonnensturm* war nichts übriggeblieben; die Explosion des Impulstriebwerks hatte das Schiff in seine Atome zerrissen. Und auch die *Raben*. *Was bedeutet, daß wir der Lösung des Rätsels nicht näher sind als nach dem ersten Angriff*, fuhr es Kirk durch den Sinn. Durch seinen eigenen Befehl hatte er alle Möglichkeiten verloren, mehr herauszufinden.

Der Computer summte und piepte einen elektronischen Bericht. Kirk wartete gespannt auf die Übersetzung.

»Negativ, Captain. Keine organischen Reste.«

»Nun gut, Mr. Spock.« Jims Stimme klang jetzt ebenso ruhig wie die des Vulkaniers. »Steuermann und Navigation — Vorbereitung auf Impulskraft.«

»Aye, aye, Captain.«

DePaul und Benus beugten sich ein wenig vor, und ihre Hände schwebten dicht über den Kontrollen. Während Kirk auf die Ergebnisse der beiden Sensorsondierungen wartete, hatten sie den Kurs zur Wagner-Station mehrmals berechnet und programmiert.

Uhura nahm Sulus Meldungen entgegen. »Die *Schwert* hält sich in Bereitschaft.«

Kirk hörte die Statusangaben der anderen Brückenoffiziere. Das Warten belastete sie alle; jeder von ihnen wollte den Flug so schnell wie möglich fortsetzen. »Volle Impulskraft.«

Tasten klickten, und die *Enterprise* setzte sich wieder in Bewegung.

Kirk fröstelte. *Es ist zu kalt.* Aber er schauderte nicht nur aufgrund der niedrigen Temperatur. »Fernbereichssensoren, Spock?«

»Negativ. Keine Anzeichen für Aktivität in diesem Sektor.«

»Was ein Kommunikations-Scan bestätigt«, fügte Uhura hinzu.

»Hoffen wir, daß es so bleibt«, sagte Kirk müde. »Wir brauchen noch einige Tage, um die Handelsstation zu erreichen.«

Hoffentlich ereignislose Tage, dachte er. Zeit genug für eine Zeremonie, die sich nicht länger hinausschieben ließ. Er stand auf. »Mr. Spock, wir treffen uns in einer Stunde in meinem Quartier.«

Kirk verbrachte die sechzig Minuten damit, sich den Inhalt einer kleinen Ledertasche anzusehen. Wer das Kommando über ein Starfleet-Schiff führte, nahm eine sehr anspruchsvolle Aufgabe wahr — und manchmal stand dabei viel auf dem Spiel. Jede Mission erforderte Entscheidungen, die das Leben der Besatzungsmitglieder und vieler anderer Personen beeinflußten. Meistens wußte Kirk, auf welche Maßnahmen es ankam, um bestimmte Probleme zu lösen, aber manchmal blieb ihm nichts anderes übrig, als intuitiv zu handeln. Wenn er dadurch einen Erfolg erzielte, bekam er eine Medaille.

Er hatte viele Medaillen, doch er sah in ihnen keine Zeichen von errungenem Ruhm; statt dessen erinnerten sie ihn daran, in kritischen Situationen die richtige Wahl getroffen zu haben. Wie viele Risiken und Gefahren warteten noch auf ihn, bevor er einmal eine falsche Entscheidung traf?

Beim Rettungseinsatz zugunsten der *Selessan* hatte sein Zögern dazu geführt, daß die *Enterprise* stark beschädigt wurde. Trotzdem riskierte Kirk sein Schiff noch einmal, als sich die *Sonnensturm* näherte. Wenn die Sensorsondierung länger gedauert hätte oder von den *Raben* entdeckt worden wäre... Jim stellte sich Phaserstrahlen vor, die eine völlig ungeschützte *Enterprise* trafen und sie vernichteten.

Ein dumpfes Pfeifen drang aus allen Interkom-Lautsprechern an Bord des Starfleet-Schiffes — wie ein Klagegesang, den niemand überhören konnte. Die Gedanken des Captains kehrten aus der Vergangenheit zurück. Mit einem Ruck schloß er die Ledertasche und legte sie in das Wandfach.

Kurz darauf schob sich eine Metallplatte vor die Öffnung und verwehrte Kirk den Blick auf die Tasche — trotzdem blieb die Ungewißheit. Er versuchte, sie zu verdrängen, dachte an die bevorstehende Pflicht und zog sich um. Als der Türmelder summte, war er fertig.

Spock kam mit jener förmlichen Würde, die er immer zeigte, wenn er den Captain in seinem privaten Quartier besuchte. Er war längst darüber hinaus, sich selbst als

Störfaktor in Kirks Kabine wahrzunehmen, aber es gelang ihm dennoch, den Eindruck eines subtilen vulkanischen Rituals zu vermitteln, wenn er über die Schwelle trat. Seine blaue Paradeuniform verstärkte nun die Aura der Förmlichkeit.

Kirk trug ähnliche Kleidung, und den wichtigsten Unterschied stellte die Farbe dar — glänzendes Gelb für den Kommandanten.

Er haßte diese Uniform, weil er anstrengende diplomatische Empfänge und das Kriegsgericht Starfleets mit ihr assoziierte. Und natürlich Trauerfeiern.

»Lieutenant Uhura hat mir bestätigt, daß die Kapelle vorbereitet ist«, sagte Spock mit angemessenem Ernst — obgleich er imstande gewesen wäre, im gleichen Tonfall eine Hochzeit anzukündigen. »Die interne Kommunikation überträgt Ihre Ansprache für alle Besatzungsmitglieder im Dienst.«

Kirk nahm diese Meldungen des Ersten Offiziers mit einem geistesabwesenden Nicken entgegen, während seine Gedanken in einem Netz aus Zweifel und Verwirrung gefangen blieben. Spock und der Captain hatten nicht über die *Selessan* und *Sonnensturm* gesprochen — der Vulkanier stellte Kommando-Entscheidungen nur dann in Frage, wenn man ihn um seine Meinung bat. Außerdem sah er wahrscheinlich kaum einen Sinn darin, Anweisungen zu erörtern, deren Konsequenzen sich bereits voll entfaltet hatten.

Kirk verspürte nicht den Wunsch, seine Zweifel in Worte zu fassen. Wenn er ihnen Ausdruck verlieh, so bekam die Besorgnis mehr Substanz. Nur ein Mann wäre nicht bereit gewesen, auf eine Diskussion zu verzichten: McCoy. Jim dachte an die möglichen Bemerkungen des Bordarztes. *Hätte er zu Vorsicht geraten und auf die Gefahren für das Schiff hingewiesen?*

»Selbst ohne die Sensorsondierung wußte ich, daß die Besatzung aus *Raben* bestand.« Kirks Zunge und die Lippen bewegten sich von ganz allein. »Aber ich ließ mich erneut von ihnen täuschen. Es wäre besser gewesen, sofort das Feuer zu eröffnen.«

Die verbale Eruption überraschte Spock nicht. Er reagierte sofort, als hätte er sich die Antwort bereits zurechtgelegt. »Trotz des Risikos, unschuldige Orioner zu töten?«

»Statt dessen habe ich das Leben meiner eigenen Crew riskiert.«

Der Vulkanier schwieg, weil er keine Möglichkeit sah, Kirk von seinen Selbstvorwürfen zu befreien. Wenn er nach den Worten eines Freundes suchte, so brauchte er zu lange, um sie zu finden — Jim hatte das Zimmer bereits verlassen.

Diana Dyson fielen mindestens drei gute Gründe ein, um McCoys Quartier aufzusuchen. Doch der Umstand, daß sie das Bedürfnis nach einer Rechtfertigung fühlte, beunruhigte sie ein wenig. Ihre nachdenkliche Introspektion endete in der Kabine.

McCoy saß wie erwartet am Schreibtisch und setzte seine medizinischen Studien fort; erstaunlicherweise trug er noch immer zivile Kleidung. Kummervoll betrachtete Dyson den krausen Pulli des Arztes.

»Warum sind Sie nicht fertig?«

McCoy wandte sich vom Computerschirm ab. »Fertig für was?«

»Für die Trauerfeier. Sie beginnt in zehn Minuten.«

McCoys Blick kehrte zum Monitor zurück. »Ja, ich habe heute morgen davon gehört. Ich muß nicht daran teilnehmen, oder?«

»Um Himmels willen, Sie sind Senior-Offizier!« Dyson schritt ins Schlafzimmer und riß dort den Schrank auf. »Und Sie haben den Totenschein für jedes Besatzungsmitglied unterschrieben, das beim ersten Angriff ums Leben kam.« Sie kramte in den einzelnen Fächern.

»Oh.« McCoy schaltete das Computerterminal aus. »Dann kann ich wohl nicht hierbleiben.«

Dyson kam aus dem Schlafraum und reichte ihm einen

blauen, mit goldenen Streifen gesäumten Uniformpulli.
»Hier, ziehen Sie das an.«

McCoy zeigte die Reaktion eines Mannes, dem man einen Tierkadaver reichte — voller Abscheu verzog er das Gesicht.

»Und beeilen Sie sich!«

Er stand auf, streckte die schlaksige Gestalt und neigte sich nach hinten. »Schade, daß mein Rücken nicht glaubt, nur dreiundzwanzig Jahre alt zu sein.« Als Dyson ungeduldig die Lippen schürzte, seufzte Leonard und streifte den alten, zerknitterten Pulli ab. »Verdammt, es ist kalt.« Er fröstelte übertrieben, nahm das blaugoldene Oberteil der Uniform entgegen und zog es über den Kopf.

»Nein, so nicht.« Dyson griff nach dem Kleidungsstück, öffnete den vorderen Saum und gab es ihm erneut.

»Ich hasse Bestattungen.« McCoy schob beide Arme durch die Ärmel und begann dann damit, den Saum zu schließen. »Ich habe es immer für sinnlos gehalten, fast eine Stunde lang traurig und deprimiert zu sein. Manchmal dauert's sogar zwei Stunden — wenn sich der Redner Mühe gibt.« Unbeholfen tastete er nach dem Siegel am Nacken. »Blöder Kragen. Ist das wirklich meine Größe?«

»Ach, seien Sie endlich still!«

Die Schärfe in Dysons Stimme erstaunte den Arzt.

»Meine Stubenkameradin gehörte zu den ersten Opfern. Diese Zeremonie ist mehr als nur eine Formalität für mich.«

»Tut mir leid.« McCoy zupfte am letzten Verschluß.

»Nein, Sie empfinden überhaupt kein Mitgefühl. Sie sind nicht einmal höflich.« Dyson stieß Leonards Hand beiseite und schloß den Kragen. »Nun, vier Tote waren Krankenpfleger aus Ihrer Abteilung.«

Die Neurologin trat zurück und prüfte das neue Erscheinungsbild des Arztes. »Sie haben sie selbst ausgewählt. Hoffman, Russell, Wallace und Clark. Erinnern Sie sich an diese Namen, wenn der Captain sie verliest. Seien Sie froh, daß Sie jetzt nicht mehr um Ihre ehemaligen Mitarbeiter trauern: Der frühere Dr. McCoy hätte fast geweint, als er von ihrem Tod erfuhr.«

Dyson sah die Bestürzung in Leonards Zügen und unterbrach sich. Mit energischer Entschlossenheit unterdrückte sie die Gewissensbisse. »Kommen Sie jetzt. Sonst verspäten wir uns.«

McCoy folgte ihr, ohne weitere Einwände zu erheben.

Die Kapelle war kaum mehr als ein leerer Saal mit einer Bühne samt Podium am einen Ende. Starfleet achtete sehr darauf, alle Glaubensbekenntnisse und Religionen zu respektieren — die Angehörigen der Flotte zeichneten sich durch ein breites Spektrum philosophischer Prinzipien aus —, und deshalb hatten die Entwicklungstechniker einen schlichten Raum ohne besondere Merkmale geschaffen. Die ungeschmückten Wände strahlten nur dann Würde und Erhabenheit aus, wenn sich die Kammer mit Besatzungsmitgliedern füllte.

Kirk stand auf dem Podium und zögerte, um einigen Nachzüglern Gelegenheit zu geben, sich der Menge hinzuzugesellen. Auf den Sitzbänken in der Mitte des Raums blieb kein Platz mehr frei; die meisten Männer und Frauen standen vor der Rückwand. Trotz des großen Publikums erklangen nur vereinzelte, leise Stimmen. Als Captain bestand Kirks Pflicht darin, den Freunden und Kameraden der Toten Trost zu spenden — dem Kommandanten eines Raumschiffs gestattete man kein Lampenfieber. Kirk strich die Namensliste glatt und wischte den Schweiß seiner feuchten Hände aufs dünne Papier. Aufgrund der Gefechtsbereitschaft war die Trauerfeier zweimal verschoben worden, und jedesmal wurde die Liste länger.

Kirk ließ den Blick durch die Kammer schweifen, während er sich Worte für die bevorstehende Ansprache zurechtlegte. Er sah, wie einige dicht nebeneinanderstehende Maschinenraum-Techniker beiseite traten, um Montgomery Scott passieren zu lassen. Sie schoben den Chefingenieur zu einer Sitzbank und umringten ihn dann. Falten des Kummers zeigten sich in Scottys Gesicht, und er war so erschöpft, daß er nichts von dem Beschützerinstinkt bemerkte, den er in seinen Kollegen weckte.

Im Gegensatz dazu bildeten die Angehörigen der wissenschaftlichen Sektion keine geschlossene Gruppe — sie standen überall in der Menge. Die Loyalität jener Besatzungsmitglieder war weniger offensichtlich, ging jedoch genauso tief wie die der Techniker. Spock forderte dauernd Verstand und Intellekt der Wissenschaftler heraus — ihre Emotionen blieben eine Privatangelegenheit. Kirk bemerkte den Vulkanier nun; auch er wollte den Toten die letzte Ehre erweisen. Hoch aufgerichtet und ernst wartete er inmitten der Menschen, ohne Teil ihrer Gemeinschaft zu sein.

Die Art der Stille im Raum veränderte sich und signalisierte Bereitschaft für den Beginn der Trauerfeier. Kirk öffnete den Mund, und Silben drangen daraus hervor, formten Sätze. Er selbst hörte sie nicht, doch die Männer und Frauen vor ihm lauschten aufmerksam. Ein Teil seines Bewußtseins drückte den Kummer aus, den sie alle empfanden, und ein anderer beobachtete die Menge stumm. Einige Personen, unter ihnen Uhura, hielten die Tränen nicht zurück und demonstrierten ganz offen ihre Gefühle für die Gefallenen. Andere versuchten, die Beherrschung zu wahren, ließen sich dann vom Bedeutungsinhalt der Worte dazu bewegen, den gemeinsamen Schmerz zu teilen.

Kirks Stimme erklang nicht nur in der Kapelle. Das Interkom-System trug sie weiter, in alle Räume und Zimmer der *Enterprise*, zu den Crewmitgliedern, die weiterhin ihre Dienstpflichten wahrnahmen. Verwandelten sich auch ihre Gesichter? Kirk stand allein auf dem Podium und versuchte vergeblich, in seiner eigenen Ansprache Ruhe zu finden.

Schließlich wurde es wieder still. *Habe ich meine Rede beendet?* dachte der Captain. Er starrte auf das Pult und verlas die Liste. Leises Stöhnen und Schluchzen begleitete einige der Namen — manche Personen erfuhren erst jetzt, daß gute Freunde gestorben waren.

Nach der viel zu langen Liste überließ Kirk die Anwesenden ihrer persönlichen Meditation. Er neigte ebenfalls den Kopf zu einem stummen Gebet und trachtete danach, sich an die Toten zu erinnern, sie vor dem inneren Auge zu sehen. Aber es gelang ihm nicht. Statt dessen konzentrierte er sich auf die Lebenden und hoffte inständig, daß er weitere Gefahren von ihnen fernhalten konnte.

KAPITEL 18

CAPTAINS LOGBUCH: STERNZEIT 5321.12

> Wir sind weniger als einen Tag von der Wagner-Station entfernt. Zwar nähern wir uns jetzt der sicheren Zuflucht ihrer Raumdocks, aber ich bin noch immer nicht imstande, jene Angriffe zu erklären, die mein Schiff fast vernichtet hätten.

Ein Panorama aus Sternen reichte über den Horizont. Ihr Schimmern erhellte den Boden, projizierte die Schatten von Bäumen und glättete das Gras zu einem samtenen Teppich.

Eine sanfte Brise ließ die Blätter in einem fast melodischen Rhythmus rascheln.

McCoy lag flach auf dem Rücken, die Hände unterm Kopf, und er bewunderte den sorgfältig gestalteten Anblick. Einige Büsche ragten über den unteren Rand des breiten Fensters hinweg, und die herabgeneigten Zweige einer Weide bedeckten die oberen Bereiche. Leonard brauchte jetzt nur noch einen Grashalm zwischen den Zähnen. Mit Mühe widerstand er der Versuchung, nach einem zu greifen.

»Es ist wirklich schade, daß sich die Sterne bewegen. Sonst könnte ich glauben, in einem Park von Georgia zu sein.«

Dyson saß auf der Bank am nächsten Baum und schauderte leicht. »Sterne *müssen* sich bewegen«, sagte sie.

»Wenn nicht, so läßt sich daraus der Schluß ziehen, daß die Energieversorgung der Station ausgefallen ist.«

McCoy seufzte, als das zarte Gefüge seiner Illusion zersplitterte. Er setzte sich auf und sah die Neurologin an. »Menschen sind nie dazu bestimmt gewesen, im Weltraum zu leben — es zerstört ihre Seele.«

»Meine Seele hat bisher keinen Schaden erlitten«, erwiderte Dyson mit einem Hauch Schroffheit.

Leonard schüttelte den Kopf. »Dies ist kein Ersatz für die Erde.« Er deutete auf das üppige Grün. »Synthetischer Wind und wiederaufbereitetes Wasser. Außerdem fehlen Insekten.«

»Vermissen Sie Käfer und Mücken?« erkundigte sich die junge Frau skeptisch.

McCoy wich der Frage aus. »Darauf kommt es nicht an. Dieser Umgebung mangelt es an Realität.«

Dyson zuckte gleichgültig mit den Schultern. »Sie entspricht nicht der Erde. Hier gibt es keine Wirbelstürme, Tornados, Erdbeben, Überflutungen, Dürrekatastrophen...« Sie brach ab, bevor sich Leonards Verzweiflung in Ärger verwandelte. »Klingt nach einem ziemlich gefährlichen Ort.«

»Aber er kann auch wundervoll sein.« McCoy erhob sich und strich geistesabwesend imaginären Schmutz von Pulli und Hose.

»Die wilde Schönheit der Erde läßt sich nicht mit einer manikürten Rasenfläche vergleichen. Hier muß das Leben gehegt und gepflegt werden, damit es wächst. In meiner Heimat explodiert es regelrecht aus jedem Quadratmillimeter Boden.«

Das leise Pfeifen des Interkoms zerriß die letzten Reste des idyllischen Eindrucks — der kleine Park wurde wieder zu einem Teil des Freizeitdecks.

»Spock an Dr. Dyson.«

McCoy streckte die Hand aus und half der jungen Frau beim Aufstehen. »Sie haben eine längere Ruhepause verdient.«

»Ja. Teilen Sie Mr. Spock mit, daß ich streike.« Die Neurologin strich einen Zweig beiseite, und dahinter, in einer kleinen Mulde des Weidenstamms, kam ein Kom-

Anschluß zum Vorschein. Sie drückte die Antworttaste. »Hier Dyson.«

Die klare, deutliche Stimme des wissenschaftlichen Offiziers erklang. »Die zellularen Untersuchungen der neurologischen Gewebeproben 21-Alpha werden in zehn Komma zwei Minuten beendet. Wir sehen uns die Ergebnisse im medizinischen Laboratorium 3A an.«

Spock unterbrach die Verbindung, bevor Dyson etwas erwidern konnte.

»Was geschieht, wenn Sie mit 21-Alpha fertig sind?« fragte McCoy und hielt noch immer Dianas Hand, als sie über den Pfad schritten, der zum Turbolift führte.

Sie zog den Arm zurück. »Oh, dann analysieren wir die Gewebeproben 21-Beta bis Gamma.«

»Das hört sich ausgesprochen langweilig an.« Sie brachten eine letzte Kurve hinter sich. Büsche, Bäume und Felsen wichen den vertrauten Konturen und Farben des normalen Schiffsdecks. Die von Ranken gesäumte Doppeltür des Turbolifts glitt mit einem leisen Zischen auf. »Wonach suchen Sie?«

»Nach Ruhe und Frieden«, entgegnete Uhura und trat aus der Transportkapsel, als die beiden Ärzte ihren Platz im Lift einnahmen. »Wenn Sie Captain Kirk begegnen: Sagen Sie ihm, ich bin auf Deck Achtundzwanzig.«

McCoy runzelte verwirrt die Stirn, als sich der Turbolift in Bewegung setzte. Dyson fand Uhuras Bemerkung ganz offensichtlich lustig. »Was befindet sich auf dem genannten Deck?«

Das Lächeln der Neurologin verblaßte. »Nichts. Es gibt überhaupt kein Deck Achtundzwanzig, Len.«

»Oh. Nun, woher sollte ich das wissen?« brummte er und mied den durchdringenden Blick der jungen Frau. »Ich leide an Amnesie, Dr. Dyson. Niemand kann von mir verlangen, daß ich mich an solche Details erinnere.«

»Sie versuchen es nicht einmal, oder?« Die Transportkapsel öffnete sich auf Deck Sieben und bewahrte McCoy vor der Notwendigkeit, eine Antwort zu geben.

Schweigend gingen sie zum medizinischen Labor. Es war leer und dunkel, aber als sie eintraten, glühten die Lampen an der Decke, und ihr matter Schein fiel auf einige Tresen in der Mitte des Raums.

Nach einer Weile räusperte sich Leonard. »Hat Ihnen der Captain befohlen, während Ihrer Freizeit meine Psyche zu sondieren? Erhoffen Sie sich vielleicht eine Beförderung?«

Dyson schreckte vor seinem bissigen Sarkasmus zurück. Sie wanderte an einem langen Tisch vorbei, schaltete mehrere Geräte ein und beobachtete die flackernden Anzeigen der Kontrollpulte. »Es handelt sich um eine medizinische Angelegenheit, die ein Mitglied der Besatzung betrifft, und ich bin Ärztin. Was erwarten Sie von mir?«

»Ich erwarte von Ihnen, daß Sie mir helfen, dieses Raumschiff zu verlassen!« rief McCoy der Neurologin nach.

Sie drehte sich zu ihm um. »Len, Sie dürfen nicht einfach so aufgeben — kämpfen Sie gegen die Barriere in Ihrem Gedächtnis an!«

»Von wegen!« Seine Lippen bildeten einen dünnen, blutleeren Strich, und er versuchte, den Zorn hinunterzuschlucken. Als er wieder sprach, klang seine Stimme nicht mehr ganz so scharf. »Diana, ich habe jetzt Gelegenheit, noch einmal von vorn anzufangen und dabei die Fehler des anderen McCoy zu vermeiden.« Er näherte sich der jungen Frau in dem Bestreben, ihr seinen Standpunkt zu verdeutlichen. »Mit der Starfleet-Pension kann ich zur Erde zurückkehren und mir den Wunsch erfüllen, auf dem Land eine Praxis zu eröffnen. Irgendwann hat ›Pille‹ McCoy diesen Traum verloren, zusammen mit seiner Familie. Das wird mir nicht passieren.«

»Sie können Ihr Bewußtsein nicht in Stücke reißen und geistig gesund bleiben!« entfuhr es Dyson. »Sie sind ein Individuum, nicht zwei. Jener ›andere‹ McCoy ist ein guter Mann und ausgezeichneter Arzt. Jeder an Bord dieses Schiffes würde ihm sein Leben anvertrauen. Vielleicht haben Sie sich für den Starfleet-Dienst entschieden, um Ihren Fehlern zu entkommen, aber im Laufe der Jahre sind Sie ebenso Teil der *Enterprise* geworden wie Captain Kirk und Mr. Spock. Sie dürfen das nicht wegwerfen. Man wird es Ihnen nicht erlauben.«

»Ich bin also nur eine Abweichung von der Norm, wie einige beschädigte Klon-Zellen. War es nicht ›faszinierend‹, den jungen Len McCoy zu untersuchen? Doch jetzt wird es Zeit, ihn wieder dorthin zu stecken, woher er kam. Soll er in den verschwundenen Erinnerungen Ihres ach so verehrten Ersten Medo-Offiziers verrotten.« McCoy packte Dyson an den Schultern und sah ihr tief in die Augen. »Wollen Sie das wirklich?«

Sie senkte den Kopf und beendete damit den Blickkontakt. »Ja! Die Antwort *muß* ›ja‹ lauten.« Diana stemmte die Fäuste gegen McCoys Brust, aber er lockerte seinen Griff nicht. »Lassen Sie mich los, Len«, bat sie. »Ich verliere meine ganze Objektivität als Ärztin...«

»Zum Teufel mit *Dr.* Dyson! Ich habe es satt, Ihr Patient zu sein. Mehr stelle ich nicht für Sie dar? Bin ich nur ein interessanter medizinischer Fall?«

»Sie kennen die Antwort«, zischte Diana. Diesmal fing sie McCoys Blick ein. »Sie sind jung — aber nicht jung genug, um naiv zu sein.«

»Da haben Sie völlig recht«, bestätigte Leonard heiser. Seine Hände schlossen sich weniger fest um Dianas Schultern. Sie senkte die Lider, um auf diese Weise neue, sichere Distanz zu schaffen, wich jedoch nicht zurück, als er den Kopf nach vorn neigte. Ihre Lippen berührten sich.

»Welcher McCoy war das?« fragte er nach dem Kuß. »Der junge oder alte?«

»Ich bin nicht sicher.« Dianas Finger berührten ihn an der Wange. »Ich weiß nur, daß ich gerade etwas erlebt habe, das ich mir schon seit langer Zeit wünschte.«

»Der alte Mann hatte also immer noch Charme.« McCoy lachte leise. »Aber er hat nie versucht, Sie zu küssen, oder?«

Mit einem Ruck löste sich Diana aus der Umarmung. »Nein«, erwiderte sie kühl. »Und wenn Ihre Erinnerungen zurückkehren, werden Sie diese Episode sicher bereuen — oder ganz vergessen. Trotzdem besteht meine berufliche Pflicht darin, die Lücken in Ihrem Gedächtnis zu schließen. Selbst wenn mir das nicht gelingt — jemand anders hat bestimmt Erfolg.«

»Diana...« McCoy wollte die junge Frau wieder zu sich heranziehen.

Sie trat fort. »Ich muß mich vor einer zu persönlichen Beziehung mit Ihnen hüten«, sagte sie bitter. »Das ist nicht nur eine Frage der Ethik — es geht dabei auch um mein emotionales Überleben. Irgendwann, wahrscheinlich schon bald, fällt Ihnen wieder alles ein, und dann gibt es für mich keinen Platz mehr in Ihrem Leben.«

»Das stimmt nicht.«

Dyson schüttelte den Kopf. »Sie halten mich für eine Praktikantin, die Ihnen gleichgestellt ist. Aber für den Ersten Medo-Offizier McCoy bin ich in erster Linie eine Angehörige seiner medizinischen Abteilung — eine Mitarbeiterin, weiter nichts. Ganz zu schweigen davon, daß ich mehrere Rangstufen unter ihm stehe und weitaus weniger Erfahrung habe — ich bin ein Vierteljahrhundert jünger. Wir können nie mehr sein als Kollegen.«

Leonard suchte nach einer Möglichkeit, ihr zu widersprechen, doch ihm fehlten die richtigen Worte. »Es tut mir leid.«

»Mir noch viel mehr als Ihnen, Dr. McCoy.«

Die Stille dauerte an und endete erst, als Spock hereinkam. Er blickte sich im Laboratorium um, und eine dünne Falte entstand in seiner Stirn. »Dr. Dyson, justieren Sie den holographischen Mikro-Scanner.«

Die Neurologin errötete, wandte sich hastig dem betreffenden Gerät zu und bestätigte die Kontrollen. Wenn die Kalibrierung länger als sonst dauerte, so reagierte Spock nicht darauf — er war viel zu sehr mit seinen eigenen Instrumenten beschäftigt. Allmählich wurde aus dem unregelmäßigen elektronischen Piepen ein stetiges Summen. Blinkende Indikatorlichter wiederholten immer wieder ihr flackerndes Muster. Schließlich nickte der Vulkanier zufrieden und sah zu McCoy.

Leonard war in eine Ecke des Raums zurückgewichen, weit von der Tür entfernt, und er versuchte vergeblich, unsichtbar zu werden.

Spock fragte nicht nach dem Grund für McCoys Präsenz, sondern ignorierte sie einfach. Er reichte Dyson einen holographischen Chip. »Die Sezierung des Hirngewebes der zweiten fremden Spezies ermöglicht uns neue Untersuchungen.«

Die Neurologin pfiff leise, als sie das Bild auf dem Scannerschirm betrachtete. »Höchst interessant«, kommentierte sie. »Die Dichte der neutalen Zellen im Gewebe der linken Hirnkammer ist wesentlich höher als in der rechten.«

McCoy beugte sich über den Tresen, um ebenfalls einen Blick auf den Monitor zu werfen, aber er sah nur eine glühende Wolke im kleinen Projektionsfeld. Seine Neugier wuchs, als Dyson und Spock ein an Fachausdrücken reiches Gespräch über molekulare Neurobiologie führten. Die Intensität ihrer Diskussion nahm im gleichen Ausmaß zu wie die Unruhe des Arztes.

Als McCoy glaubte, daß die beiden Wissenschaftler viel zu sehr in ihre Analysen vertieft waren, um ihn zu bemerken, begann er mit einer lautlosen Wanderung durch die Peripherie des Labors. Dünne Folien hingen an den jetzt dunklen Leuchtflächen der Wände. Gleichgültig sah er sich die einzelnen Bilder an, bis eins von ihm sein Interesse weckte. Ein Tastendruck erhellte das entsprechende Leuchtsegment und zeigte einen vom Torso gelösten Kopf. McCoy beobachtete die Darstellung mit amüsierter Faszination und wartete auf eine Pause im Gespräch der beiden Offiziere, bevor er fragte: »Ist die *Enterprise* von diesen Aliens angegriffen worden?«

»Ja«, antwortete Spock geistesabwesend.

»Nun, kein Wunder, daß wir uns in einer kritischen

Lage befinden — es sind sehr gefährliche Wesen. In Atlanta habe ich oft von ihnen geträumt, und die Alpträume wiederholten sich auch an Bord dieses Schiffes.«

Spock und Dyson drehten sich um, starrten ihn groß an. Ihre plötzliche Aufmerksamkeit verwirrte McCoy, und er stotterte seine Entschuldigung. »Tut mir leid. Ich wollte Sie nicht stören.«

»Was wissen Sie über die Fremden?« Spocks steinerne Miene offenbarte nur eine Andeutung von Neugier.

McCoy zuckte mit den Achseln. »Nun, wissenschaftliche Informationen kann ich Ihnen leider nicht anbieten. Ein Patient in der psychiatrischen Abteilung des Atlanta-Krankenhauses hat mir davon erzählt. Stundenlang habe ich dem alten Raumfahrer zugehört, als er von teuflischen Aliens berichtete, die ihn angeblich gefangengenommen hatten.« Er deutete auf die Fotografien. »Er beschrieb diese Geschöpfe.«

Spock musterte ihn noch immer, und deshalb fuhr Leonard fort: »Man fand Sager im Wrack eines Frachters, halb verhungert und hysterisch — von den übrigen Besatzungsmitgliedern fehlte jede Spur. Er erklärte ihr Verschwinden mit einer Geschichte, die zu absurd klang, um wahr zu sein. Es erschien weitaus wahrscheinlicher, daß er mit Hilfe von Kannibalismus überlebt hatte und sich dadurch so schuldig fühlte, daß er den Verstand verlor.« McCoy lächelte schief, als er an die Ironie der Situation dachte.

»Die zuständigen Ärzte nahmen an, daß Sager die fremden Wesen erfunden hatte, um sich von seiner Schuld zu befreien, und ich ging von den gleichen Vermutungen aus. Aber seine Berichte waren so detailliert, daß ich mich auch später noch an sie erinnerte. Armer Teufel. Wie lange mag es gedauert haben, bis man erkannte, daß er überhaupt nicht verrückt war?«

Spock wölbte eine Braue. »Es könnte durchaus sein, daß er nach wie vor psychiatrisch behandelt wird.« Er aktivierte das Wand-Interkom. »Captain Kirk zum medizinischen

Laboratorium 3A.« Dann nahm der Vulkanier ein akustisches Aufzeichnungsmodul vom Tisch und winkte Leonard näher.

»Dr. McCoy, bitte wiederholen Sie Sagers Schilderungen.«

KAPITEL 19

»*Der Alien lähmt sein Opfer, indem er es mit seinen Klauen kratzt. Dann bricht er den Schädel des Hilflosen auf, zerrt das Gehirn daraus hervor — wie den Kern einer Frucht — und verschluckt es in einem Stück. Der Körper dient als Nahrung...*«

Spock hielt das Band an dieser Stelle an, als er merkte, daß die menschlichen Zuhörer im Konferenzzimmer ziemlich emotional auf den Bericht reagierten. Chefingenieur Scott war etwas blasser als sonst; Uhura riß entsetzt die Augen auf. Selbst Frazer und Dr. Dyson wirkten bestürzt.

Der am oberen Ende des Tisches sitzende Kirk hatte die ganze Zeit über ruhig zugehört. »Sie haben den Mann als verrückt bezeichnet, Dr. McCoy...«

»Wir *hielten* ihn für übergeschnappt«, antwortete der Arzt. »Weil er von Aliens erzählte, die niemand außer ihm kannte. Aber da die fremden Wesen tatsächlich existieren, müssen wir davon ausgehen, daß er die Wahrheit sagte.«

Kirk nickte widerstrebend. Die Sache gefiel ihm ganz und gar nicht. »Welcher der beiden Spezies begegnete er?«

»Es gibt nur eine Gattung«, erwiderte Spock ruhig und schaltete das Aufzeichnungsgerät erneut auf Wiedergabe.

»*Sobald der Alien ein Gehirn geschluckt hat, beginnt die Metamorphose, wie bei einer Raupe ohne Kokon. Die grüne Haut verfärbt sich blau, und der Haarkamm wird dunkler. Nach der Umwandlung spricht er mit der Stimme des Opfers.*«

»Ich kann es einfach nicht glauben!« stieß Scotty hervor. »Der Mann muß völlig irre gewesen sein.«

»Nein, es ist theoretisch möglich«, sagte Frazer aufgeregt. Wissenschaftliche Neugier errang einen raschen Sieg über das Grauen. »Die genannten physiologischen Veränderungen deuten auf einen umfassenden Strukturwandel im biochemischen System des Organismus hin. Die grünen *Raben* — das Larvenstadium — besitzen ein Organ am Nackenansatz, das viele Aminosäuren produziert. Seine Aktivität leitet vielleicht die organische Verarbeitung der Hirn-RNA des Opfers ein. Ein Vorgang, der das Gehirn in seine Einzelteile zerlegt, wobei alle neuronalen Verbindungen registriert werden.«

Dyson ließ sich vom Enthusiasmus des Xenobiologen anstecken. »Die ungewöhnliche Konzentration von Neuronen in der linken Hirnkammer dient dabei als leere Schablone und nimmt alle Informationen auf. Sobald sich ein Muster bildet, gewinnt das Hirngewebe eine normale Zelldichte.«

»Das Ergebnis besteht aus zwei unabhängigen Gehirnen«, setzte Frazer seinen Vortrag fort. »Normalerweise würden sie sich gegenseitig behindern, aber vermutlich kontrolliert der Alien die sekundären Erinnerungen. Der Neuronencluster an der Teilung des Hirnstamms — vielleicht dient er dazu, zwischen den beiden Selbstsphären umzuschalten.«

Kirk hörte sich die Theorie kommentarlos an — drei Jahre im All hatten ihn gelehrt, das Phantastische zu respektieren — und sah dann den Ersten Offizier an.

Spock nickte zustimmend. »Dieser Prozeß könnte viele der jüngsten Ereignisse erklären. Natürlich fehlen eindeutige Beweise, aber...«

»Seien Sie ganz offen«, drängte der Captain ungeduldig.

Der Vulkanier übereilte nichts und nahm die fürs Theoretisieren typische Haltung an: zusammengezogene Brauen, die Ellenbogen auf den Tisch gestützt, die Fingerspitzen aneinandergepreßt. »Die klingonische Besatzung der *Schwert* patrouillierte in einem weit abgelegenen und isolierten Raumsektor — möglicherweise fiel sie den *Raben* zum Opfer. Wenn die Theorie der Gehirnabsorption zutrifft, verfügten die Aliens anschließend über das Wissen, um den Schlachtkreuzer ins Raumgebiet der Frenni zu fliegen...«

»Wo sie das viel zu auffällige klingonische Kriegsschiff zurückließen und einen neutralen Händlerraumer unter ihre Kontrolle brachten«, sagte Kirk. »Dann warteten sie darauf, daß ein anderes Schiff in ihre Falle geriet.«

»Wie ein Einsiedlerkrebs.«

Der Captain drehte erstaunt den Kopf. »Wie meinen Sie das, Lieutenant Uhura?«

»Während der Einsiedlerkrebs wächst, kriecht er von Muschel zu Muschel und sucht dauernd nach einem größeren Heim.«

Spock hob anerkennend die Brauen. »Eine interesssante Analogie mit beunruhigenden Implikationen — wenn die Suche nach größeren Raumschiffen auf Wachstum basiert.«

»Aber der erste Angriff auf die *Enterprise* schlug fehl.« Scotty dachte über diese zusätzliche Information nach. »Und die Aliens kamen ums Leben. Woraus folgt: Woher kamen das Trägerschiff und die Jäger?«

»Und woher wußten sie, daß wir hier sind?« Kirk suchte nach dem Ursprung seines zunehmenden Unbehagens. »Verdammt!« Er schlug mit der Faust auf den Konferenztisch. »Die *Üppige Dame*. Wir empfingen nur Audio-Signale von dem Frachter, der den Frenni-Notruf weiterleitete. Der Captain *behauptete*, sein Schiff habe sich von der Karawane ferngehalten. Aber wenn er log, wenn sein Schiff zur *Selessan* flog, um ihrer Crew zu helfen...«

»Dann haben wir mit der *Raben*-Persönlichkeit gesprochen, die Captain Neil absorbiert hat«, beendete Spock den Satz. »Er und seine Leute könnten inzwischen die Wagner-Station übernommen haben.« Der Vulkanier wandte sich an den Chefingenieur. »Jetzt wissen wir auch, woher der Subwarp-Träger und die Tennet Fünf-Jäger kamen.«

»Ja, und dorthin sind wir nun unterwegs«, sagte Scotty.

»Ein Kampf läßt sich nicht mehr vermeiden«, betonte Kirk. »Jedes Schiff, das die Station erreicht, muß mit einem Angriff rechnen. Es besteht die Gefahr, daß sich die

Zwischendurch:

Eine interessante Analogie mit beruhigenden Implikationen: Die Fremden verhalten sich nach der Art des Einsiedlerkrebses – gemäß dem Wachstum suchen sie sich immer größere Raumschiffe...

Wir Leser sind eher von einem anderen wichtigen Prinzip betroffen: Dem Willen zur Substanzsicherung – denn deshalb meldet sich ja immer der kleine Hunger zwischendurch. Wohl dem, der sie dann greifbar hat, die...

Zwischendurch:

Die kleine, warme Mahlzeit in der Eßterrine. Nur Deckel auf, Heißwasser drauf, umrühren, kurz ziehen lassen und genießen.

Die 5 Minuten Terrine gibt's in vielen leckeren Sorten – guten Appetit!

Raben im ganzen Sektor ausbreiten.« Nacheinander musterte er die am Tisch sitzenden Offiziere; in Gedanken hatte er damit begonnen, einen Plan zu entwickeln.

»Wenn sich das Trägerschiff nicht mehr meldet, bereiten sich die *Raben* der Wagner-Station sicher auf das Eintreffen der *Enterprise* vor, aber sie rechnen bestimmt nicht mit der *Schwert* — und die klingonische Tarnvorrichtung verhindert, daß der Schlachtkreuzer von ihnen geortet wird. Das ist unser Vorteil. Die *Enterprise* fungiert als Köder, lenkt Feuerkraft und Aufmerksamkeit der Raben ab, während sich die *Schwert* nähert. Das imperiale Kriegsschiff beamt eine Landegruppe in die Basis, um ihre Kommunikationsanlagen und Docks unter Kontrolle zu bringen.« Noch während Kirk diese Worte formulierte, wählte er Besatzungsmitglieder für den Einsatz aus.

»Und wenn die Landegruppe keinen Erfolg erzielt?« fragte Spock. »Dann bleibt der *Schwert* nichts anderes übrig, als die Station zu zerstören«, antwortete Kirk sofort.

Der Vulkanier nickte und verstand. Wenn er die in Aussicht gestellte Vernichtung von T'ralls Konstruktion bedauerte, so ließ er sich nichts anmerken. »Captain, ich...«

»Ja, Mr. Spock«, sagte Kirk. »Sie nehmen an dem Einsatz teil.« Er richtete den Blick auf Uhura. »Für diese Mission kommen nur Freiwillige in Frage.«

Die dunkelhäutige Frau lächelte und zögerte nicht. »Ich habe mich schon auf Landurlaub gefreut, Captain«, erklang ihre rauhe Stimme.

»Eine gute Gelegenheit, um sich die Beine zu vertreten«, fügte Scotty fröhlich hinzu.

»Nein, Mr. Scott, Sie bleiben hier.« Kirk gab dem Chefingenieur keine Gelegenheit, Einwände zu erheben. »Sie müssen sich um die Triebwerke der *Enterprise* kümmern. Und um die Brücke.«

Spock versteifte sich ein wenig. »Captain, während unseres letzten Aufenthalts in einer Starbase hat Admiralin Bolles ausdrücklich darauf hingewiesen, daß Sie keine Landegruppen mehr leiten sollen.«

»Nun, wenn ich überlebe, kann sie von mir aus Kritik an mir üben. Wenn ich nicht zurückkehre, brauche ich mir über ihren Groll keine Sorgen mehr zu machen.« Kirks Grinsen hatte keine Wirkung auf die unbewegte Miene des Vulkaniers.

»Sie dürfen die *Enterprise* nicht verlassen, Jim. Es steht mehr auf dem Spiel als nur Ihr Leben. Falls unsere Theorie in Hinsicht auf die Aliens stimmt, müssen wir Ihre Gefangennahme unbedingt vermeiden. Dadurch erhielten die fremden Wesen das Wissen eines Starfleet-Captains.«

»Was ist mit meinem Ersten Offizier?« konterte Kirk.

»Es gibt gewisse Techniken der vulkanischen Mentaldisziplinen, mit denen ich meinen Bewußtseinsinhalt löschen kann.«

Zwischen den beiden Freunden fand ein wortloses Entschlossenheitsgefecht statt und endete nach wenigen Sekunden. Der Glanz in Kirks Augen veränderte sich, als er die Stichhaltigkeit von Spocks Argumenten akzeptierte. »Sie sollten sich von einigen Sicherheitswächtern begleiten lassen. Aber die Gruppe darf nicht zu groß werden, um die Entdeckungsgefahr möglichst gering zu halten. Heimlichkeit nützt Ihnen weitaus mehr als viele Phaser.«

Zum erstenmal meldete sich McCoy zu Wort. »Captain, es besteht die Möglichkeit, daß in der Handelsstation jemand überlebt hat. Das Stationspersonal ist vermutlich getötet worden, weil die *Raben* sein Wissen benötigten, aber die Zivilisten sind vielleicht nur betäubt, um später als... Nahrung verwendet zu werden. Sie benötigen medizinische Hilfe und das von Lieutenant Frazer synthetisierte Lähmungsgegenmittel.«

»Ein guter Hinweis, Pille«, sagte Kirk geistesabwesend. Dann sah er überrascht auf. Die Besorgnis war typisch für den Ersten Medo-Offizier, und einige Sekunden lang hatte er gehofft... Doch Leonard schnitt eine Grimasse, als er den Spitznamen hörte. »Danke, Dr. McCoy. Ich bitte um Freiwillige aus der medizinischen Sektion.«

»Das ist nicht nötig, Captain.« Der Arzt befeuchtete sich

die trockenen Lippen. »Ich bin bereit, die Einsatzgruppe zu begleiten.«

»Len!« platzte es aus Dyson heraus. »Das kann doch nicht Ihr Ernst sein. Sie sind noch nie in einer Raumstation gewesen.« Sie richtete den Blick auf Kirk. »Ihre Wahl sollte auf mich fallen. Ich kenne mich mit Raumbasen aus und...«

McCoy schüttelte hartnäckig den Kopf. »Derzeit bin ich Experte für die *Raben* — Sie können mich nicht hierbehalten. Außerdem ist es an Bord der *Enterprise* fast ebenso gefährlich. Wenn die Bemühungen der Landegruppe ohne Erfolg bleiben, zerstören die Aliens dieses Schiff.«

Spock unterstützte Dysons Standpunkt. »Ich habe eine vollständige Aufzeichnung Ihres diesbezüglichen Wissens, Doktor. Daher ist Ihre Teilnahme an der Mission nicht erforderlich.«

»Sie haben eine komplette Aufzeichnung meiner bisherigen Erinnerungen«, hielt ihm McCoy entgegen. »Aber vielleicht fällt mir später noch mehr ein. Und es wäre sicher besser, das Verhalten der *Raben* genau zu kennen.« Er sah Kirk an. »Außerdem: Wenn eins der fremden Wesen mein Gehirn frißt, so bekommt es dadurch auch die Amnesie. Es besteht also nicht die Gefahr, daß ich Föderationsgeheimnisse verrate.«

»Sind Sie ebenfalls dieser Meinung, Dr. Dyson?« erkundigte sich der Captain.

Die Neurologin schwieg einige Sekunden lang, bevor sie widerstrebend antwortete. »Ich bin nicht ganz sicher, aber... vielleicht hat er recht.«

Spock hatte weniger Bedenken. »Unter diesen Umständen spricht die Logik für eine Teilnahme Dr. McCoys am bevorstehenden Einsatz. Derzeit hat er von allen Besatzungsmitgliedern das geringste technische Wissen.«

Kirk zuckte innerlich zusammen und erwartete den heftigen Protest des Bordarztes. Doch es blieb alles still. *Dieser* McCoy nahm Spocks Einschätzung schweigend hin. Einmal mehr vermißte der Captain seinen alten Freund,

und der damit einhergehende Seelenschmerz war überraschend stark. Er verdrängte diese Empfindungen. »In Ordnung, Dr. McCoy. Sie gehören zur Landegruppe.«

Er stand auf und beendete die Besprechung. »Wir erreichen die Wagner-Station in zwölf Stunden. Treffen Sie alle notwendigen Vorbereitungen.«

McCoy griff nach der gepackten Medo-Tasche, die ihm Schwester Chapel reichte. »Woher wußten Sie...«

»Ich hatte so eine Ahnung.« Sie schloß die beschlagene Glastür des Wandschranks. »Aufgrund langjähriger Erfahrungen mit Ärzten im allgemeinen und Ihnen im besonderen.«

»Aber zuerst habe ich gar nicht beabsichtigt, mich freiwillig für diese Mission zu melden«, protestierte McCoy. Chapel und Dyson wechselten einen wissenden Blick, der nur noch mehr Verdruß in Leonard weckte. »Seit wann stellt Starfleet Mediziner mit Selbstmordtendenzen ein?« Er öffnete die Tasche und betrachtete ihren Inhalt. »Kein Wunder, daß ich Erster Medo-Offizier geworden bin. Vermutlich verdanke ich die Beförderung einer hohen Sterbeziffer.«

»Ganz und gar nicht«, sagte Chapel, als sie das Büro verließ. »Sie traten die Nachfolge von Dr. Boyce an, der ein glückliches Leben im Ruhestand führt.«

»Offenbar hat er genau den richtigen Zeitpunkt gewählt, um in Rente zu gehen!« rief McCoy der Krankenschwester nach, kramte noch einmal in der Tasche und schloß sie dann.

»Sie haben selbst entschieden, die Landegruppe zu begleiten.« Dyson lehnte sich an die Schreibtischkante und beobachtete, wie Leonard die Tasche an den Gürtel hakte, sie wieder abnahm und eine andere Stelle wählte.

McCoy nickte. »Ja. Aber warum haben Sie sich nicht bemüht, es mir auszureden?«

»Hätte es mir gelingen können, Sie umzustimmen?« fragte die Neurologin.

Der Arzt kniff die Augen zusammen, als er kühle Distanz in Dysons Stimme hörte. »Nein, wahrscheinlich nicht. Aber ich würde mich freuen, wenn jemand einen entsprechenden Versuch unternähme.«

Die Tür des Büros öffnete sich erneut. Dr. Cortejo kam herein und blieb stehen, als er McCoy und Dyson sah. Seine Verärgerung war offensichtlich, und er verbarg sie nicht. »Dr. Dyson, da Sie zur wissenschaftlichen Abteilung versetzt worden sind, besteht nicht die Notwendigkeit für Sie, die Krankenstation aufzusuchen.«

Die junge Frau stieß sich vom Schreibtisch ab und nahm Haltung an. »Sir, ich wollte nur...«

Cortejo gab ihr keine Gelegenheit zu einer Erklärung. »Und da Sie keinen aktiven Dienst mehr leisten, Dr. McCoy, ist Ihre Präsenz ebenfalls unnötig.«

McCoy furchte die Stirn, als er diese unfreundlichen Worte vernahm. Zorn ließ seine Wangen glühen.

»Ganz im Gegenteil, Dr. Cortejo.« Die scharfe und gleichzeitig ruhige Stimme des Ersten Offiziers Spock ertönte hinter Leonards Stellvertreter. »*Ihre* Präsenz ist unnötig.« Der Vulkanier durchquerte das Büro und legte einige Datenkassetten auf den Schreibtisch. »Dr. McCoy und ich haben noch viel Arbeit zu erledigen, bevor wir mit unserer Mission beginnen, und sein Büro ist dafür genau der richtige Ort.«

Er beugte sich übers Interkom. »Lieutenant Uhura und Sicherheitsteam A — bitte kommen Sie zur Einsatzbesprechung in Dr. McCoys Büro.«

Als sich Spock umdrehte, waren Cortejo und Dyson verschwunden.

Sechs Stunden später nahm Spock einen Kommunikator und reichte ihn McCoy. »Sie sind vom Rest der Landegruppe getrennt. Welchen Kommunikationskanal benutzen Sie, um sich mit ihr in Verbindung zu setzen?«

»Gar keinen«, antwortete der Arzt müde. Das Sicherheitsteam hatte das Büro schon vor zwei Stunden verlassen, und er kam sich wie ein dummer Schüler vor, der nachsitzen mußte. »Ein Kom-Kontakt würde sowohl meine eigene Position verraten als auch die der anderen Personen.« Er klappte das kleine Gerät auf. »Aber es wäre sinnvoll, die allgemeinen Frequenzen zu aktivieren, so daß mich die Landegruppe lokalisieren kann.«

»Angenommen, alle Ihre Begleiter sind tot. Wie verhalten Sie sich?«

»In einer derartigen Situation erschiene mir ein Gebet angemessen.«

Uhura lächelte, als sie Leonards Kummer angesichts der geschilderten Lage bemerkte, aber Spock gab sich ganz offensichtlich nicht mit der scherzhaften Antwort zufrieden.

McCoy runzelte nachdenklich die Stirn. »Nun, in dem Fall versuche ich, die nächste Verbindungsspeiche mit den Luftröhren zu erreichen. Nachdem ich mich dort drin weit genug zurückgezogen habe, um die Gefangennahme einige Minuten lang hinauszuschieben, nehme ich Kontakt mit der *Schwert* auf.«

Er veränderte die Justierung des Kommunikators und zeigte Spock die Einstellung. »Mit etwas Glück leitet Mr. Sulu den Transfer ein, bevor mich die *Raben* zum Abendessen verspeisen.«

Der Vulkanier nickte zufrieden. »Und wenn Sie trotzdem in Gefangenschaft geraten?«

McCoy warf das Kom-Gerät auf den Schreibtisch. »Ich bin Arzt, Mr. Spock. Der nächste Schritt fiele mir leicht.«

Die Brauen des Ersten Offiziers wölbten sich nach oben. »Eine drastische Maßnahme.«

»Ich habe eine ziemlich lebhafte Phantasie, Sir. Nach Sagers Erzählungen ziehe ich eine rasche und endgültige Flucht vor.«

Uhura schüttelte mißbilligend den Kopf. »Das sagen Sie jetzt. Aber wenn Sie tatsächlich mit der Gefahr konfrontiert werden, stellen Sie sicher fest, daß man nicht so einfach aufgibt.« Sie warf Spock einen kurzen Blick zu und rechnete mit einem Kommentar zur Unlogik der menschlichen Emotionen. Aber statt dessen nickte der Vulkanier zustimmend.

Uhuras amüsierter Gesichtsausdruck bereitete Spock vages Unbehagen, und er beendete die Prüfung. »Sie sollten noch viel mehr wissen, doch die Zeit genügt leider nicht für eine umfassende Einweisung. Die Fähigkeit der Menschen, neue Informationen zu verarbeiten, ist begrenzt.«

»Amen«, seufzte McCoy und rieb sich die geröteten Augen. Ihm schwirrte der Kopf von den vielen Details, die ihm Spock während der vergangenen Stunden eingetrichtert hatte.

Der Erste Offizier schob ein Speicherband ins Computerterminal. »Sie und Lieutenant Uhura haben bis um sieben Uhr dienstfrei. Ich schlage vor, Sie nutzen diese Zeit, um zu schlafen.« Er drehte sich zum Monitor um und konzentrierte sich auf die Daten.

McCoy schwieg, bis sie den Korridor erreicht hatten. »Diana muß mich auf den Arm genommen haben, als sie meinte, ich hätte häufig verbale Gefechte mit Spock geführt. Eher ringe ich mit einem bengalischen Tiger, als jenen Mann herauszufordern.«

Uhura lachte melodisch, und ihre Stimme hallte sanft durch den nur matt erhellten Gang. »Sie waren einander ebenbürtig, Dr. McCoy.« Sie lachte erneut, als sie die gemischten Gefühle in Leonards Gesicht sah. »Nehmen Sie das als Kompliment.«

Sie trennten sich auf Deck Fünf, doch McCoy wanderte an seinem Quartier vorbei und verharrte erst vor einer Kabine auf dem sechsten Deck. Er klopfte so leise an die Tür, daß ihn die Frau dahinter nur dann hören konnte, wenn sie noch nicht schlief.

Das Schott glitt beiseite, und der Arzt trat ein.

Diana Dyson kam aus dem Schlafraum. Sie trug einen dicken, langen Morgenmantel, und das gelöste Haar reichte bis auf die Schultern. Erschöpfung zeichnete ihr Gesicht, doch in den Augen leuchtete kontrollierte Anspannung. »Sie sollten schlafen, Len.«

»Sie auch.«

»Ich finde keine Ruhe.« Dyson schob sich eine Strähne hinters Ohr. »Sind Sie nervös in bezug auf den bevorstehenden Einsatz?«

»Wer, ich?« McCoy wischte sich die Hände an der Hose ab. »Himmel, ich weiß vor Angst nicht mehr ein noch aus. Mein Herz schlägt so laut, daß ich mich kaum denken höre.«

»Haben Sie es sich anders überlegt?«

Leonard dachte kurz über die Frage nach. »Nein. Ich muß die Landegruppe begleiten. Mir fallen immer neue Fragmente meiner Gespräche mit Sager ein. Worte und Sätze, die noch nicht viel Sinn ergeben, aber wichtig werden könnten.«

Dysons sanfte Sorge wich professionellem Interesse. »Vielleicht war dieses Wissen Teil des Auslösers Ihres Fluchtsyndroms. Sie flohen nicht nur vor der neuerlichen Heirat der Ex-Frau — Sie versuchten auch, für die Sicherheit des Schiffes bedeutsame Informationen zurückzugewinnen.«

»Mag sein.« McCoy verschränkte die Arme. »Aber selbst wenn das stimmt — ich leide nach wie vor an der Amnesie.«

Dyson zog sich den Morgenmantel enger um die Schultern. »Die Mission hat noch nicht einmal begonnen.«

»Ja, und wenn sie vorbei ist, spielen meine Gedächtnislücken möglicherweise gar keine Rolle mehr. Dann befindet sich mein Gehirn in einem blauhäutigen...« Er sprach nicht weiter, als sich Diana abwandte. »Entschuldigen Sie.«

Die junge Frau zuckte mit den Schultern, kehrte ihm jedoch weiterhin den Rücken zu.

McCoys Blick klebte an der Wölbung von Hals und Schultern fest. Das trübe Licht in der Kabine verlieh ihrem Haar eine goldene Aura. »Ich gehe besser«, sagte er abrupt.

»Nein, bitte nicht.« Dyson drehte sich um. »Ich kann die

Gesellschaft ebenfalls gebrauchen.« Sie deutete durch ihr leeres Quartier. »Ich bin noch immer nicht daran gewöhnt, allein zu sein.«

McCoy lachte unsicher. »Wenn ich länger bleibe, haben Sie weitaus mehr Gesellschaft, als Ihnen lieb ist.«

»Oh.« Die Wangen der Neurologin röteten sich. »Und ich hielt Sie für einen Gentleman.«

»Deshalb habe ich Ihnen angeboten, jetzt zu gehen.« Als er keine Antwort bekam, fügte Leonard hinzu: »Ich lasse Sie nun allein — wenn Sie das möchten.« Stille folgte. McCoy trat vor und umarmte die Frau.

Nach einem langen Kuß wich er ein wenig zurück, ohne Diana loszulassen. Mit der einen Hand berührte er zärtlich ihr Kinn. »Ich...«

»Nein.« Sie hielt ihm einen Finger an die Lippen. »Sag nichts — bis du zurückkommst.« Sie lächelte und nahm ihren Worten die Schärfe. »Dann haben wir genug Zeit, um miteinander zu reden.«

McCoy neigte den Kopf und küßte sie erneut.

KAPITEL 20

»Sie setzen dieses teuflische Ding auch bei Menschen ein?« McCoy verharrte im Zugang des Transporterraums. Die Plattform war jetzt leer: Uhura und einige Frachtcontainer waren gerade in einer glitzernden Wolke verschwunden. McCoy richtete einen entsetzten Blick auf den Chefingenieur am Kontrollpult.

»Sehen Sie mich nicht so an, als sei ich Jack the Ripper«, empörte sich Scotty. »Unser Transfersystem ist das sicherste diesseits der Starbase Fünf.« Er betätigte einige Schieberegler, und drei weitere Besatzungsmitglieder traten auf die runden Felder der Plattform.

McCoy wich unwillkürlich einen Schritt zurück, als ein fast schrilles Summen erklang. Transporterstrahlen lösten die drei Gestalten auf.

Spock hielt eine Datentafel in der Hand, strich drei Namen von der Liste und kontrollierte das Verzeichnis der Ausrüstungsgegenstände. Erst dann sah er auf. McCoy stand noch immer in der geöffneten Tür. »Es wird Zeit für Sie, sich an Bord der *Schwert* zu beamen. Gehen Sie zur Plattform.« Die letzten Worte klangen wie ein Befehl, als McCoy auch weiterhin zögerte.

Der Arzt setzte sich widerstrebend in Bewegung, und nach einigen Schritten verharrte er erneut. »Ist dieser Apparat wirklich sicher?« fragte er.

»Ja«, erwiderte Spock ungeduldig. Er schien noch etwas hinzufügen zu wollen, überlegte es sich aber anders und sagte statt dessen: »Während der letzten fünfundzwanzig Jahre wurde die Materietransmission ständig verbessert und erreichte eine hohe Zuverlässigkeitsquote. Fehlfunktionen sind sehr selten.«

McCoy folgte dem Vulkanier zu den niedrigen Stufen

vor der Plattform. »Vielleicht. Aber behaupten Sie bloß nicht, daß sich *alle* Leute gern in eine energetische Matrix verwandeln lassen.«

Scotty hörte diese Bemerkung ebenfalls und lachte leise.

»Sie haben den Transporter benutzt«, stellte Spock fest, als sie auf den Transferfeldern standen. »Obgleich Ihnen niemand vorwerfen kann, dabei besondere Begeisterung gezeigt zu haben.«

»Freut mich zu wissen, daß ich im Alter nicht meinen gesunden Menschenverstand verloren habe«, brummte McCoy, bevor er in einem funkelnden Partikelstrahl verschwand.

Lieutenant Palmer hob das Kom-Modul zum Ohr. »Captain, Mr. Scott meldet, daß die letzten Mitglieder der Landegruppe zur *Schwert* gebeamt worden sind.«

Kirk nahm den Hinweis des Kommunikationsoffiziers mit einem kurzen Nicken entgegen. »Das wär's, Sulu. Von jetzt an wahren wir Funkstille.«

»Ja, Sir. *Schwert* Ende.« Einige Sekunden später verschwand das Bild des klingonischen Schlachtkreuzers vom Wandschirm.

Lieutenant Kyle prüfte die Instrumente der wissenschaftlichen Station. »Das imperiale Kriegsschiff wird nicht mehr von den Sensoren erfaßt. Die Tarnvorrichtung funktioniert.«

»Kurs halten, Mr. Leslie«, sagte Kirk. »Volle Impulskraft.«

Fähnrich Benus blickte auf die Anzeigen der Navigationskonsole. »Wir erreichen die Wagner-Station in einer Stunde und dreizehn Minuten.«

Kirks Finger trommelten nervös auf die Armlehne des Kommandosessels. Die Brückenoffiziere gehörten zu einer kleinen Gruppe ausgewählter Personen, und deshalb kannte der Captain alle Stimmen, die an den einzelnen Stationen erklangen — aber die *Schwert* trug jetzt die besten Kollegen und engsten Freunde fort.

Jim sah nach links und rechts, runzelte die Stirn, als er die Leere neben dem Befehlsstand bemerkte. McCoy und Spock verhielten sich oft so, als seien die beiden Seiten des Kommandosessels ein Posten, an dem sie nicht fehlen durften. Ihre Abwesenheit wies deutlich auf die veränderte Situation im Kontollraum hin. »Kommen Sie hierher, Frazer.«

»Sir?« Der marsianische Wissenschaftler wandte sich von den Bio-Geräten ab.

»Ich habe noch immer einige Fragen in Hinsicht auf die *Raben.*« Kirk bedeutete Frazer, links vom Kommandosessel stehenzubleiben.

»Man könnte meinen, durch Borschtsch zu schwimmen.« Chekov hatte eine geeignete Metapher gefunden, um die Navigation mit aktivierter Tarnvorrichtung zu beschreiben, und er benutzte sie jetzt noch einmal.

»Das ist wohl kaum eine wissenschaftliche Analyse«, sagte Spock und beugte sich über die Schultern des jungen Fähnrichs.

»Und wenn schon«, erwiderte Chekov kühn. Nach der langen Trennung von der *Enterprise* und Spocks ehrfurchtgebietender Präsenz bemühte er sich nicht mehr so sehr, das für einen Starfleet-Offizier angemessene würdevolle Gebaren zu zeigen.

»Dadurch wird meine Arbeit sehr schwierig. Die Tarnvorrichtung muß verbessert werden.«

»Soll das heißen, Sie befürworten erhebliche Innovationen der klingonischen Technik?« Spock entschied, daß es an der Zeit war, die ursprüngliche Disziplin des Fähnrichs wiederherzustellen.

»Nein, Sir! Natürlich nicht.« Sulu und Aziz schwiegen, überließen Chekov sich selbst. Als ältere und erfahrenere Offiziere hatten sie sofort zu ihrem üblichen Verhalten zurückgefunden, als die Landegruppe an Bord der *Schwert* kam.

»Ich wollte nur ... ich meine ... äh ...«

Spock holte tief Luft. »Geheimdienstberichte und unsere eigenen, bei Konflikten mit dem Imperium gesammelten Erfahrungen deuten darauf hin, daß Klingonen auch bei aktiver Tarnvorrichtung das ganze Potential eines Schlachtkreuzers einsetzen können.«

»Ja, Mr. Spock.« Chekov versuchte, sich aus der Affäre zu ziehen.

»Es war nur zu Anfang schwierig, als ich die *Schwert* noch nicht richtig kannte. Inzwischen bereiten mir die Sensoren keine Probleme mehr.« Zu spät begriff er, daß diese Worte Angeberei gleichkamen.

»Das wird sich herausstellen, Fähnrich.«

Die knappe Antwort bestätigte die schlimmsten Befürchtungen Chekovs — jetzt verlangte der Vulkanier sicher Unmögliches von ihm. Besorgt blickte er auf die Kontrollen und verfluchte lautlos die undeutlichen Sensorbilder.

Spock glaubte, mit dem kurzen Gespräch die gewünschte Wirkung erzielt zu haben, und daraufhin richtete er seine Aufmerksamkeit auf Sulu.

»Koordinaten für die Wagner-Station programmiert«, sagte der Steuermann.

»Warpfaktor vier, Mr. Sulu.«

»Aye, Mr. Spock.« Er beschränkte sich bei seinen Bemerkungen auf ein Minimum, als er den Warptransfer einleitete.

»Achten Sie bloß darauf, nicht die *Enterprise* zu rammen«, warnte Juan Cruz. Seine Stimme klang gedämpft, weil er sich gerade den roten Pulli seiner Uniform über den Kopf zog. Die hierhin und dorthin stoßenden Ellenbogen riefen den Protest von Archer und Rivera hervor — sie hatten bereits purpurne Overalls angezogen, um in die Rollen von Wartungstechnikern der Handelsstation zu schlüpfen.

Uhura verließ die enge Kommandogrube und trat zum ›Thron‹, wo normalerweise der klingonische Captain saß. »Eine bessere Tarnvorrichtung ist mir völlig schnuppe —

die Klingonen brauchen in erster Linie eine größere Brücke.«

Sie ging zum Rand der Plattform und reichte dem Ersten Offizier sorgfältig zusammengefaltete Kleidungsstücke. »Purpur eignet sich kaum für Sie, Mr. Spock, aber leider kann ich Ihnen nichts anderes anbieten.«

Der Vulkanier nahm das Bündel kommentarlos entgegen. Er verstand das Phänomen des Humors noch immer nicht ganz, aber er wußte, daß diese spezielle menschliche Eigenschaft seinen terranischen Gefährten dabei half, mit ihrer Anspannung fertig zu werden. Deshalb unternahm er nichts, um die Crew an ihren Scherzen zu hindern.

»Da wir Wartungstechniker sind, brauchen wir Schraubenschlüssel — zum Beispiel diese hier.« Archer zog Phaserpistolen aus einer Kiste und verteilte sie an die übrigen Mitglieder der Landegruppe. Eine blieb übrig. »Dr. McCoy?«

Der Arzt betrachtete die Waffe mit offensichtlichem Abscheu und schüttelte den Kopf. »Ich bin kein Revolverheld.«

Uhura sprang in die Kommandogrube zurück. »Sie sind eine Leiche, wenn Sie auf eine Waffe verzichten.« Sie nahm den Phaser von Archer entgegen und hakte ihn an den Gürtel des Arztes.

»Wenn mein Leben davon abhängt, mit dem Ding zu schießen, Ma'am, so können Sie mich gleich jetzt begraben. Damit könnte ich nicht einmal das Tor eines Schuppens treffen.«

»Warum sollte das Ihr Wunsch sein?« fragte Spock.

»Sir?«

»Ein vulkanischer Witz, Dr. McCoy«, erklärte Uhura.

Spock widersprach sofort. »Lieutenant, Vulkaniern ist das Konzept des Humors unbekannt.«

Uhuras Lächeln verwirrte McCoy noch mehr.

»Wir gelangen jetzt in Ortungsreichweite der Handelsstation, Mr. Spock.« Sulus Hinweis sorgte für Stille auf der kleinen Brücke.

Die aus Klarstahl bestehende Kuppel der Wagner-Station glänzte wie ein kostbarer Kristall, den jemand in einen schwarzen Teich geworfen hatte. Die vier Ringe glichen goldenen Wellen, die vom facettierten Zentrum ausgingen. Schimmernde Tropfen markierten einige an den äußeren Dockstutzen vertäute Raumschiffe. T'ralls Konstruktion wirkte ruhig und friedlich.

»Sensordaten?« fragte Kirk, als er die Handelsbasis auf dem großen Wandschirm beobachtete.

»Unbestimmbare Lebensformen, Captain«, antwortete Lieutenant Kyle.

»Wir sind noch zu weit entfernt, um spezifische Bioprofile zu ermitteln.« Er justierte die Kontrollen der wissenschaftlichen Station und seufzte. »Selbst wenn wir noch näher herankommen — ich bezweifle, ob wir genauere Informationen erhalten. Die provisorischen Reparaturen des Computersystems verringern die Kapazität der Sensoren und Scanner.«

»Ich kann die Station nicht nur aufgrund einer Ahnung angreifen.« Kirks Faust pochte in einem beständigen Rhythmus auf die Armlehne des Kommandosessels. »Ich muß *sicher* sein, daß die Basis von *Raben* übernommen wurde.«

»Captain, ich habe einen Kontakt mit dem Kommunikationsoffizier der Wagner-Station hergestellt«, meldete Lieutenant Palmer. »Grußfrequenzen offen.«

»Willkommen, Captain Kirk«, erklang Timmos sanfte, flüsternde Stimme. »Verwalterin Friel möchte mit Ihnen sprechen.«

Eine kurze Pause. »Um Himmels willen, Kirk — Ihr Schiff ist ein Wrack!« donnerte die Stationskommandantin. »Ich hoffe, die Klingonen sind noch schlechter dran.«

»Die Klingonen sind tot«, sagte Jim. In gewisser Weise stimmte das sogar, obwohl Kirk dafür keine Verantwortung trug. Außerdem: Bestimmt wußte Friel, was mit der Besatzung des Schlachtkreuzers geschehen war.

Der Captain gab ihr einen übertriebenen Schadensbericht, der die Situation der *Enterprise* besonders kritisch darstellte.

»Dann steht Ihnen ein wochenlanger Aufenthalt in einem unserer Raumdocks bevor«, erwiderte Friel im berechnenden Tonfall einer Verwalterin, die an einen hohen Profit dachte. »Ich lasse sofort ein Dock für Sie vorbereiten.«

»Frazer?« erkundigte sich Kirk leise.

Der Lieutenant schüttelte den Kopf. »Die Stimme allein genügt nicht. Die *Raben* ahmen ihre Opfer perfekt nach, bis hin zu ihren charakterlichen Eigenheiten.«

Der Captain sah über die Schulter. »Palmer, bitten Sie um einen visuellen Kontakt mit dem Kommunikationszentrum.« Wenn sich Friel weigerte, so bestätigte sie damit die Übernahme.

»*Enterprise*, wir schicken Ihnen jetzt die Schlepper fürs Andocken.« Weltraum und Sterne verschwanden vom Wandschirm. Kirk erkannte den kobaltblauen Andorianer, den er während seines letzten Besuchs in der Station gesehen hatte.

Verblüfft schnappte er nach Luft. »Lieber Himmel, und ich wollte das Feuer auf die Basis eröffnen...«

»Eine Falle!« stieß Frazer hervor. »Man zwingt ihn, mit uns zu reden. Vielleicht hat man ihn unter Drogen gesetzt.«

»Woher wollen Sie das wissen?« Das ernste Gebaren des Andorianers erschien ihm völlig normal.

»Die Anordnung der Fühler.« Frazer deutete zum Projektionsfeld.

»Sie sind nach hinten geneigt — eine Position, die für Gespräche mit Familienmitgliedern reserviert ist. Außenstehenden gegenüber werden die Fühler aufrecht gehalten, um das Gehör zu sensibilisieren.«

»Die Schlepper nähern sich, Sir«, warnte Leslie.

»Alarmstufe Gelb!« befahl Kirk. »Benus, richten Sie die Phaser aus.«

»Phaser ausgerichtet.« Als der Captain die Anweisung

gab, betätigte die junge Frau eine Taste. Gebündelte Energiestrahlen rasten durchs All. »Alle Schlepper zerstört.«

»Die visuelle Verbindung mit der Wagner-Station ist unterbrochen«, berichtete Palmer. Streifenmuster glitten über den Wandschirm.

»Erhöhte energetische Aktivität in allen angedockten Schiffen«, sagte Kyle laut.

»Offenbar hat unser Ablenkungsmanöver Erfolg.« Kirk gab dem Steuermann ein Zeichen. »Wenden Sie um hundertachtzig Grad. Volle Impulskraft. Wir verschwinden von hier.«

Die Landegruppe materialisierte mitten in der Kristallkuppel.

Chekov hatte den entsprechenden Bereich sondiert und festgestellt, daß sich dort keine Personen aufhielten — es war tatsächlich niemand zugegen, der die plötzlich erscheinenden Gestalten beobachten konnte. Unmittelbar nach dem Retransfer aktivierte Spock seinen Tricorder und richtete das kleine Gerät auf die dunklen Passagen. »Keine *Raben* in unmittelbarer Nähe.« Er prüfte einen anderen Indikator. »Das Kommunikationszentrum befindet sich dort.« Der Zeigefinger des Vulkaniers deutete in eine bestimmte Richtung und schwenkte dann einige Grad weit nach rechts. »Aber wir nähern uns ihr durch den Verbindungskorridor Delta.«

Uhura winkte die drei Sicherheitswächter zum betreffenden Gang — er führte durch eine der acht Speichen, aus denen die radförmige Station bestand.

»Doktor«, sagte Spock leise, »Sie dürfen sicher sein, daß sich fester Boden unter Ihren Füßen erstreckt.«

»Ja, ich weiß«, erwiderte McCoy ruhig und hielt weiterhin die Augen geschlossen. »Ich fühle es.«

»Ich schlage vor, daß Sie Ihrem Tastsinn vertrauen. Andernfalls sind wir gezwungen, Sie hier zurückzulassen.«

»Das ist nicht nötig, Sir.« McCoy hob die Lider und schluckte hörbar. Er hielt den Blick starr auf Spocks Hinterkopf gerichtet, als er übers duchsichtige Deck ging, über die Unendlichkeit des Alls, die unter ihm gähnte. Der Arzt seufzte ein wortloses Dankgebet, als er schließlich einen Boden erreichte, der auch den Augen massiv erschien.

Die Mitglieder der Einsatzgruppe gingen hintereinander durch den langen Korridor. Die in der Decke eingelassenen Leuchtplatten glühten matt und verdrängten nicht alle Schatten, aber der Weg schien frei zu sein.

Als sie den ersten Stationsring erreichten, drängten sich die Männer und Frauen zusammen. Spock kauerte mit schußbereitem Phaser dicht vor der Ecke und lauschte. Nach einigen Sekunden spähte er in den breiteren Korridor, der durch die Speiche reichte, drehte dann den Kopf und sah Uhura an. »Dieser Ring enthält die Mannschaftsquartiere«, sagte er. Nirgends rührte sich etwas.

»Sieht ganz danach aus, als hätten die *Raben* alle Besatzungsmitglieder der Station verschlungen«, murmelte McCoy.

Rivera griff nach seinem Tricorder, doch der Vulkanier hielt ihn fest, bevor er die Sensoren aktivieren konnte. »Wir müssen uns auf unsere eigenen Sinne verlassen. Häufiger Gebrauch der Ortungsgeräte verrät unsere Position.«

Lieutenant Uhura nickte. »Ich schätze, das Ablenkungsmanöver des Captains hat funktioniert. Wahrscheinlich sind jetzt viele *Raben* damit beschäftigt, die *Enterprise* zu verfolgen.«

Sie ging voraus und geleitete ihre Kameraden zum nächsten Ring. McCoy bildete den Abschluß der Kolonne. Ein Teil der Furcht in ihm wich dem Bemühen, möglichst lautlos und schnell durch eine klaustrophobische Welt aus kühlem Metall zu schleichen. Die Waffe in seiner Hand war schwer und klobig; wenn er nicht aufpaßte, entwickelte sie die beunruhigende Tendenz, auf Spocks Rücken zu zielen. Das leise Knirschen der eigenen Stiefelsohlen auf dem Deck verstärkte Leonards Desorientierung... Er blickte in die Richtung, aus der sie kamen.

»Spock!«

Der Vulkanier wirbelte herum und zielte auf den *Raben*, dessen Strahler rote Blitze schleuderte — sie zuckten über McCoy hinweg und strichen über die Wände. Trotzdem schoß Spock nicht sofort. Er zögerte einen Sekundenbruchteil und veränderte die Justierung des Phasers, bevor er den Auslöser betätigte. Zwei verschiedene Entladungen trafen aufeinander, gleißten und verblaßten. Der *Rabe* sank zu Boden; Spock blieb stehen.

Er eilte zu dem Arzt, der auf dem Boden hockte und mit dem Rücken an der Wand lehnte. »Sind Sie verletzt, Dr. McCoy?«

Leonard schwieg zunächst, holte zischend Luft und stemmte sich hoch. »Nein, Mr. Spock.« Er rieb sich die eine Schläfe. »Ich bin... nur ein wenig benommen, aber es geht schon wieder vorbei.« Er begegnete dem durchdringenden Blick des Ersten Offiziers. »Wirklich, Sir — jetzt ist wieder alles in Ordnung mit mir.«

»Sie haben Ihren Phaser nicht abgefeuert.«

McCoy starrte auf die Waffe in einer Hand. »Nein, ich war... wie gelähmt.« Er schnitt eine Grimasse. »Ich habe Ihnen ja gesagt, daß ich einen lausigen Soldaten abgebe.«

Spock betrachtete den bewußtlosen blauhäutigen Alien, der auf dem Bauch lag. Die gesplitterten Reste eines Spielzeuggewehrs ragten unter der breiten Brust hervor. »Ihr Zögern hatte durchaus einen Sinn. Ich erkläre es Ihnen später.« Er griff nach McCoys Ellenbogen, zerrte ihn durch den Gang und schloß zu den anderen auf.

Als sie näher kamen, wandte sich Uhura vom Zugang des zweiten Stationsrings ab. »Alles klar, Mr. Spock. Das Kommunikationszentrum befindet sich dort drüben — die dritte Tür auf der rechten Seite.«

Der Vulkanier modifizierte erneut die Einstellung seines Phasers. »Gehen Sie voraus. Und seien Sie vorsichtig.«

Die Landegruppe trat in den leeren Ring und schob sich an den gewölbten Wänden entlang. Spocks gutes Gehör warnte ihn vor der Falle, aber die Zeit genügt nicht, um zu reagieren.

Auf beiden Seiten öffneten sich Türen. Blaue Gestalten sprangen durch die dunklen Pforten, blockierten die Passage und schnitten den Fluchtweg ab. Bewaffnete *Raben* umringten die Männer und Frauen von der *Enterprise*.

Ein großer, muskulöser Alien schritt auf die Gruppe zu. Er trug die zerfetzten Reste einer klingonischen Uniform. »Wir haben auf euch gewartet, Erdling-Würmer.«

KAPITEL 21

Der *Raben*-Kommandant spuckte aufs Deck. »Esserass und Aeloran ist es also nicht gelungen, die *Enterprise* zu übernehmen. Typische Inkompetenz der Föderation. Leider hat mir die Königin nicht erlaubt, diese Station zu verlassen. Sonst hätte ich den Angriff selbst geleitet und zweifellos den Sieg errungen. Statt dessen bekam euer Schiff Gelegenheit, sich von Gefecht zu Gefecht zu schleppen und schließlich den närrischen Versuch zu unternehmen, ins Heimnest vorzudringen.« Das Wesen schlug sich mit der Faust an die Brust, und der dunkle Haarkamm vibrierte. »Ich bin ein klingonischer Krieger und falle nicht auf eure lächerlichen Tricks herein.«

Als ihr Anführer winkte, traten mehrere blauhäutige Geschöpfe vor, um die Landegruppe zu entwaffnen. »Vorsichtig, vorsichtig«, mahnte der große *Rabe*. »Kratzt sie nicht — *noch* nicht.« Er musterte die Menschen aus blutunterlaufenen Augen. »Ich sehe hier nur Befehlsempfänger.« Sein Blick verharrte kurz auf dem Vulkanier, doch er zuckte mit den Achseln. »Hier haben wir den Ersten Offizier, aber der Captain fehlt. Offenbar mangelt es ihm an dem Mut, sich den Konsequenzen seiner eigenen Dummheit zu stellen. Nun, letztendlich spielt es keine Rolle. Meine Streitmacht verfolgt die *Enterprise*. Ihr Captain wird in der Schlacht sterben, und dann gehört mir sein Schiff.«

»Commander Kyron!« Klauen schabten über den Boden, als sich ein *Raben*-Kurier näherte. Er sprach mit der atemlosen Stimme eines jungen Andorianers. »Bericht von Verwalterin Friel. Die Sensoren können das Schiff nicht lokalisieren, von dem aus sich die Einsatzgruppe an diesen Ort beamte.«

»Bin ich denn nur von Unfähigen umgeben?« Der Kyron-*Rabe* schlug nach dem Wesen, das ihm die schlechten Nachrichten brachte. »Unsere Gegner — und Opfer — sind wohl kaum aus dem Nichts erschienen.« Der klingonische Kommandant sah Spock an. »Wo ist das Raumschiff, das euch hierhertransferierte?« Er rechnete nicht mit einer Antwort und bekam auch keine. »Dein Schweigen ist anerkennenswert, Vulkanier, aber es wird nur von kurzer Dauer sein. Bald gibst du mir bereitwillig Auskunft und verrätst mir alles, was ich wissen muß, um den ganzen Sektor zu erobern. Esserass besiegelte Captain Neils Schicksal. Und Neil überlistete Verwalterin Friel. Ich werde ebenso erfolgreich sein.«

Er winkte erneut. Die *Raben* stießen Spock und seine Gefährten aus dem Kommunikationsbereich; den Mitgliedern der Landegruppe blieb gar nichts anderes übrig, als mit langen Schritten durch den Verbindungskorridor zu marschieren. Sie passierten den dritten und dunklen Ring: Die Schaufenster der dortigen Geschäfte waren zertrümmert, Auslagen und Warenlager geplündert. Im vierten Ring erwartete sie helles Licht und rege Aktivität. *Raben* wanderten zielstrebig durch die gewölbten Passagen und nahmen pflichtbewußt die Wartungsroutine ihrer Opfer wahr.

Nach einem knappen halben Kilometer durch den Dockring begegneten sie der ersten Larve. Der grünhäutige Alien trug mehrere Kartons mit versiegelten Nahrungskonzentraten, Vitaminkapseln und Flüssigkeitspaketen. Behutsam balancierte er seine Last und wankte damit durch eine offene Tür.

»Die Königin ist hungrig«, meinte Kyron. »Sie hat viele grüne Brütlinge zur Welt gebracht.« Der Commander blieb kurz stehen, als sie das Portal erreichten.

Tief im Schatten zitterte eine riesige, blauschwarze Gestalt auf dem Deck, und das Shuttle neben ihr wirkte geradezu winzig. An dem schneckenartigen Körper ließen sich weder ein Kopf noch Gliedmaßen erkennen. Stumm lag das Wesen auf dem Boden, umringt von grünen *Raben*, die es streichelten und zärtlich betasteten.

Die Masse erbebte, als sich der Brütling mit den Nahrungsmitteln näherte. Am einen Ende des formlosen Geschöpfs bildete sich eine rosarote Öffnung, und saugende Geräusche drangen daraus hervor. Nacheinander warf der grüne *Rabe* alle Pakete und Behälter in den Mund.

»Unsere Königin«, verkündete Kyron. »Bietet sie nicht einen erhabenen, prächtigen Anblick? Ich würde sie gern gewissen Angehörigen des Imperialen Hohen Rates vorstellen.« Er starrte Spock aus runden Augen an, und die klingonische Stimme klang jetzt arrogant. »Die Königin verlangt Eroberungen von uns, aber ich habe unsere Siege geplant. Sie ist mit unseren Selbstsphären verbunden und kontrolliert den individuellen Willen, doch sie hat keine echte Intelligenz. Damit unterscheidet sie sich kaum von jenen, deren Anweisungen ich einst befolgen mußte.«

Der klingonische Kommandant lachte schallend und setzte den Weg durch die Docksektion fort. Er kicherte, bis er schließlich vor einem großen Frachtraum verharrte. Die Sicherheitstüren wurden entriegelt und weit genug geöffnet, damit sie die Kammer betreten konnten. Dort lagerten nun keine Container mehr: Ihren Platz nahmen etwa fünfzehn gelähmte Humanoiden ein — man hatte sie achtlos in eine Ecke geworfen.

Kyron trat nach einer der reglosen Gestalten. »Diese Zivilisten haben kein für uns nützliches technisches Wissen. Sie dienen dazu, die Königin zu füttern. Glücklicherweise können die Brütlinge vor ihrer Metamorphose jahrelang überleben und auf ein geeignetes Opfer warten.« Der *Raben*-Klingone ließ seinen Blick über die Mitglieder der Landegruppe schweifen. »Aber jetzt haben wir viele Gehirne für die Jungen. Die Brütlinge brauchen sich nicht lange zu gedulden.«

Kyron ging einige Schritte und blieb vor Archer stehen. »Wer soll der erste sein? Du vielleicht?« Er hob die Klauenhand zum Hals des Mannes, kratzte und hinterließ vier dünne Striemen. Archer sank zu Boden. »Keine Sorge — ihr kommt ebenfalls an die Reihe«, sagte er zu Rivera und Cruz. »Früher oder später fügen wir euch den Verteidigern der Königin hinzu.« Er umarmte die beiden Sicherheitswächter und bohrte ihnen giftige Klauenspitzen in die Schultern. Sie verloren sofort das Bewußtsein.

Der *Rabe* hielt sich nicht damit auf, Uhura zu verspotten. »Wenn ich mir vorstelle, daß der Imperator mit einer Armee aus Frauen und Kindern Frieden schloß...« Er deutete auf die betäubten Zivilisten.

»Halte dich von mir fern — dann besteht keine Gefahr, daß du zu einem Krieger der Königin wirst. Irgendwann verwenden wir dich als Nahrung, aber dein minderwertiges Ich wollen wir nicht.«

Kyron fixierte seine Aufmerksamkeit auf McCoy. Ein langer Finger stieß an die Medo-Tasche. »Was versteckst du dort drin?« Der Alien strich mit einer Klaue über Leonards Overall, bis hin zum Kragen. Dann krümmte er die Hand; Klauen klackten, ritzten die Haut des Menschen jedoch nicht auf. »Hmm?«

McCoy hielt den Kopf völlig still. »Medizinische Ausrüstungsgegenstände.«

Der *Rabe* fauchte. »Du bist Arzt?«

Leonard konnte nicht nicken, aber er blinzelte zustimmend.

Der klingonische Kommandant ließ die Hand sinken. »Typische Verdorbenheit der Föderation. Wir werden unsere Kampfkraft nicht von jemandem beeinträchtigen lassen, der sich um die Schwächen von Körper und Geist kümmert.« Er nickte in Richtung Uhura. »Geh dorthin, zur Frau.«

Schließlich wandte sich Kyron an Spock. »Aber du bist nicht schwach.« Ruckartig hob er die Klaue und hinterließ eine kleine grüne Linie an der Wange des Vulkaniers.

Der Erste Offizier blieb auf den Beinen. »Offenbar bin ich immun gegen Ihr Gift.« Er ließ unerwähnt, daß der Kratzer die rechte Seite seines Gesichts gelähmt hatte und ein tieferer Hautriß vermutlich selbst bei ihm zu Bewußtlosigkeit führte.

Der Alien fauchte erneut. »Na schön. Pech für dich. Wenn es soweit ist, wird dich der Brütling ohne die schmerzstillende Wirkung dieser Krallen fressen.« Er zeigte die Klaue. »Du kannst deutlich spüren, wie dein Schädel platzt.«

Er richtete die Hand auf einen bewaffneten *Raben.* »Hol einen Brütling, Jaeger — er soll das Wissen unserer Gefangenen aufnehmen.«

»Ja, Herr.« Das Wesen salutierte wie ein Klingone und verließ den Raum. Einige Minuten später kehrte es mit einem grünen Geschöpf zurück.

Der Brütling klapperte aufgeregt mit dem Schnabel, als er die reglosen Gestalten auf dem Boden sah. Er bückte sich gierig und packte einen der Sicherheitswächter. McCoy und Uhura schrien entsetzt, als er den Kopf des wehrlosen Mannes hob und ihn in den Schnabel nahm. Hornspitzen durchdrangen die Haut, übten an Stirn und Nacken wachsenden Druck aus.

Kyron hörte zufrieden das Knirschen von Knochen. »Es muß schnell geschehen, solange der Körper noch lebt. Die Erinnerungsspuren im Gehirn lösen sich rasch auf.«

Der Schädel barst, platzte auseinander und offenbarte weiche Hirnmasse. Der junge *Rabe* stieß mit dem Schnabel zu, zog das Organ aus dem Kopf des Menschen und verschluckte es in einem Stück. Der Körper entglitt seinen Klauen und fiel wieder aufs Deck. Juan Cruz war tot. Blut und klare Flüssigkeit tropften aus dem Hohlraum hinter der Stirn.

Der Brütling stieß einen schrillen Schrei aus, als seine Gliedmaßen erst zitterten und sich dann versteiften. Der Beutel am Hals schwoll an, wuchs wie ein sich langsam aufblähender Ballon und wurde fast ebenso groß wie der Kopf. Er verfärbte sich, und die blaue Tönung erfaßte auch den ganzen Leib. Der Haarflaum verwandelte sich in einen schwarzen Kamm.

Die Schwellung des Halsbeutels ging allmählich zurück, und der Alien bewegte sich, noch bevor das sackartige Gebilde auf die ursprüngliche Größe schrumpfte. Er riß die Augen auf und klapperte mehrmals mit dem Schnabel. Mit einem starren Blick beobachtete er die gefangengenommenen Mitglieder der Landegruppe. Dann sagte er mit der Stimme des toten Cruz: »Commander, die mit der Tarnvorrichtung abgeschirmte *Schwert* hat uns in die Station gebeamt, während die *Enterprise* ein Ablenkungsmanöver durchführte.« Er deutete auf Spock. »Die Crew wartet auf seine Order.«

»*Mein* Schiff!« brüllte der ehemalige klingonische Krieger. »Die Föderationswürmer haben meinen Schlachtkreuzer gefunden?«

Der Cruz-*Rabe* nannte weitere Informationen. »Captain Kirk lockt die Stationsschiffe mit der *Enterprise* in eine Falle. Er hat mit seinem Schadensbericht gelogen. Ihm steht noch immer genug Feuerkraft zur Verfügung, um unsere Raumer zu vernichten.«

»Ein Verrat, der nicht ungerächt bleibt!« ereiferte sich Kyron. »Jaeger, bring diese Soldaten zum Hangar. Kath braucht Verstärkung für seinen Kampf gegen die *Enterprise*. Los!«

Er griff nach einem der erbeuteten Phaser und reichte ihn dem Cruz-*Raben*. Der metamorphierte Brütling richtete die Waffe ohne zu zögern auf den Ersten Offizier, während der klingonische Kommandant im Körper des Alien Spock anstarrte. »Jetzt bist du dran. Ein Signal von dir holt die *Schwert* zurück, und dein vulkanisches Gehirn wird die Niederlage des Föderationsschiffes besiegeln.«

»Sie erhalten überhaupt keine Gelegenheit, es für Ihre Zwecke zu benutzen«, erwiderte Spock. »Ich kann mein Bewußtsein selbst zerstören.« Stumm leitete er die erste mentale Eliminationssequenz ein.

Kyron beobachtete, wie der Vulkanier blaß wurde, als sein Körper auf die geistige Biokontrolle reagierte. »Genug! Du gehörst zu einem ehrlosen Volk, das jedoch nie lügt. Ich töte dich jetzt. Es ist ohnehin kein großer Verlust — bestimmt schmeckt dein Gehirn abscheulich.«

Der *Rabe* richtete einen klingonischen Intervaller auf Spocks Brust und krümmte die Klaue um den Abzug.

Uhuras Schrei erklang genau zum richtigen Zeitpunkt. Die Waffe des Alien zuckte in ihre Richtung, aber der tödliche Strahl verfehlte das Ziel, als McCoy Kyron von hinten ansprang. Lautes Brüllen des Commanders übertönte das Zischen eines Injektors. Ein wuchtiger Stoß mit dem Arm schleuderte den Arzt quer durchs Zimmer und an die Wand. Doch als McCoy fiel, stürzte auch der Alien.

Gleichzeitig versetzte Spock dem Cruz-*Raben* einige wohlgezielte Karate-Hiebe. Ein Schlag riß dem fremden Wesen die Waffe aus der Hand. Die anderen wirkten kaum auf die granitharte Statur des Geschöpfes, lenkte es jedoch von Uhura ab. Die dunkelhäutige Frau hob den Phaser auf, feuerte und hinderte ›Cruz‹ daran, Spock das Genick zu brechen. Die zweite Entladung schickte den *Raben* ins Reich der Träume.

Spock betrachtete kurz die großen Flecken auf seinen Händen und ignorierte sie ebenso wie den von ihnen ausgehenden Schmerz. »Danke, Lieutenant.«

»Gern geschehen, Mr. Spock.« Uhura zielte auf die beiden betäubten *Raben*, während der Vulkanier zu Leonard eilte.

»Dr. McCoy?«

Der Arzt stöhnte und versuchte aufzustehen. »Ich bin unverletzt, Sir.« Er bewegte sich erneut und verzog das Gesicht. »Aber ich habe mich schon besser gefühlt.«

»Ich möchte Ihnen meine Anerkennung aussprechen«, sagte Spock und half McCoy hoch. »Es ist Ihnen gelungen, den *Raben* zu lähmen.«

»Und das ist noch nicht alles«, rühmte sich der Doktor. Mit der einen Hand tastete er nach seinem Nackenansatz. »Eines Abends packte mich Sager und hielt mir ein Plastikmesser hierhin. ›An dieser Stelle muß man sie freischneiden‹, sagte er, lachte und ließ mich wieder los. Offenbar hatte er ein Messer benutzt, um den entsprechenden Nervenstrang der *Raben* zu durchtrennen.«

Spock verstand, was der Arzt meinte. »Wie lange bleibt das Nervensystem des Alien außer Gefecht?«

»Keine Ahnung«, antwortete McCoy. »Die Substanz ist für Menschen bestimmt.«

Spock hob eine Braue. »Wir müssen uns auf Ihre Injektion verlassen. Ich bezweifle, ob sich Kyron über eine von uns stammende Messerwunde freuen würde.« Er deutete zu dem *Raben*, der sich benommen aufrichtete.

Uhura ging in die Hocke und hielt den Phaser schußbereit. Auf Spocks Zeichen hin ließ sie den Strahler widerstrebend sinken.

Der *Rabe* schüttelte sich, hob große Klauenhände und berührte damit den Schnabel. Klingonische Flüche kamen aus seiner Kehle. »Verdammte Vipern, die es gewagt haben, mein Schiff zu stehlen! Die Mannschaft! Ich reiße die Fremden in Stücke — bis sie sich nicht einmal mehr dazu eignen, den Kakerlaken an Bord zum Fraß vorgeworfen zu werden!«

Spock trat näher. »Wir sind gern bereit, Ihnen dabei zu helfen, Commander Kyron.«

»Ich brauche nicht die Hilfe schwacher Menschen, um Rache zu nehmen!« donnerte der Klingone, dessen Selbst nun keiner mentalen Kontrolle mehr unterlag. Er erhob sich und taumelte.

»Ich bin Vulkanier«, stellte Spock kühl fest. »Und ich versichere Ihnen, daß sich unsere Unterstützung als sehr nützlich für Sie erweisen kann.«

»Mr. Spock!« rief Uhura. Sie legte jetzt auf den *Raben* an, der Cruz' Gehirn verschlungen hatte. Der bisher reglose Leib zitterte. »Dieser Alien kommt wieder zu sich.«

»Betäuben Sie ihn noch einmal...«

»Töte ihn, Weib!« grollte Kyron und blickte auf den Wächter hinab. »Wenn er erwacht, alarmiert seine Aufregung die Königin.« Als Uhura nicht sofort gehorchte, griff er nach seinem Intervaller.

»Nein, warten Sie«, sagte McCoy hastig. »Wir können auch sein Bewußtsein retten.« Er drückte eine neue Kapsel in den Injektor und hielt das kleine Gerät an die rechte Hälfte der geteilten Wirbelsäule. Mit einem dumpfen Zischen entlud es sich.

Der *Rabe* ächzte, und die blutunterlaufenen Augen blinzelten. Er hob die eine Hand zum Haarkamm, befühlte dann den Schnabel, öffnete ihn und schrie mit Cruz' Stimme. Kyron holte aus, und seine Faust traf das Wesen am Kopf. »Menschlicher Abschaum. Nur Klingonen haben den Mut wahrer Eroberer.«

McCoy wollte sich auf den Commander stürzen, aber Spock hielt ihn fest. »Kümmern Sie sich um die betäubten Mitglieder der Landegruppe und die ebenfalls gelähmten Zivilisten. Lieutenant Uhura hilft Ihnen dabei.«

McCoy schnitt eine finstere Miene, blieb jedoch stumm, als er den Injektor neu justierte und der Medo-Tasche einige Ampullen mit dem von Frazer entwickelten Gegenmittel entnahm. Während er und Uhura die beiden überlebenden Sicherheitswächter weckten, sprachen Spock und Kyron über Strategie.

»Wir müssen unverzüglich handeln«, drängte der Klingone. »Die Königin wird bald merken, daß sie nicht mehr meinen Willen kontrolliert, und dann schickt sie ihre Streitmacht gegen uns in den Kampf.«

Spock holte seinen Kommunikator hervor. »Zum Glück können wir auf das Potential der *Schwert* zurückgreifen...«

»Wir?« wiederholte Kyron. Er grub die Klaue in Spocks Uniformpulli und schüttelte den Vulkanier. »Es ist *mein* Schiff.« Abrupt zog der Commander die Hand zurück. »Selbst die Königin brachte mich nicht dazu, es zu zerstören. Jetzt stellt es einen verborgenen Dolch dar, mit dem wir sie töten können.« Er neigte den Kopf zurück und lachte.

Spock strich den Pulli glatt. »Lassen Sie uns gemeinsam einen Plan entwickeln.«

»Schweig, Vulkanier!« entfuhr es Kyron. »Ich weiß, was es jetzt zu tun gilt.« Mit einem Ruck zog er Spock den Kommunikator aus der Hand. »Ich suche die Kammer der Königin auf und übermittle der *Schwert* meine Koordinaten. Anschließend beamt deine Crew eine Photonenmine zu mir. Die Explosion wird der Königin keine Überlebenschance lassen, und ohne ihren kontrollierenden Einfluß können selbst deine schwachen menschlichen Gefährten mit den übrigen Ungeheuern fertig werden.«

»Ihnen bleibt nur wenig Zeit, um sich in Sicherheit zu bringen«, wandte Spock ein.

»Mir bleibt *überhaupt* keine Zeit, um zu fliehen«, entgegnete Kyron verächtlich. »Was spielt das für eine Rolle, wenn ich nur die wandelnden Exkretionen umbringe? Es ist weitaus besser, in einem ruhmvollen Kampf zu sterben als in diesem gräßlichen Körper zu leben.« Er klopfte sich auf die blaue Brust.

Der Erste Offizier nickte ernst. »Nun gut. Ich gebe den Besatzungsmitgliedern der *Schwert* die notwendigen Befehle. Die Explosion wird den äußeren Ring der Station vernichten. Da wir uns nicht an Bord des Schlachtkreuzers beamen können, ohne seine Existenz preiszugeben, müssen wir uns in eine andere Sektion der Handelsbasis zurückziehen.«

McCoy kniete neben einem Mann, der noch immer an den Nachwirkungen des *Raben*-Giftes litt. »Wir müssen noch etwas warten! Diese Leute sind erst in einigen Minuten fähig, aufzustehen und aus eigener Kraft zu gehen.« Er meinte die acht Zivilisten, deren Benommenheit nur langsam nachließ. Uhura und Rivera hatten ihnen geholfen, sich aufzusetzen und an die Wand zu lehnen. Archer verabreichte ihnen Stärkungsmittel, doch sie waren nach wie vor schwach und desorientiert.

»Warum lebenden Müll retten?« knurrte Kyron. »Mit jeder verstreichenden Sekunde wird die Gefahr der Entdeckung größer. Gib deiner Crew Bescheid, Vulkanier. Ich gehe jetzt.« Er schob Spock beiseite, winkte einen letzten Gruß und stolzierte davon.

»Wir müssen diesen Bereich vor der Explosion verlassen«, wandte sich der Erste Offizier an die Landegruppe. »Sobald es hier zu einem Druckverlust kommt, wird die beschädigte Sektion vom Rest der Station abgeriegelt.« Uhura, Rivera und Archer begannen damit, den Zivilisten aufzuhelfen.

Spock löste den Kommunikator von McCoys Gürtel, klappte ihn auf und stellte die Frequenz ein. Er richtete nur einige knappe Worte an die Besatzung der *Schwert* und gab Sulu keine Chance, Fragen zu stellen oder Einwände zu erheben; gleichzeitig verringerte er damit das Risiko, daß die *Raben* den Ursprung der Signale anpeilten. Kurz darauf unterbrach er die Verbindung wieder und sah sich um. In der Frachtkammer befanden sich jetzt nur noch er selbst, McCoy und sechs Reglose. »Wenn wir nicht *sofort* aufbrechen, droht uns der Tod.«

Der Arzt hielt seinen Scanner über einen tellaritischen Kaufmann. »Die fünf anderen sind tot, aber hier registriere ich schwachen Pulsschlag.« Hastig injizierte er ein kreislaufstabilisierendes Stimulans.

Spock ergriff den Tellariten am Arm, zog ihn hoch und legte sich den massigen Körper über die Schulter. »Laufen Sie«, wies er den Arzt an und stürmte los.

McCoy und der Vulkanier schlossen rasch zu ihren Kameraden auf, als diese nach dem nächsten Korridor suchten, der aus dem Dockring weiter ins Innere der Station führte. Die Zivilisten gingen jetzt schneller. Nach der anfänglichen Verwirrung begriffen sie, daß es die Landegruppe sehr eilig hatte. Spocks Last erholte sich weit genug, um auf eigenen Beinen zu stehen; während er einen Fuß vor den anderen setzte, klagte der Tellarit immer wieder darüber, aus einem tiefen Schlaf geweckt worden zu sein.

Archer erreichte die Sicherheit des Korridors als erster. Er prüfte die Kontrollen der Vakuum-Sicherheitstüren, als Uhura und Rivera die Zivilisten in den Tunnel geleiteten. McCoy und Spock bildeten das Ende der Prozession und waren noch immer einige Meter entfernt, als der Kommunikator am Gürtel des Ersten Offiziers warnend piepte.

»Kyron ist nun bei der Königin — noch fünfundvierzig Sekunden bis zur Explosion«, sagte der Vulkanier ruhig. Er gab dem Tellariten einen Stoß.

»Warum die Eile?« fragte eine spöttische Stimme.

Spock drehte sich um. Ein blauhäutiger *Rabe* stand mitten im Gang und hielt einen Phaser in der Klauenhand.

Der wissenschaftliche Offizier erstarrte. »Guten Abend, Verwalterin Friel.«

»Es wird der Königin gar nicht gefallen, daß Sie uns so bald verlassen.« Der *Rabe* beobachtete die kleine Gruppe hinter dem Vulkanier. »Kehren Sie jetzt zurück.«

»Die Königin will nicht, daß mir etwas zustößt«, erwiderte Spock. »Sie braucht mein Wissen. Ich begleite Sie widerstandslos, wenn Sie die anderen gehen lassen.«

»Sie können wohl kaum Bedingungen stellen«, lachte der Friel-*Rabe*.

»Behandeln Sie so Ihre zahlenden Kunden?« Spock nickte in Richtung des tellaritischen Kaufmanns. »Mit solchen Geschäftsmethoden kommen Sie nicht weit.«

Als das Wesen zögerte, fuhr der Vulkanier fort: »Sie verstehen weitaus mehr von gutem Management als die Königin.« Mit einer beiläufigen Geste forderte er McCoy und den Tellariten auf, sich dem Zugang des Korridors zu nähern. »Warum belästigen Sie Ihre Kunden mit den inneren Angelegenheiten der Station?«

Der Alien antwortete nicht, unternahm jedoch keinen Versuch, Arzt und Kaufmann daran zu hindern, den Tunnel zu betreten. Spock stand nun allein in der Ringpassage.

Nach einigen Sekunden hob der *Rabe* den Strahler. »Keine weiteren Verzögerungen, Mr. Spock.« Grelles Licht gleißte hinter ihm und hüllte seinen Körper in einen feurigen Halo. »Sie kommen jetzt...«

Die Worte verloren sich im Donnern heißer Luft, die wie ein Orkan durch den vierten Stationsring toste. Die Druckwelle der Explosion hob den *Raben* hoch, und glühende, scharfkantige Metallsplitter durchbohrten ihn. Spock wurde ebenfalls emporgerissen und drehte sich mitten in der Luft, um der Hitze und dem Splitterregen den Rücken zuzukehren. Irgend etwas traf ihn an der Brust, und dann prallte er gegen die Wand.

Der Vulkanier verlor das Bewußtsein, bevor er den Schmerz spürte.

KAPITEL 22

»Wenn Sie nicht kapitulieren, vernichten wir Ihr Schiff!« tönte es aus den Lautsprechern der externen Kommunikation.

»Keine Antwort, Lieutenant Palmer.« Kirk lehnte sich im Kommandosessel vor, sah zum großen Wandschirm und beobachtete die verschiedenen Raumer. Die *Enterprise* flog mit halber Impulsgeschwindigkeit und war gerade schnell genug, um den gegenwärtigen Abstand zu den Handels-, Passagier- und Scoutschiffen zu wahren.

»Die weganische Einheit ist gefährlicher als alle anderen«, sagte Lieutenant Kyle und deutete auf das Schiff, dessen Kommandant Kirk zur Kapitulation aufgefordert hatte. »Es handelt sich um einen umgebauten Zerstörer, der jetzt als Frachter eingesetzt wird, aber zumindest ein Teil des offensiven Potentials ist erhalten geblieben. Zusammen mit den beiden andorianischen Scouts wäre er imstande, einigen Schaden anzurichten.«

»Wenn es an Bord zu weiteren Schäden kommt, kann ich für *nichts* mehr garantieren«, warnte Scotty und sah von der technischen Station auf.

»Wie hoch ist die Maximalgeschwindigkeit eines derartigen Zerstörers?« fragte Kirk.

Kyle blickte auf den Computerschirm. »Dreiviertel Impulskraft. Die Scouts sind etwas langsamer.«

»Und der Rest dieser... Flotte?« Kirk wußte, daß es ein Fehler war, die Streitmacht der Wagner-Station zu unterschätzen.

Sie bestand nicht aus militärischen Schiffen, aber in ihrem derzeitigen Zustand hatte die *Enterprise* kaum eine Chance, wenn alle Gegner gleichzeitig angriffen.

Kyle brauchte eine Minute, um die Kapazität der anderen Einheiten festzustellen. »Die meisten sind auf halbe Impulskraft beschränkt.«

»Dann können wir ihnen leicht davonlaufen«, schnaubte Scotty und zeigte seine Verachtung ganz deutlich.

»Wenn wir ›davonlaufen‹, kehren die Schiffe zur Handelsstation zurück«, sagte Kirk nachdenklich. »Wir müssen sie außer Gefecht setzen. Und um das zu bewerkstelligen, brauchen wir eine Gelegenheit, uns die Raumer einzeln vorzunehmen.«

»Hier spricht Lord Kath, Captain Kirk. Ersparen Sie sich und Ihrer Crew einen qualvollen Tod — geben Sie auf!«

»Keine Antwort, Captain?« fragte Palmer.

»Keine Antwort.« Kirk drehte den Kommandosessel zur wissenschaftlichen Station um. »Kyle, ich brauche Informationen über Lord Kath. Was wissen wir von ihm?« Ungeduldig wartete er auf die Antwort. Spocks Fähigkeit, die Computersprache direkt zu verstehen, führte nur zu geringen Verzögerungen zwischen Anfrage und Auskunft.

»Es gibt keinen *Lord* Kath«, entgegnete Kyle schließlich. »Weder an Bord der *Schwert* noch irgendwo im klingonischen Militär. Aber in den Aufzeichnungen wird ein Kommunikationsoffizier namens Kath erwähnt.«

Diese Mitteilung veranlaßte einige Brückenoffiziere, schallend zu lachen. Kirk grinste breit. »Wir kämpfen also gegen einen Klingonen, der an Größenwahn leidet.« Und der sich durch einen eklatanten Mangel an taktischem Geschick auszeichnete. »Öffnen Sie einen Kom-Kanal, Lieutenant Palmer.«

»Grußfrequenzen offen.«

»Hören Sie, ›Lord‹ Kath.« Jim sprach mit unüberhörbarem Spott. »Hier ist Captain James T. Kirk von der USS *Enterprise*. Ich kapituliere nicht vor irgendwelchem Klingonendreck und warte noch immer darauf, die Stimme eines wahren klingonischen Kriegers zu hören...«

Die Translatoren konnten nichts mit den wütenden Flüchen des Kommunikationsoffiziers anfangen. Auf dem Wandschirm war zu sehen, wie der zum Frachter umgebaute weganische Zerstörer beschleunigte und sich vom Rest der Streitmacht entfernte.

»*So* leicht hätte ich es mir nicht vorgestellt«, murmelte Kirk. »Mr. Leslie, erhöhen Sie unsere Geschwindigkeit auf fünfundsiebzig Prozent Impulskraft. Sorgen Sie dafür, daß uns der weganische Raumer auch weiterhin verfolgt.«

Innerhalb kurzer Zeit verlor die gegnerische Streitmacht ihre gut strukturierte Formation. Der ehemalige Zerstörer bildete nun die Spitze einer langen Kette aus anderen Schiffen, die alle mit ihrer jeweiligen Höchstgeschwindigkeit flogen. Kirk wartete, bis er die Abstände zwischen den feindlichen Einheiten für groß genug hielt.

»Na schön«, brummte er. »Geben wir Kath das, was er sich so sehr wünscht. Impulstriebwerk desaktivieren, Mr. Leslie.«

Die *Enterprise* driftete durchs All.

»Haben Sie etwas Geduld, Benus«, sagte Jim zu der jungen Frau an der Waffenkonsole. Sie sollte die Phaserkanonen nicht vorzeitig abfeuern. »Lassen Sie das erste Schiff noch etwas näher herankommen...«

Palmers Hand schloß sich um das Kom-Modul im Ohr. »Eine weitere Mitteilung von ›Lord‹ Kath.«

Wieder tönte die heisere Stimme des Klingonen aus den Lautsprechern, und kaum unterdrückter Zorn vibrierte in ihr. »Sie sind ein Narr, Captain. Wir wissen, daß Sie weder Schilde noch Waffenenergie haben. Jetzt ist auch Ihr Triebwerk ausgefallen.«

»Zielen Sie sorgfältig«, mahnte Kirk. »Wir müssen den Gegner gleich beim erstenmal erwischen.«

»Phaser ausgerichtet, Captain. Eine Entladung sollte genügen.«

»Feuer!«

Auf der Brücke wurde es dunkler, als das Waffensystem den größten Teil der zur Verfügung stehenden Energie beanspruchte.

»Ich freue mich schon darauf zu sehen, wie Ihr Gehirn aus dem Schädel...« Kath kam nicht mehr dazu, den Satz zu beenden. Ein Phaserstrahl schlug ins weganische Schiff, das sich sofort in einen Feuerball verwandelte.

Die Brückenoffiziere jubelten, und Kirk versuchte nicht, ein zufriedenes Lächeln zu unterdrücken. Er zog einen fairen Kampf solchen Tricks vor, aber letztendlich zählte nur der Sieg. »Gute Arbeit, Benus.« Er gestattete der Crew noch einige weitere Sekunden der Ausgelassenheit, bevor er sie wieder zur Ordnung rief. »Der Kampf ist noch nicht vorbei. Steuermann, drehen Sie das Schiff um hundertachtzig Grad. Volle Impulskraft.«

Die *Enterprise* schwang in einem weiten Bogen herum und wurde schneller. Nacheinander nahm sie sich ihre Feinde vor und ließ die Phaserkanonen sprechen.

»*Enterprise* gegen *Raben:* acht zu null«, freute sich Leslie, als die Strahlbündel ein Passagierschiff trafen. »Jetzt sind nur noch vier übrig...«

»Captain!« erklang Lieutenant Kyles besorgte Stimme. »Die Sensoren erfassen eine zweite Angriffsflotte der Wagner-Station. Die V-Formation besteht aus Scoutschiffen der Klasse Zwei, und sie wird von einer tellaritischen Eskorte begleitet.«

»Verdammt!« Kirk kannte die Kapazität derartiger Eskortenschiffe. Die Tellariten benutzten mit leistungsstarken Schilden ausgestattete Raumer, um ihre Erzabbau-Operationen und gelegentlichen illegalen Unternehmungen zu schützen. »Die *Raben* wissen, daß ich gelogen habe. Irgend jemand hat sie darauf hingewiesen, daß sich die *Enterprise* noch immer recht wirkungsvoll zur Wehr setzen kann.« Was den Schluß zuließ, daß die Landegruppe in Gefangenschaft geraten war.

»Öffnen Sie die Grußfrequenzen.« Dieser Trick hatte einmal funktioniert, und vielleicht...

Palmer schüttelte den Kopf. »Der Gegner ignoriert unsere Signale, Captain.«

Der neue Commander ließ sich also nicht dazu bewegen, die Formation seiner Flotte aufzugeben. »Scotty...«

»Ich kann Ihnen Schilde oder Phaserenergie geben, aber

beides ist nicht möglich. Wenn noch ein Dilithiumkristall splittert, haben wir weder das eine noch das andere.«

Kämpfen und sterben — oder die Flucht ergreifen. Kirk war noch nie vor einem Gefecht geflohen. »Kyle, wie lange würde es dauern, den nächsten Außenposten der Föderation zu erreichen?«

»Mit Impulskraft über vier Monate.«

Die zweite Angriffsflotte kam nun nahe genug heran, um auf dem Wandschirm sichtbar zu werden. Kirk beobachtete die Darstellung. Wenn die *Raben* die Wagner-Station als ihre Basis benutzten, konnten sie in vier Monaten viel Schaden anrichten. Vielleicht breiteten sie sich im ganzen Sektor aus, indem sie den üblichen Handelsrouten zu vielen Kolonialplaneten folgten. »Impulstriebwerk desaktivieren, Mr. Leslie. Wir warten auf die Schiffe. Volle Energie für die Phaser, Mr. Scott.«

Die Strahlenkanonen der *Enterprise* feuerten, sobald die *Raben*-Raumer in ihre Reichweite gelangten. »Drei Scouts zerstört, einer manövrierunfähig«, meldete Kyle. »Aber wenn die Eskorte Gelegenheit erhält, ihrerseits das Feuer auf uns zu eröffnen ...«

»Phaserakkumulatoren leer.« Benus betätigte mehrere Tasten der Waffenkonsole. »Neuaufladung in zwei Minuten.«

Eine energetische Entladung erschütterte die *Enterprise*.

»Die Deflektoren werden instabil, Captain!« rief Scotty. »Der nächste Treffer schlägt voll durch.«

Kirk bereitete sich auf den zweiten und letzten Angriff vor, doch er blieb aus. Das tellaritische Eskortenschiff hing antriebslos im All. »Externer Kom-Kanal, Palmer.«

»Noch immer keine Reaktion von den *Raben*«, lautete die Antwort.

»Phaser aufgeladen, Captain.« Benus' Finger schwebten dicht über den Schaltern. »Das Ziel befindet sich nach wie vor in Reichweite.«

»Phaser in Bereitschaft halten.« Kirk drehte sich zur wissenschaftlichen Station um. »Was meinen Sie, Mr. Kyle?«

»Die Fernbereichssensoren registrieren eine Explosion in der Wagner-Station. Nach den Emissionen zu urteilen, kam es zu schweren Schäden in der Handelsbasis.«

»Er hat es geschafft!« entfuhr es Kirk triumphierend. »Es ist Spock gelungen, den *Raben* einen empfindlichen Schlag zu versetzen.«

Noch während er diese Worte formulierte, zog sich das Tellaritenschiff zurück. Leslie berechnete den Kurs. »Es fliegt nicht zur Handelsstation, sondern in Richtung des tellaritischen Raumgebiets.«

»Soll es ruhig«, erwiderte Kirk. »Mit Impulskraft ist es viele Monate unterwegs. Wir kümmern uns später darum. Derzeit braucht die Landegruppe Hilfe. Steuermann, wir kehren zur Wagner-Basis zurück. Welche Höchstgeschwindigkeit empfehlen Sie, Scotty?«

Der Chefingenieur dachte voller Besorgnis an die Triebwerke. »Sie bitten um Geschwindigkeitsangaben, obwohl ich kaum in der Lage bin, das Schiff zusammenzuhalten? Der letzte Kampf hat vermutlich alle geflickten Stellen aufgerissen. Wir sollten uns mindestens fünf Stunden lang nicht von der Stelle rühren.«

»Fünf Stunden.« Kirk starrte Scott groß an, doch Lieutenant Palmer unterbrach ihn, bevor er die Zeitangabe in Frage stellen konnte.

»Captain, Subraum-Signale von einem Föderationsschiff. Die USS *Lexington* hat diesen Sektor erreicht.«

»Aber ein wenig zu spät«, schnaubte Scotty.

Kirk wandte sich dem verdrießlichen Chefingenier zu. »Ganz im Gegenteil. Die *Lexington* wird uns zur Wagner-Station schleppen.«

»Nein, Captain«, widersprach Scotty empört. »Wir fliegen aus eigener Kraft.«

»Daran zweifle ich nicht, Mr. Scott«, sagte Kirk. Er schaffte es, ernst zu bleiben.

Das Bild auf dem Wandschirm wechselte und zeigte die markanten Züge von Commodore Robert Wesley. »*Enterprise*, Starbase Zehn hat die Nachrichten Ihrer Kom-Drohne empfangen. Wir sind gekommen, um Ihnen die notwendige Unterstützung zu gewähren.«

Kirk lehnte sich im Kommandosessel zurück und lächelte wie jemand, der die Situation vollständig unter Kontrolle hatte. »Tut mir leid, Bob. Die Aufregung ist vorbei.«

»Dann habe ich offenbar eine beeindruckende Show verpaßt«, entgegnete der Captain der *Lexington* und beobachtete die beschädigte *Enterprise*. »Jim, Sie geraten dauernd in den größten Schlamassel...«

»Aber ich überstehe ihn immer«, sagte Kirk. *Und zwar allein.* »Wir senden Ihnen eine Kopie unseres Logbuchs — es enthält alle Informationen über die gegenwärtige taktische Situation. An unserem Ziel können wir noch immer Hilfe brauchen.« Die beiden Kommandanten vereinbarten einen Rendezvous-Zeitpunkt in unmittelbarer Nähe der Wagner-Station. Die *Lexington* verfügte über ein voll funktionsfähiges Warptriebwerk; damit konnte sie den ganzen Sektor durchqueren, während die *Enterprise* zur Handelsbasis kroch.

Lieutenant Kyle sah von den Sensoranzeigen auf, als der Kom-Kontakt zwischen den beiden Starfleet-Schiffen endete. »Captain, ich orte einen anderen Raumer — er nähert sich uns von der Wagner-Station.«

»Die *Schwert*«, sagte Palmer. Tasten klickten unter den Fingern des Kommunikationsoffiziers. »Ihre Sendungen werden immer wieder von Statik unterbrochen — Interferenzen aufgrund der Ionenaktivität im Bereich der Explosion.« Eine kurze Pause. »Zwei Worte werden ständig wiederholt: medizinischer Notfall.«

KAPITEL 23

Nachtrag fürs Medo-Logbuch: Die Landegruppe meldet den Tod des Sicherheitswächters Juan Cruz und ernste Verletzungen bei Commander Spock — eine Prognose ist derzeit noch nicht möglich. Andererseits hat die Besatzung der *Enterprise* während des letzten Kampfes nur minimale Verluste erlitten...

Dr. Cortejo unterbrach seinen Logbucheintrag, als er einige Schritte und laute Stimmen hörte. Er verließ das Büro des Ersten Medo-Offiziers, sah daraufhin McCoy und zwei Pfleger, die mit einer Antigravbahre in die Krankenstation eilten.

Die wartende Behandlungsgruppe entfaltete hektische Aktivität.

Ein Doktor riß McCoy den Scanner aus der Hand, las die Anzeigen und gab sie weiter, während Chapel den anderen Schwestern Anweisungen zurief. Chaos schien zu herrschen, aber es fiel Cortejo nicht schwer, sich in dem Informationsgewirr zu orientieren. Mit ruhigen Bewegungen traf er Vorbereitungen für die Operation.

Dyson trat hinter McCoy hervor und sah die Flecken auf seinem Overall. »Ist ein Teil davon Ihr Blut?« fragte die Neurologin und ging wieder zum Sie über. Unterdessen hoben die Pfleger Spock von der Bahre und trugen ihn zu einer Diagnoseliege.

McCoy schüttelte den Kopf. »Nein. Es stammt alles von ihm.«

Im Gesicht und an den Händen des Vulkaniers zeigten sich schwarze und grüne Streifen. Der Brustteil des Uniformpullis war blutdurchtränkt, und McCoys Kleidung offenbarte die gleichen dunklen Farben.

»Freut mich, das zu hören«, sagte Dyson knapp. »Und jetzt... Aus dem Weg mit Ihnen.«

McCoy wich vom Bett zurück und überließ seinen Platz der jungen Frau. Wenige Sekunden später wurde er von einer Schwester beiseite geschoben, die diverse medizinische Geräte brachte. Als Kirk hereinkam, stand Leonard in einer Ecke und versuchte, mit einem Handtuch das vulkanische Blut abzuwischen. Instinktiv näherte sich der Captain seinem alten Freund.

»Sulu hat mir die taktischen Details des Angriffs auf die Fremden genannt. Was ist mit Spock geschehen?«

»Er stand im Dockring, als die Photonenmine explodierte«, erklärte McCoy und betupfte ohne großen Erfolg seine ruinierte Kleidung. »Er kann von Glück sagen, daß er überhaupt noch lebt. Der Körper eines *Raben* schirmte ihn vor den direkten Auswirkungen der Detonation ab, und die Druckwelle schleuderte ihn in unseren Korridor, bevor sich die Luftschleuse schloß. Er hat schwere Verletzungen erlitten — Verbrennungen, Schrapnellwunden, mehrere Knochenbrüche und innere Blutungen der wichtigsten Organe.«

Ein Schatten fiel auf Kirks Gesicht, als er diese Schilderungen hörte. »Aber er wird nicht sterben.«

McCoy erkannte die gepreßt klingende Bemerkung des Captains als Frage und mied seinen Blick. »Tut mir leid, Sir — ich weiß es nicht. Mit der vulkanischen Physiologie kenne ich mich kaum aus.« Er wischte sich die Hände ab und legte das blutige Handtuch beiseite. »Die Zivilisten in der Wagner-Station benötigen nach wie vor medizinische Hilfe. Wenn Sie mir gestatten, mit einer Sicherheitstruppe dorthin zurückzukehren...«

»Verdammt und verflucht!« Kirks laute Stimme überraschte eine vorbeikommende Krankenschwester, und Leonards Züge verhärteten sich. »Dr. McCoy«, fuhr der Captain etwas leiser fort, und in seiner Stimme erklang noch immer Ärger, »Ihr Platz ist in der Krankenstation.«

»Ich suche die Handelsbasis auf«, sagte Dr. Dyson. Sie

hatte sich einen Weg durch das Gedränge an der Diagnoseliege gebahnt. »Hier kann ich nichts mehr tun.« Sie folgte Kirks Blick zum Anzeigefeld über Spocks Liege. »Dr. Cortejo wird operieren, sobald sich die Biowerte des Ersten Offiziers stabilisiert haben.«

Der Captain verdrängte den Zorn aus sich. »Wie beurteilen Sie seinen Zustand?« fragte er ruhig.

Im Gegensatz zu McCoy hielt Dyson Kirks Blick stand. »Es steht schlecht um ihn. Die inneren Verletzungen sind sehr ernst, und außerdem hat er viel Blut verloren. Während der Operation verliert er sogar noch mehr. Wir können nur auf seine eigenen Blutreserven zurückgreifen — niemand an Bord kommt als Spender in Frage. Es geht darum, das beschädigte Gewebe zu reparieren, bevor sich jene Reserven erschöpfen. Aber wenn Dr. Cortejo...«

»Danke, Dr. Dyson.« Kirk schnitt eine Grimasse, als er den Namen des Chirurgen hörte, und wandte sich von McCoy ab. »Sie sollten sich besser beeilen, wenn Sie die Handelsstation aufsuchen wollen. Die erste Sicherheitsgruppe hat sich schon an Bord der *Schwert* gebeamt.«

Der Captain ging fort, ohne ein weiteres Wort an die beiden Ärzte zu richten. Er machte einen Bogen um die Gruppe am Diagnosebett und folgte Schwester Chapel, die aus dem Zimmer eilte. Als er das Hämatologie-Labor betrat, stand Chapel an einem offenen Vorratsschrank und betrachtete seinen Inhalt. Die meisten Beutel waren mit menschlichem Blut gefüllt, doch einige enthielten smaragdgrüne Flüssigkeit.

»Ist er dazu fähig?« fragte Kirk.

Chapel sah überrascht auf. »Sir?«

»Ich meine Cortejo. Kann er Spock operieren?«

»Er genießt einen ausgezeichneten Ruf als Chirurg.« Die Krankenschwester senkte den Kopf und starrte auf eine Datentafel. »Er scheint der Meinung zu sein...«

»Seine Meinung kann mir gestohlen bleiben«, sagte Kirk scharf. »*Ihre* ist weitaus wichtiger für mich.«

Nur mit Mühe begegnete Chapel dem Blick des Captains. »Nein, ich halte ihn nicht für qualifiziert. Er hat noch nie einen Vulkanier operiert.«

»In dieser Hinsicht hatte McCoy ebenfalls keine Erfahrungen, als er bei Botschafter Sarek die Herzoperation vornahm.«

»Mr. Spocks Verletzungen sind weitaus umfassender.« Chapels Stimme zitterte leicht. »Und Dr. Cortejo hat vulkanische Anatomie nicht so gründlich studiert wie Dr. McCoy...«

Sie unterbrach sich und schüttelte den Kopf.

»Danke für Ihre Offenheit, Schwester Chapel.«

Sie seufzte leise und konzentrierte sich darauf, die verfügbaren Blutkonserven in einer Liste zu verzeichnen.

»Dort oben«, sagte Dyson und deutete in eine Ecke der kleinen Nische, in der sie und McCoy standen. Die für Einsätze außerhalb der *Enterprise* vorgesehenen Ausrüstungsgegenstände lagerten in Regalen, die vom Boden bis zur Decke emporreichten. Sie bildeten eine Art Barriere, schirmten vom Lärm im Notaufnahmebereich der Krankenstation ab.

McCoy stellte sich auf die Zehenspitzen und griff nach dem entsprechenden Koffer. »Ich weiß überhaupt nicht, warum ich hierbleiben soll«, klagte er, als Dyson den Metallbehälter entgegennahm. »Bestimmt bin ich nur den Spezialisten im Wege, die genau wissen, worauf es ankommt. In der Handelsstation könnte ich mich wenigstens nützlich machen.«

Die Neurologin öffnete den Koffer und inspizierte seinen Inhalt. »Finde dich damit ab, Len. Befehl ist Befehl.« Sie duzte ihn jetzt wieder.

»*Ich* habe mich nicht für den Starfleet-Dienst entschieden«, setzte Leonard seinen Protest fort. »Der andere McCoy beging diesen Fehler. Warum sollte ich mich an irgendwelche Befehle halten?«

»Versuch nur, das Schiff zu verlassen. Dann steckt Captain Kirk den ›anderen McCoy‹ in die Arrestzelle — und *dich* mit ihm. Später wirst du dein älteres Ich zum Kriegsgericht begleiten.«

»Wo ich auf geistige Unzurechnungsfähigkeit plädiere. Du kannst als Kronzeugin auftreten und bestätigen, daß meine medizinischen Erfahrungen nicht genügen, um die Pflichten des Ersten Medo-Offiziers wahrzunehmen.« McCoy runzelte die Stirn, als er merkte, daß ihm Diana gar nicht mehr zuhörte. »Vielleicht sehen wir uns erst in einigen Tagen wieder.«

Das weckte die Aufmerksamkeit der Neurologin. In ihren Mundwinkeln zuckte es. »Du hast bereits genug von mir gesehen.«

McCoy errötete, doch als er den Blick von der jungen Frau abwandte, gelang es ihm, seinem Gesicht einen unschuldigen Ausdruck zu verleihen. »Ich leite die Krankenstation dieses Schiffes. Es ist meine Aufgabe, die Crew im Auge zu behalten.«

Dyson lachte leise. »Oh, plötzlich bist du wieder bei Starfleet. Nun, hör mir gut zu, Lieutenant Commander McCoy...«

Sie verschluckte den Rest ihrer Antwort, als Kirk erschien. »Ich bin soweit, Captain.« Hastig schloß sie den Koffer und zog ihn vom Tisch.

»Ich helfe Ihnen...« McCoy trat vor, um Dyson zu begleiten, aber Kirk hielt ihn fest. Seine Hand schloß sich schraubstockartig um den Arm des Arztes und hinderte ihn daran, die Nische zu verlassen.

»Wir müssen einige Dinge in Ihrem Büro besprechen«, sagte der Captain, als eine eingeschüchtert wirkende Dyson forteilte.

»Es ist nicht mehr mein Büro.« McCoy riß sich los, aber es war bereits zu spät, um der Neurologin zu folgen.

»Lassen Sie es mich anders formulieren«, sagte Kirk langsam. »Entweder begeben Sie sich freiwillig ins Büro, oder ich zerre Sie dorthin.«

McCoy starrte den Captain verblüfft an. Was auch immer er in Kirks Miene sah — es veranlaßte ihn dazu, sich zu fügen. »Ja, Sir«, murmelte er und blieb still, bis sie das Arbeitszimmer des Ersten Medo-Offiziers erreichten. Dort erteilte der Kommandant den nächsten Befehl.

»Sie werden Spock operieren.«

»Was?« platzte es aus McCoy heraus, und er lachte humorlos. »Sind Sie übergeschnappt? Ich bin nicht einmal imstande, einen Menschen zu operieren, ganz zu schweigen von einem Vulkanier. Meine Qualifikationen reichen kaum aus, um Cortejo zu *assistieren*...«

»Das stimmt nicht.« Kirk gab die steife Haltung des Captains auf, trat näher und hob wie beschwörend die Arme. »Sie haben die erforderlichen Kenntnisse, McCoy — Sie verbergen sich irgendwo in Ihrem Bewußtsein. Suchen sie danach.«

Leonard schüttelte den Kopf. »Sie haben keine Ahnung, was Sie von mir verlangen.«

»Das ist mir völlig gleich«, sagte Kirk fest. »Ihre Pflicht als Doktor und Bordarzt der *Enterprise*...«

»Nein!« McCoy wich entsetzt zurück. »Sie können mir nicht befehlen, ein lebendes Wesen aufzuschneiden. Ich habe noch nie zuvor operiert.«

»Mindestens hundert Operationen liegen hinter Ihnen!« donnerte Kirk. »Verdammt, Pille — Spock stirbt!« Die Worte blieben ohne Wirkung.

McCoy zuckte mit den Achseln. »Ich bin nicht Ihr ›Pille‹. Ich kann mich weder erinnern noch Ihnen helfen.«

»Ich glaube, Sie *wollen* sich gar nicht erinnern«, erwiderte Kirk bitter. »Sie sind froh, die letzten fünfundzwanzig Jahre Ihres Lebens vergessen zu haben. Sie fürchten sich davor, weil die vergangenen zweieinhalb Jahrzehnte nicht wohlgeordnet und vorhersehbar waren. Statt dessen hielten sie viele unangenehme Überraschungen für Sie bereit. Sie sind noch immer ein Junge — ein Junge, der durchs Leben schreiten möchte, ohne dabei Fehler zu machen. Jene schlimmen Fehler, die sich nicht ausbügeln lassen. Um sie einzugestehen, ist es notwendig, sich der eigenen Schwäche zu stellen...«

»Hören Sie auf!« rief McCoy.

»...und dadurch Kraft zu finden«, fuhr Kirk gnadenlos fort. »Hören Sie mir gut zu, Leonard McCoy. Für *Sie* spielt es vielleicht keine Rolle, ob Spock stirbt, aber tief in Ihrem Innern befindet sich ein Mann, der nichts unversucht ließe, um das Leben eines Patienten zu retten — um jeden Preis. Durch diese Charaktereigenschaften wurde er zum besten medizinischen Offizier Starfleets. Wenn Ihnen diese Achtung vor dem Leben fehlt, so können Sie nicht einmal ein halb so guter Arzt werden wie ›Pille‹. Und dann taugen Sie auch als Mensch nichts.«

Kirk richtete einen durchdringenden Blick auf das blasse Gesicht Leonards. »Können Sie Spock einfach so dem Tod preisgeben?«

McCoy wandte sich ab und ließ die Schultern hängen. Nach einigen Sekunden stöhnte er leise. »Als ich das erstemal einen Patienten verlor, trat ich die Tür des Aufenthaltsraums ein — die Reparatur hat mich ein halbes Monatsgehalt gekostet. Die anderen Ärzte meinten, früher oder später würde ich mich daran gewöhnen.«

»Inzwischen treten Sie keine Türen mehr ein«, sagte Kirk. »Aber Sie haben sich nie an den Tod gewöhnt.«

McCoy schwieg eine Zeitlang und starrte ins Leere. Dann blinzelte er, als wolle er auf diese Weise eine persönliche Vision verdrängen. »Eine bessere Grabinschrift kann sich ein Arzt kaum wünschen.« Er holte tief Luft und straffte die Schultern. »Ich verspreche Ihnen nichts, Captain — abgesehen davon, daß ich mir alle Mühe geben werde.«

Tiefe Erleichterung durchströmte Kirk, doch er schauderte unwillkürlich, als er die nächsten Worte Leonards hörte. »Bitte zeigen Sie mir den Weg zum Operationssaal.«

Als der Captain die Brücke betrat, winkte seine Adjutantin mit einer Datentafel. Während der letzten beiden Wochen fast ständiger Gefechtsbereitschaft hatten sich viele Schadens- und Reparaturberichte angesammelt, ohne daß sich

Kirk mit ihnen beschäftigen wollte. Deshalb war die Adjutantin überrascht, als der Captain so nach dem Formular griff, als handele es sich um eine Rettungsleine. Er las die Einträge kurz und kritzelte eine Unterschrift.

»Diese Anforderung ist zwölf Tage alt, Unteroffizier«, sagte Kirk mißbilligend. »Warum erhalte ich sie erst jetzt?« Er wartete keine Antwort ab. »Bringen Sie mir den Rest«, wies er die Frau an. »Bringen Sie mir alles, was Sie haben.«

Er nahm im Kommandosessel Platz und ließ sich einen Stapel Berichte reichen.

Als Cortejo Spocks eingedrücktem Brustkasten öffnete, widerstand McCoy nur mit Mühe der Versuchung, aus dem Operationssaal zu fliehen. Er schluckte mehrmals, um die Übelkeit zu unterdrücken. Die Farbe wich aus seinen Wangen, und Schweiß glänzte ihm auf der Stirn, als er beobachtete, wie Cortejo und Schwester Chapel das individuelle Lebenserhaltungssystem aktivierten, einige Kabel und dünne Schläuche mit den wichtigsten Organen im Innern des jetzt offenen Körpers verbanden.

Während des ersten Jahrs im zentralen Krankenhaus von Atlanta hatte McCoy gelernt, seine Reaktionen auf den grauenvollen Anblick zerfetzter Körper zu kontrollieren. Manchmal waren die Patienten der Notaufnahme kaum mehr als blutige Haufen, die sofortige Behandlung erforderten. Übertriebene Empfindlichkeit konnte den eingelieferten Männern, Frauen und Kindern das Leben kosten. Als Leonard hinter Spocks Bahre die Kammer betrat, hatte er sich innerlich auf den Schrecken vorbereitet — ohne dabei die fremde Natur dieses besonderen Patienten zu berücksichtigen. McCoys Fassung splitterte unter dem Ansturm *falscher* Farben, Formen und Gerüche.

»Niemand zwingt Sie zuzusehen«, sagte Cortejo spöttisch. »Captain Kirk mag es für nützlich halten, daß Sie hier anwesend sind, aber es liegt mir fern, Ihre Assistenz bei der Operation in Anspruch zu nehmen.«

McCoy atmete tief durch und trat zwei Schritte näher an den Tisch heran. »Als Arzt freue ich mich über die Chance, neue medizinische Techniken zu beobachten.« Er zwang sich dazu, durch das blaue Licht des sterilisierenden Kraftfelds zu blicken. Grüne Flüssigkeit füllte den Brustkasten des Vulkaniers. Leonard schluckte einmal mehr, drehte jedoch nicht den Kopf zur Seite. »Aber ich kenne meine Grenzen. Ich bin nicht hier, um Ihnen zur Hand zu gehen. Ich möchte nur lernen.«

»Dies ist kein Lehrhospital.«

»Lebenserhaltungssystem aktiviert«, murmelte Chapel und schaltete den Gerätekomplex ein.

»Erwarten Sie also keine medizinischen Lektionen von mir«, fügte Cortejo hinzu, als er die Hand in den geöffneten Körper schob. Seine Finger verschwanden im Blut und tasteten über das Gewebe darunter. »Sauger.«

Chapel führte einen durchsichtigen Schlauch zur betreffenden Stelle. Er verfärbte sich grün, und einige Sekunden später wurde ein aufgerissenes Blutgefäß sichtbar, als eine leise summende Pumpe die Flüssigkeit absaugte. Die Krankenschwester setzte mehrere Klammern an, ohne daß Cortejo sie dazu auffordern mußte.

Der Chirurg griff nach dem Skalpell und trennte die zerfransten Ränder des Gefäßes ab. Ein Versiegelungsstrahl verband die beiden Enden miteinander. Als die Klammern gelöst wurden, pulsierte die Ader in einem beständigen Rhythmus und platzte nicht. Trotzdem blieb der Pegel des grünen Meers in der Brust unverändert.

Chapel runzelte die Stirn, als ein warnendes Piepen erklang. »Das Blutvolumen ist auf achtundsechzig Prozent gesunken.«

»Gegenwärtige Transfusionsrate beibehalten.«

»Wieviel Blut kann ein Vulkanier verlieren, ohne in Gefahr zu geraten?« fragte McCoy.

»Normalerweise müßte ein Verlust von weiteren zehn Prozent tolerierbar sein.«

»Aber Mr. Spock ist zur Hälfte Mensch«, sagte Chapel.

Sie richtete diese Bemerkung an McCoy, aber sie galt auch Cortejo. »Wahrscheinlich wird die Situation kritisch, wenn sich das Blutvolumen um noch einmal sieben oder acht Prozent reduziert.«

Cortejo antwortete nicht, aber Chapel wußte, daß er diese Information zur Kenntnis genommen hatte. Die Hände des Chirurgen bewegten sich auch weiterhin mit sicherem Geschick, als er mit einem Vortrag begann. »Angesichts der zu erwartenden Operationsdauer gewinnen die beschränkten Blutkonserven eine zentrale Bedeutung. Wenn wir die Transfusionsrate erhöhen, während die Blutungen des Patienten anhalten, so geht der Vorrat rasch zur Neige. Hinzu kommt: Solange ich nicht die wichtigsten Blutgefäße in Ordnung gebracht habe, ist mir der Nachschub nur im Weg.« Der Versiegelungsstrahler in Cortejos rechter Hand schien einfach zu entmaterialisieren und wich einem Skalpell.

Die Operationstechnik des Chirurgen erfüllte McCoy mit wachsender Faszination. Die Hände des Mannes glitten wie eigenständige Wesen hin und her: Das Skalpell entfernte totes Gewebe, und der Versiegelungsstrahl schloß die Wunden.

Form und Funktion der inneren Organe blieben Leonard ein Rätsel, aber die Bewegungen des Arztes ergaben ein klares, zielstrebiges Muster. Er bewunderte die Schnelligkeit, mit der Cortejo den Ernst der verschiedenen Verletzungen einschätzte und ohne zu zögern Prioritäten festlegte.

Als es erneut piepte, sah McCoy zum Lebenserhaltungskomplex. Daneben hingen zwei leere Beutel.

»Blutvolumen auf zweiundsechzig Prozent gesunken«, sagte Chapel ernst.

»Bereiten Sie sich darauf vor, die Transfusionsrate zu erhöhen.«

Cortejo setzte seine ruhigen Ausführungen fort, während die Finger noch schneller arbeiteten. »Ich habe mir immer die Herausforderung einer wirklich anspruchsvollen Operation gewünscht, Dr. McCoy. Dies ist eine ausgezeichnete Gelegenheit für Sie, eine derartige Situation zu beobachten.«

»Wagner-Station an *Enterprise*. Bitte kommen.« Uhuras Stimme drang aus dem Lautsprecher, untermalt vom statischem Rauschen der sich langsam auflösenden Ionenwolken. Palmer versuchte vergeblich, die starken Interferenzen aus dem Kom-Kanal zu filtern.

»Können Sie einen visuellen Kontakt herstellen, Uhura?« fragte Kirk und sah voller Unbehagen auf den leeren Schirm über der Kommunikationsstation.

»Tut mir leid, Captain, aber der Video-Sender fiel der Explosion zum Opfer, zusammen mit einem Drittel der Station. Ich habe Stunden gebraucht, um eine Audio-Verbindung zu ermöglichen.«

Kirk seufzte resigniert — bis zur völligen Wiederherstellung seines Vertrauens in akustische Verbindungen würde es noch lange dauern. Er beugte sich etwas näher zur Konsole vor, als könne er dadurch die empfangenen Signale verstärken. »Wie ist Ihr Status?«

»Wir haben hier keine akuten Probleme. Die Brütlinge starben zusammen mit der Königin, und die überlebenden *Raben* sind betäubt.«

»Betäubt?« wiederholte Kirk. »Ich möchte, daß die fremden Wesen eingesperrt und rund um die Uhr bewacht werden.«

»Da bin ich ganz Ihrer Meinung, Captain«, antwortete Dr. Dyson. »Aber nicht aus Sicherheitsgründen, sondern aus medizinischen Erwägungen. Nach dem Tod der Königin wurden die geraubten Persönlichkeiten der *Raben* dominant, was ein ziemlich starkes emotionales Trauma zur Folge hat. In vielen Fällen kam es zu ausgeprägten hysterischen Anfällen, und ich mußte hohe Sedativdosen verabreichen, um einen Massenselbstmord zu verhindern.«

»In vielen Fällen — aber nicht in allen?«

»Einem... Mann — Captain Neil — scheint es gleichgültig zu sein, wie er aussieht, solange sein Schiff in Ordnung ist. Vielleicht kann er den anderen dabei helfen, sich an die neue Situation anzupassen. Wie dem auch sei: Derzeit habe ich alle Hände voll damit zu tun, hier für Ruhe und Ordnung zu sorgen, während ich die zivilen Überlebenden behandle. Wir brauchen Hilfe, und zwar jede Menge.«

»Sie ist bereits unterwegs, Dr. Dyson. Die *Lexington* trifft in gut drei Stunden bei Ihnen ein.«

»Nun, wurde auch Zeit.«

»Das finde ich auch.« Kirk schmunzelte müde, doch sein Lächeln verblaßte sofort wieder, als die Neurologin fragte:

»Wie geht es Spock?«

»Ich weiß es nicht. Cortejo und McCoy sind schon seit fünf Stunden im Operationssaal.«

Anscheinend schlich sich ein neuer Defekt in Uhuras Provisorium, denn die Kom-Verbindung mit Dyson wurde plötzlich unterbrochen.

»Dies ist unser letztes Paket T-Negativ.« Chapel schob den grünen Beutel in die Lebenserhaltungseinheit, und der Blutstrom durch das Netz aus dünnen Schläuchen blieb konstant.

»Dränagevolumen?« fragte Cortejo, als er an den freigelegten Organen nach einer Verletzung suchte, auf die ihn der Medo-Monitor hinwies.

»Um drei Prozent in bezug auf die Transfusionsrate gesunken.«

»Was bedeutet das, Dr. McCoy?« Die Fingerspitzen des Chirurgen strichen behutsam über den linken Lungenflügel, und eine kleine Regenerationskapsel sorgte dafür, daß sich der haarfeine Riß im schwammigen Gewebe schloß. Ein weiteres Licht auf dem Anzeigefeld des Diagnoseschirms erlosch.

»Der Zustand des Patienten verbessert sich«, antwortete Leonard und beobachtete Cortejos Handgelenke. Jede Bewegung war so gut geplant, daß sie möglichst wenig Zeit beanspruchte. »Das übertragene Blut bleibt größtenteils im Kreislaufsystem — deutliches Zeichen dafür, daß es keine großen Blutungen mehr gibt.«

Der Chirurg nickte. »Wir müssen den Brustkasten bald schließen. Der Inhalt des letzten Beutels sollte genügen, um das minimale Blutvolumen des Patienten zu gewährleisten.« Er legte die Regenerationskapsel beiseite und griff statt dessen nach einem wiederaufgeladenen Skalpell. »Nur noch ein Schnitt...«

Cortejo richtete die Spitze des Instruments auf eine schwarze Gewebemasse, und ein dünner Strahl blitzte. Orangefarbene Flüssigkeit quoll hervor, und ein neues Licht glühte auf dem Diagnoseschirm.

Zum erstenmal seit fünf Stunden zögerte der Chirurg.

McCoy sah durch das sterilisierende Kraftfeld zu Chapel. »Schwester, haben Sie eine Ahnung, was...«

»*Ich* leite diese Operation«, zischte Cortejo.

»Dann frage ich Sie«, brummte McCoy. »Was ist passiert?«

»Ich weiß es nicht. Bei einem menschlichen Patienten...« Noch immer drang Flüssigkeit aus der Wunde. »Versiegelungsstrahler«, sagte er und warf das Laserskalpell beiseite. Kurz darauf schimmerte es am schwarzen Gewebe, aber die Blutung hielt an.

»Die Bio-Indikatoren sinken«, warnte Chapel nervös. »Inhalt des letzten Blutbeutels auf fünfzig Prozent gesunken.«

Cortejo benutzte erneut den Versiegelungsstrahler, aber auch diesmal stellte sich nicht der erhoffte Erfolg ein. Die weißen Dreiecke der Indikatoren glitten in den roten Bereich.

McCoy starrte zuerst auf die offene Wunde und sah dann Cortejo an, dessen Hände sich nicht mehr bewegten.

Spock starb.

Kirk ging in der Krankenstation auf und ab, als die beiden Ärzte aus dem Operationssaal kamen. Der grimmig dreinblickende Cortejo ging stumm fort. McCoy lehnte sich müde an die Wand und ignorierte die Fragen des Captains. Mit quälender Langsamkeit streifte er die dünnen Gummihandschuhe ab, öffnete die Verschlüsse des Kittels und zupfte am Kragen. Nachdem er sich ausgiebig gestreckt hatte, sagte er endlich:

»Es droht keine unmittelbare Gefahr mehr für ihn.«

»Was soll das heißen?« erkundigte sich Kirk, als Erleichterung und Sorge miteinander rangen.

»Nun, wenn es nicht zu postoperativen Komplikationen kommt, ist Spock bald wieder auf den Beinen.« McCoy rieb sich den Nacken. »Zum Teufel mit seiner verrückten Physiologie! Vulkanier hier und Mensch dort. Außerdem einige Elemente des genetischen Codes, die man einfach erfunden hat. Wenn ich ihn auseinandernehme, frage ich mich jedesmal, ob ich ihn auch wieder zusammensetzen kann.«

Es dauerte einige Sekunden, bis Kirk die Bedeutung dieser Worte begriff. »Pille?« hauchte er, packte Leonard an den Schultern und schüttelte ihn. »Pille!«

»Hör auf damit, Jim«, sagte McCoy verärgert. »Genauere Angaben sind mir leider nicht möglich. Nimm Rücksicht auf einen müden Arzt — ich operiere seit Tagen...« Wie schmerzerfüllt verzog er das Gesicht.

»Was ist dort drin geschehen?« fragte Kirk.

McCoy rieb sich die Augen, und dünne Falten entstanden in seiner Stirn. Er zögerte, bevor er aufsah und den Captain musterte. Die Verwirrung vertiefte einige Falten über seinen Brauen. »Wie wurde Spock so schwer verwundet, Jim? Bei dem Angriff erlitt er keine Verletzungen...« Leonards Blick richtete sich nach innen, und wie im Selbstgespräch fuhr er fort: »Er stand in meiner Kabine und brabbelte irgendeinen Unsinn über Schaltkreise und dergleichen, während ich mir einen abscheulichen Red Nova-Drink genehmigte.«

»An was erinnerst du dich — nachher?« drängte Kirk.

»Im Operationssaal... Ich dachte, mit Spock sei es zu Ende, als seine Leber riß.« Wieder legte McCoy eine kurze

Pause ein und dachte nach. »Es war verdammt schwierig, alle Risse im Gewebe zu flicken.«

»Du hast also die Operation beendet«, sagte Kirk leise.

»Aber warum hat Cortejo sie begonnen?« fragte Leonard erschrocken. »Er ist ein guter Chirurg, aber was Vulkanier betrifft, fehlt es ihm an Erfahrung für einen so komplizierten Eingriff. Dies war wohl kaum der richtige Zeitpunkt, um ihn das Messer schwingen zu lassen.«

Der Arzt schüttelte den Kopf, um sich von mentalem Dunst zu befreien. »Ich erinnere mich nicht einmal an meine Rückkehr zur Krankenstation...« Entsetzt riß er die Augen auf. »Jim, ich bin doch wohl nicht betrunken in den Operationssaal gegangen, oder? Dafür gibt es keine Entschuldigung, nicht einmal...« Er unterbrach. »Dafür gibt es nicht die geringste Entschuldigung«, betonte er noch einmal.

»Sei unbesorgt, Pille.« Kirk genoß den Klang des Spitznamens. »Du warst nicht betrunken. Du hast nur geschlafwandelt.« Er belächelte die verständnislose Verwunderung in McCoys Zügen. »Später erkläre ich dir die Einzelheiten, bei einem Glas Red Nova. Dann trinken wir auf Spocks Gesundheit.«

Und auf den Zivilisten Leonard McCoy, der sein Leben opferte, um einen Freund zu retten.

EPILOG

»Pille...«

»Ja, Jim«, antwortete McCoy geistesabwesend, als er die viel zu lange Anforderungsliste auf dem Computerschirm las. Neben dem Terminal lagen beunruhigend viele Datenbänder mit medizinischen Berichten. Der stellvertretende Chefarzt Cortejo hatte nur wenig Interesse an den Routinepflichten eines Chefarztes gezeigt.

»Hast du jemals daran gedacht, den Dienst zu quittieren?« fragte Kirk wie beiläufig, als er ein mit Geschenkpapier umwickeltes Paket betrachtete, auf dem sein Name stand.

Ein überraschter McCoy wandte sich vom Monitor ab. »Ist das ein nicht besonders taktvoller Hinweis darauf, daß du glaubst, dein Erster Medo-Offizier sollte sich in den Ruhestand zurückziehen?«

»Ganz und gar nicht.« Kirk löste die Schnüre und begann damit, das Paket zu öffnen. »Ich dachte nur: Vielleicht findest du Gefallen an der Vorstellung, irgendwo auf dem Land eine Praxis zu eröffnen...«

»Meine Praxis befindet sich hier, Jim«, erwiderte McCoy mit einem verwirrten Lächeln. »An Bord dieses Schiffes. Außerdem bin ich Chirurg — ein verdammt guter sogar —, und in der Provinz könnte ich bestimmt nicht viel operieren. Ganz zu schweigen von den Forschungslaboratorien der *Enterprise.* Sie sind sogar noch besser als die vergleichbaren Einrichtungen in Georgia.«

»Ich wollte nur ganz sicher sein.« Kirk strich das letzte Papier beiseite und starrte auf den Inhalt des Pakets.

»Pille!«

Die Reaktion des Captains veranlaßte Leonard zu einem

breiten Grinsen. »Ich hatte vor, es dir schon eher zu geben, aber eins kam zum anderen...«

Kirk hielt das tyrellianische Messer ins Licht und beobachtete hingerissen, wie die Klinge blau und grün glänzte. »Du hast den Laden noch einmal betreten.« Plötzlich fiel ihm etwas ein, und er sah wieder den Arzt an. »Wieviel hat dir der Händler dafür abgeknöpft?«

»Das geht dich nichts an«, sagte McCoy fest und fügte leise hinzu: »Für den Preisunterschied werde ich Spock zur Kasse bitten.«

Das Messer sauste empor, drehte sich in der Luft, schwebte einen Sekundenbruchteil lang reglos über dem Tisch und fiel dann. Mit einem zufriedenstellenden Klatschen landete das Heft in Kirks Hand.

»Schneid dich nicht«, brummte McCoy und dachte daran, wie viele Dinge er noch erledigen mußte. »Ich habe auch so schon Arbeit genug.«

»Das erinnert mich an etwas: Du bist für den Narrenpreis fällig — Verletzung aufgrund von Unaufmerksamkeit gegenüber den Interkom-Durchsagen...«

»Ich wußte es! Das wird man mir nie vergessen.«

»Warte nur, bis Spock dich darauf anspricht.« Kirk lachte, als er sah, wie Leonard eine kummervolle Grimasse schnitt. Der Vulkanier konnte ziemlich sarkastisch sein, wenn er Gelegenheit dazu erhielt. Jim wickelte die alte Waffe behutsam ein und klemmte sich das Bündel unter den Arm. »Komm in mein Quartier, wenn du fertig bist.«

»Erwarte mich etwa in einem Monat«, seufzte McCoy, als Kirk das Büro verließ.

Nach einigen Sekunden öffnete sich die Tür wieder, und Christine Chapel kam herein. Sie brachte noch mehr Datenbänder, ignorierte das warnende Knurren des Arztes und nannte den Inhalt jeder Kassette, während sie die Speichermodule aufeinanderstapelte. »Persönliches Dienst-Logbuch. Operationsberichte. Liste der ambulanten Behandlungen. Informationen über die Patienten in der Intensivstation...«

»Leider scheint Cortejo von dem bürokratischen Kram ebensowenig zu halten wie ich«, stöhnte McCoy, als sich ein hoher Berg auf seinem Schreibtisch formte.

Chapel begann mit einem zweiten Stapel. »Logbuch der behandelten und entlassenen Patienten. Diagnoseaufzeichnungen Band eins. Diagnoseaufzeichnungen Band zwei.« Diese Kassette reichte sie dem Arzt. »Darin sind auch Daten über Sie gespeichert«, sagte die Krankenschwester und fuhr fort. »Diagnoseaufzeichnungen Band drei. Medo-Labor: Verzeichnis der zur Verfügung stehenden Ausrüstungsmaterialien. Bericht über die Wartung der medizinischen Geräte.« Ein lautes Scheppern beendete den Vortrag. »Willkommen in der Gegenwart, Dr. McCoy.«

»Ich wünschte, ich hätte sie nie verlassen.« Er betrachtete die Kassette in seiner Hand. »Da wir gerade bei meiner Amnesie sind: Wo steckt Dr. Dyson, zum Teufel? Den ganzen Morgen über habe ich versucht, sie zu erreichen.«

»Vermutlich ist sie irgendwo in der wissenschaftlichen Sektion«, entgegnete Chapel unbestimmt. »Sie arbeitet mit Frazer an einigen abschließenden Analysen des *Raben*-Projekts.«

»Kaum bin ich zwei Wochen fort, und schon geht hier alles drunter und drüber.« McCoy schob die Kassette in den Terminalscanner. »Spock klaut sich die Hälfte meiner Belegschaft für seine Abteilung. Gonzalo ruiniert einen ganzen Stokalin-Produktionszyklus...« Als er aufsah, hatte Chapel bereits die Tür erreicht. »Schicken Sie Dr. Dyson zu mir!« rief er ihr nach.

Fast zwei Stunden vergingen, bevor der Türmelder des Büros einen Besucher ankündigte. »Herein«, sagte McCoy geistesabwesend.

Eine Frau im blauen Uniformpulli der wissenschaftlichen Sektion kam ins Büro. »Sie wollten mich sprechen, Sir?«

Leonard winkte sie näher und hielt den Blick dabei aufs Terminal gerichtet. »Kein Wunder, daß Gonzalo die Synthese verpatzte — er mußte für Tajiri einspringen. Er hat versucht, das Dienst-Logbuch auszutricksen. Der Kerl kann froh sein, eine Starfleet-Uniform zu tragen; als Zivilist gäbe er einen lausigen Fälscher ab.«

McCoy schaltete den Bildschirm aus und drehte sich um. »Nehmen Sie Platz, Dr. Dyson.«

»Nein, danke«, sagte die Neurologin und blieb stehen. »Ich habe nur wenig Zeit, Sir.«

Leonard bemerkte die Unruhe der jungen Frau und wölbte eine Braue. »Mr. Spock wird noch einige Tage in der Krankenstation bleiben. An Ihrer Stelle würde ich diesen Umstand nutzen, um alles etwas ruhiger angehen zu lassen.«

»Ja, Sir.«

»Das war kein Vorschlag, sondern ein Befehl«, fügte er mit gespielter Schroffheit hinzu. »Ich bin kein Softie wie Cortejo.« Dyson lächelte unwillkürlich. Wenn sie sich jetzt noch ein wenig entspannte... »Schwester Chapel meinte, Sie hätten mir während meines ›Ausflugs in die Vergangenheit‹ sehr geholfen. Leider kann ich mich nicht für bestimmte Dinge bedanken...«

»Schon gut, Dr. McCoy. Sie sind ein sehr interessanter Fall gewesen.« Die Neurologin lächelte erneut, diesmal etwas offener. »Seien Sie froh, daß ich keinen Fachartikel über Sie schreibe.«

Der Arzt schmunzelte reumütig. »Ich fühle mich wie nach einer Nacht in der Stadt. Sie wissen schon: Man glaubt, einige großartige Stunden verbracht zu haben, weil man sich an keine Einzelheiten erinnert.«

Er zögerte kurz und fuhr verlegen fort: »Falls ich mir irgendwelche Dummheiten zuschulden kommen ließ — niemand will mir etwas verraten.«

Die junge Frau zuckte mit den Schultern. »Sie sprachen mit einem stärkeren Akzent. Und die meiste Zeit über befaßten Sie sich mit Lehrbüchern — nach dem derzeit gültigen medizinischen Lehrplan brachten Sie es bis zum fünften Semester.«

»Herr im Himmel!« ächzte McCoy. »Der erste Urlaub seit Jahren — und ich habe ihn mit Büffeln verschwendet.«

Dyson sah kurz zur Tür. »Wenn Sie mich jetzt entschuldigen würden, Dr. McCoy... Es wartet viel Arbeit auf mich.«

»In Ordnung, Dyson. Sie können gehen.«

»Danke, Sir.« Die Neurologin rauschte aus dem Zimmer.

McCoy blickte ihr amüsiert nach. *Sie ist zwar noch ein bißchen grün hinter den Ohren, aber eines Tages könnte eine ausgezeichnete Ärztin aus ihr werden.*

Er schaltete den Monitor wieder ein und konzentrierte sich auf die Medo-Berichte.

STAR TREK™

in der Reihe
HEYNE SCIENCE FICTION & FANTASY

Vonda N. McIntyre, Star Trek II: Der Zorn des Khan · 06/3971
Vonda N. McIntyre, Der Entropie-Effekt · 06/3988
Robert E. Vardeman, Das Klingonen-Gambit · 06/4035
Lee Correy, Hort des Lebens · 06/4083
Vonda N. McIntyre, Star Trek III: Auf der Suche nach Mr. Spock · 06/4181
S. M. Murdock, Das Netz der Romulaner · 06/4209
Sonni Cooper, Schwarzes Feuer · 06/4270
Robert E. Vardeman, Meuterei auf der Enterprise · 06/4285
Howard Weinstein, Die Macht der Krone · 06/4342
Sondra Marshak & Myrna Culbreath, Das Prometheus-Projekt · 06/4379
Sondra Marshak & Myrna Culbreath, Tödliches Dreieck · 06/4411
A. C. Crispin, Sohn der Vergangenheit · 06/4431
Diane Duane, Der verwundete Himmel · 06/4458
David Dvorkin, Die Trellisane-Konfrontation · 06/4474
Vonda N. McIntyre, Star Trek IV: Zurück in die Gegenwart · 06/4486
Greg Bear, Corona · 06/4499
John M. Ford, Der letzte Schachzug · 06/4528
Diane Duane, Der Feind — mein Verbündeter · 06/4535
Melinda Snodgrass, Die Tränen der Sänger · 06/4551
Jean Lorrah, Mord an der Vulkan Akademie · 06/4568
Janet Kagan, Uhuras Lied · 06/4605
Laurence Yep, Herr der Schatten · 06/4627
Barbara Hambly, Ishmael · 06/4662
J. M. Dillard, Star Trek V: Am Rande des Universums · 06/4682
Della van Hise, Zeit zu töten · 06/4698
Margaret Wander Bonanno, Geiseln für den Frieden · 06/4724
Majliss Larson, Das Faustpfand der Klingonen · 06/4741
J. M. Dillard, Bewußtseinsschatten · 06/4762
Brad Ferguson, Krise auf Centaurus · 06/4776
Diane Carey, Das Schlachtschiff · 06/4804
J. M. Dillard, Dämonen · 06/4819
Diane Duane, Spocks Welt · 06/4830
Diane Carey, Der Verräter · 06/4848
Gene DeWeese, Zwischen den Fronten · 06/4862
J. M. Dillard, Die verlorenen Jahre · 06/4869
Howard Weinstein, Akkalla · 06/4879
Carmen Carter, McCoys Träume · 06/4898
Diane Duane & Peter Norwood, Die Romulaner · 06/4907
John M. Ford, Was kostet dieser Planet? · 06/4922
J. M. Dillard, Blutdurst · 06/4929
Gene Roddenberry, Star Trek (I): Der Film · 06/4942
J. M. Dillard, Star Trek VI: Das unentdeckte Land · 06/4943
Barbara Paul, Das Drei-Minuten-Universum · 06/5005
Judith & Garfield Reeves-Stevens, Das Zentralgehirn · 06/5015
Mel Gilden, Baldwins Entdeckungen · 06/5024
D. C. Fontana, Vulkans Ruhm · 06/5043

STAR TREK™

Judith & Garfield Reeves-Stevens, Die erste Direktive · 06/5051
Michael Jan Friedman, Das Doppelgänger-Komplott · 06/5067
Judy Klass, Der Boacozwischenfall · 06/5086
Julia Ecklar, Kobayashi Maru · 06/5103 (in Vorb.)
Peter Morwood, Angriff auf Dekkanar · 06/5147 (in Vorb.)
Carolyn Clowes, Das Pandora-Prinzip · 06/5167 (in Vorb.)

STAR TREK: DIE NÄCHSTE GENERATION:

David Gerrold, Mission Farpoint · 06/4589
Gene DeWeese, Die Friedenswächter · 06/4646
Carmen Carter, Die Kinder von Hamlin · 06/4685
Jean Lorrah, Überlebende · 06/4705
Peter David, Planet der Waffen · 06/4733
Diane Carey, Gespensterschiff · 06/4757
Howard Weinstein, Macht Hunger · 06/4771
John Vornholt, Masken · 06/4787
David & Daniel Dvorkin, Die Ehre des Captain · 06/4793
Michael Jan Friedman, Ein Ruf in die Dunkelheit · 06/4814
Peter David, Eine Hölle namens Paradies · 06/4837
Jean Lorrah, Metamorphose · 06/4856
Keith Sharee, Gullivers Flüchtlinge · 06/4889
Carmen Carter u. a., Planet des Untergangs · 06/4899
A. C. Crispin, Die Augen der Betrachter · 06/4914
Howard Weinstein, Im Exil · 06/4937
Michael Jan Friedman, Das verschwundene Juwel · 06/4958
John Vornholt, Kontamination · 06/4986
Peter David, Vendetta · 06/5057
Peter David, Eine Lektion in Liebe · 06/5077
Howard Weinstein, Die Macht der Former · 06/5096
Michael Jan Friedman, Wieder vereint · 06/5142 (in Vorb.)
T. L. Mancour, Spartacus · 06/5158 (in Vorb.)

STAR TREK: DIE ANFÄNGE:

Vonda N. McIntyre, Die erste Mission · 06/4619
Margaret Wander Bonanno, Fremde vom Himmel · 06/4669
Diane Carey, Die letzte Grenze · 06/4714

STAR TREK: DEEP SPACE NINE:

J. M. Dillard, Botschafter · 06/5115
Peter David, Die Belagerung · 06/5129 (in Vorb.)
K. W. Jeter, Die Station der Cardassianer · 06/5130 (in Vorb.)

DAS STAR TREK-HANDBUCH:

überarbeitete und aktualisierte Neuausgabe!
von *Ralph Sander* · 06/4900 und 06/5150 (in Vorb.)

Diese Liste ist eine Bibliographie erschienener Titel
KEIN VERZEICHNIS LIEFERBARER BÜCHER!

HEYNE SCIENCE FICTION UND FANTASY

STAR TREK™

Die erfolgreichste Filmserie der Welt

06/3988

06/4035

06/4762

06/4776

06/4804

06/4819

**Wilhelm Heyne Verlag
München**

HEYNE
SCIENCE FICTION

Seit einem Vierteljahrhundert ist STAR TREK ein fester Bestandteil der internationalen SF-Szene und wuchs von einer Fernsehserie unter vielen zu einem einzigartigen Phänomen quer durch alle Medien.

(RAUMSCHIFF ENTERPRISE)

Das STAR TREK-Universum

bietet erstmals in deutscher Sprache einen Überblick über die Medien, in denen STAR TREK vertreten ist.

Dieses Nachschlagewerk wurde auf den neuesten Stand gebracht und enthält neben den Inhalten zu über 200 TV-Episoden, einer ausführlichen Besprechung der Kinofilme und einer umfassenden Filmographie erstmalig ein Verzeichnis der nie verfilmten Episoden sowie Kurzbewertungen aller zum Thema STAR TREK erschienenen Bücher.

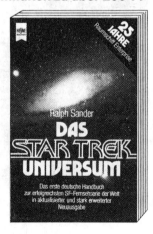

Ob unter dem Kommando von Captain Kirk oder Captain Picard – der Flug der Enterprise ist nicht aufzuhalten.

Deutsche Erstausgabe
06/4900

Wilhelm Heyne Verlag
München

BATTLETECH

HEYNE SCIENCE FICTION UND FANTASY

06/4628

06/4629

06/4630

06/4689

06/4794

06/4829

Weitere Bände in Vorbereitung

Wilhelm Heyne Verlag München